U0068612

十字路口

鳴鏑 著

獻給我一生的摯友徐維澤，
謝謝全程陪伴完成這個故事，還有從小到大一路相伴的支持，
在貧困之時接濟，在人生智慧上啟蒙。

推薦序

我們，或許都在自個的十字路口……

吾爾開希

今年春天再度造訪迷人的澎湖，幫冼義哲與澎湖青年陣線的幾位青年參選人站台，沒想到義哲這小子突然說要請我幫忙寫推薦序，原來除了投入社會運動與政治工作之外，他還有這一面。

我沒有一口答應下來，先向他要了書稿來看，看完之後總覺得挺有意思的：這不是一本太傳統的小說作品，也不是一本太能歸類的小說作品，就像冼義哲這個人一樣。

每一個章節都有一個主角，都是用章節主角的雙眼去看著事件的發生經過，一件事從兩個不同的角色看來，就有兩種不同的觀點——未必能讓讀者認同，卻能讓讀者體會，每讀完一個章節就如拼湊上一片新的拼圖一樣，但當拼上所有拼圖時，你未必會倒抽一口氣，卻肯定會有幾分嘆息。

全書十餘萬字中，探討了大量的社會議題，視角由微觀到巨觀，也真切地反應了過去二十年台灣許多真實的景況；「選擇」是《十字路口》一書中每個主角所面對的課題，閱讀時的我們其實也如同書中角色一樣，無時不面對著選擇，選擇一段關係的開始或結束、選擇下一餐要吃什麼的煩惱、選擇面對或忽視苦難……

一個人如何成為「殺人者」，是社會鮮少思考的問題，台灣近年來面對重大刑案的發生，往往群情激憤、人人喊殺，但社會做為一部機器該如何面對出現「殺人行為」的自身瑕疵，是嚴肅而必須被正視的。

在《十字路口》中，你會看見因為每章主角的選擇而一次又一次的「錯過」，所有人都有機會拉兇手一把，但所有人都沒有這樣做，最後隨機殺人案發生時，全都為時已晚。

這是一本反省之作，身處社會，我每個人都必須自我省思，自己與重大刑案、社會事件的關連。新聞報導給予我們的，往往只有片面，義哲在《十字路口》中也嘗試以不同過往描述重大災難的敘述，寫著事件中每個關係人在事件前的生命脈絡，而不是去談每個人在共同的劫難後有什麼樣的心境與人生——我想這也是他在書寫時希望重新提醒社會的，「在悲劇裡的每一個人，其實都是有血有肉，都有他們的人生，不應該只被以災難來標籤、記得」。

這也是我誠摯向各位讀者推薦的理由——我們可以在全書中透過每個章節主角的經歷與心境，從情感互動到情慾流動，不同的年齡層、不同人生階段的人，會有什麼樣的態度與選擇，去喚醒社會意識的存在；我們或許都在自個的十字路口上，或許也都正面臨著選擇，或許我們都能在來的及的時候——做出無悔的選擇。

作為第一本文學的處女之作，化身為「鳴鏑」的冼義哲展現了獨特的筆調，儘管仍能窺見生嫩之處，卻無損本作的價值，換個角度來看，也許在文學的世界之中，義哲能更自在的釋放在政治工作與社會運動之外的能量，同持保持著與社會不斷對話、思辯的熱情，由衷祝福出版的順利，也期待未來能看見更多鳴鏑的作品。

目次

楔子

我一直有一種自己生錯時代的感覺。

這個時代沒有人講江湖道義，人跟人之間只剩下計算，算著可以得到什麼名利。於是每個人的身上，都能浮現一組數字，人跟人之間，也只剩下數字。

我想在社會上找到一點泥土裡的味道，卻找不到。

機器不需要養分，也沒有溫度可言。

在社會上走跳，只剩下武裝，用自己的生命赤裸裸的穿著武裝。

那件藏青藍的西裝，就是我的武裝，我曾經因為太在乎身邊的人將它拋下，一步一步掉入讓自己面目全非的懸崖裡。

最後一次穿它的那天，我的人生澈底改變，儘管當下我並不自知。

生命就是一趟公路旅行，我們在不同的交流道擦肩而過，在奔馳的過程中偶然相遇，也許一起停在休息站加油、打氣，最後仍奔向各自的旅程。

只是下了交流道，不再能一路狂飆，你會希望道路能夠清晰簡單些。

偏偏一次又一次被選擇造就的人生，把我們都帶到了十字路口。

那個十字路口。

Ch.1 鏡頭

01.

二〇一五年，五月。

愛娜汽車旅館二〇五房。

熱水從蓮蓬頭落到我肩上花了兩秒鐘，而我只是站著，享受窮鬼的SPA。

她叫什麼名字，有點想不起來，這感覺真的很差。

我現在滿腦都是一整下午聽那耍大牌的碎嘴，還要滿臉陪笑，心裡吶喊著老子賣技術不賣尊嚴，但想想馬上就要繳房租了，尊嚴跟著拿出來詢價。

耍大牌的女人，名字想忘也忘不了；剛才雲雨又溫存的女人，想叫卻叫不出名來。老二還在身上，尊嚴卻早就被鈔票閹割了。

「Jason，你洗好久喔！」她喊道。

我想起這回合我叫做Jason，八成是剛剛在吧台喝到一半被搭訕時，信手拈來的洋名。這已經成了一種心內的制約吧，如果還想跟對方有些來往，多半是說出自己真名的，給的Line也會是真的，但這種天亮以後說分手的，洋名就是很好用的工具。

「馬上好。」我說。

馬上好，從來就是隨口說說的，人世間說這句話的沒幾個能信，不管是拖拉死不出門硬要把妝化到判若兩人的女人，還是選過總統的男人。

沒有其他的聲音，只有水聲。

02.

爬過四層的樓梯，終於來到家門口。

相機橫歪在桌上凝視著我空蕩的心靈，總是逃不過鏡頭的銳利，那種說不上是無力，也算不了苦痛的感受，只知道自己是個空虛的存在，沒有任何內容物填充在肌肉紋理的下方或是所謂的內心深處。

我拿起相機，腦海中演練過無數次全數刪除與剪毀記憶卡的情境，沒想到那大牌的八婆可以讓我悶這麼久；儘管如此，新台幣早已把尊嚴都刮除乾淨，沒有任何的殘留，我像機械一樣取出她的照片，打開修圖軟體開始工作。

這過程是枯燥的，大概只有成品出來時讓人去對照原圖才會有讚嘆的火花，但本質上就是那樣乾澀，或許夠乾澀火花才夠大吧，都無所謂。文學性的想像也許能帶來一絲感動讓我方便麻醉自己，但現在只有新台幣能解決我的問題。

房租、電費、電話費與網路費，油錢、飯錢、飼料錢、貓砂錢與各種你不知道為什麼但就要你付的錢，還有稅。他媽的五月。

這一連串相加的公式，足以抽乾我這一晚的工事。

有些人以為，攝影師的工作只是按下快門；對於有這樣浪漫情懷的人，歡迎加入我們的行列。如果能夠單靠按快門而養活自己，你他媽的根本是這世界絕無僅有的奇蹟。

腦袋中不時跑出幹譙跑馬燈，我拿起菸，企圖把這些想法都燻成一些有用的東西。

03.

天微微亮了。幹。

我把所有檔案都燒成光碟，然後裝入他們公司的袋子裡。我也不知道為什麼還會用這種新石器時代的檔案傳遞方式，不過當時談工作時只慶幸不是用磁碟片，否則可能還要多倒退一點回到舊石器時代，這樣就好，不要奢求不要要求更不要囉嗦，有錢能過日子就好。

擾動的車聲已經開始逐步調大音量，住在這繁華的十字路口附近，整個城市的呼吸就是生活作息的鬧鈴，可惜我從上小學就不是跟著鬧鐘生活的人，對於那種從未被長輩稱呼為行屍走肉的人來說，完全無法體會。

但我還是設了鬧鐘，準備下午四點去領錢。

隱隱不安的感覺在我心中躁動，儘管如此，我沒有多大的興趣理會，準備爛在床上把這一集的《陰屍路》看完就睡。洗澡什麼的就免了，無所謂。

關掉電腦，我翻過身就上了床，準備好好的爛。

然後。幹。我餓了。

就是這種不安的感覺，害怕躺下之後就餓，然後又得爬起來填飽肚子再睡，尤其睡意還經常跟你捉迷藏，而我害怕的事就這樣粗暴的成真的。有時候我常想，如果說微小而確定的幸福叫做「小確幸」，那這種微小但確定的恐懼，是不是應該叫「小恐確」？

我是那種餓了就睡不著，吃飽比較好睡的人，嘗試了一輩子去違逆造物主對我的設定，卻從來堅持不了一個鐘頭。今天既然已經跟修圖軟體們會戰了一夜，我無力再挑戰自己的習性，於是我起了身，從地上撈起一件還沒有太臭的牛仔褲，從鐵架順手抓了一件上衣套著，認命的下樓去。

三角窗那間7－11已經鑲嵌在我的生命裡，空蕩蕩的冰箱此刻不能讓我指望，這選擇並不讓人為難。

小巷裡的陰冷一成不變，陽光還來不及將之驅散，偶來的一陣雨總是把城市的夏天弄得面目全非，如果不是都市熱島效應太嚴重還有颱風來到時，經常難以分辨季節。

店員毫不意外的用死魚眼與死人語調對我說了歡迎光臨，想太多，你以為我真的想光臨阿，還不是因為你們佔盡了市場。別誤會我的意思，我沒有要戰什麼社會科學院才會用的大理論，只是單純很幹沒有其他選項。

徘徊在冷藏櫃前，想著自己過去幾天都吃過什麼了，儘量讓自己不要持續掉入厭膩而崩潰的邊緣，儘管如此，我還是很沒骨氣的拿了CP值最高的咖哩飯，也順手拿了十元的麥香奶茶。

到櫃台結帳時，店員不用問我需不需要微波，我也不用回答內用，兩人用死魚眼對看達成共識，付了錢拿了吃的連謝謝都不用說。不必假意微笑給對方看，我們也不用營造好像社會很和諧或是我們二人有什麼親近的情感，我不要少給你錢讓你被噹，你不要加熱不夠讓我拉肚子，就這樣兩不相欠就好。

這樣好像真的挺不錯的，我想。

端著餐盤，我一屁股坐在用餐區，落地玻璃窗上滿是水氣，外頭的景象彷彿被霧罩著。撕開塑膠封膜，把咖哩倒到飯上，然後反覆攪拌，這件事好像從出生就會了一樣自然。

搞定食物後，我拿出手機點開《陰屍路》，打算讓自己跟著劇情keep walking, keep dead，沒想到兩個頭髮染的像畫家桌上洗筆水的年輕人走了進來，嘰哩呱啦的好像回到自家廚房一般幹。

每當遇到這類人，我都覺得國家沒有優生學是一種罪，雖然我這樣的人可能也就因此不會出現，但世界有我沒我沒多大差別阿，除了那些喜歡追我部落格、抓照片去打手槍的男人，他們會感覺到劇烈的損失，其他的人好像遇到我多半只有悲嘆與災難。

其實想想他們這類人跟殭屍好像也沒什麼差別。

我嚼下最後一口飯，按了暫停鍵，把垃圾全塞進塑膠盒內。隨便吃點東西就製造一推垃圾，還好我不是環保人士，我也不會做那些徒勞無功的事，反正我又看不到世界末日那一天。

我不是個沒有良知的人，所以垃圾我老老實實的扔進垃圾桶，沒有留下任何困擾給死魚眼。

「一包七星藍莓。」我說。

「噁心。」他碎在嘴邊，我偏偏聽的見。

「爽。」我明擺著說，拿走我的菸與找錢，一路直達我的床上。

04.

我真的很想砸爆鬧鐘，然後再跟它說對不起。

但我不會跟iphone6過不去。

每次醒來的時候，腦袋裡幾乎都是三字經，想著自己為什麼要睡，又為什麼要醒，想著不知道自己會怎麼死去，又想不出為什麼自己能夠苟活至今。

我剪開乾癟的洗面乳，從裡頭再挖出一點殘存的膏狀物，往臉上抹去的過程並不是為了面部的清潔，而是為了腦袋的清醒。

然後我抽了一根菸，同步把衣服穿齊，並把飼料跟水倒滿。

出門前關掉了幾乎開整天的冷氣，純粹希望不要看到那嚇死人的電費，還有冷氣壞掉，至於對不起北極熊什麼的，我不在乎，反正我又看不到世界末日那一天。

我帶著檔案，騎著車穿越這破敗的城市到達客戶所在的經紀公司，距離八婆的經紀人與我約定的時間，還有四分鐘。這種時候的尷尬就讓人煩躁，抽一根菸也不是，不抽又覺得生命在浪費，還要一邊訓斥自己要按捺住性格，不要發脾氣，要想想下次的工作機會，要記得這是人家的恩賜。

嗯，我付出我的專業與勞力，換來的待遇還要當成恩賜。

奴隸制度從未在世界上消失，也不只存在於第三世界國家，不過是用一種更華美的詞藻與包裝來替換的樣貌，還當作是文明的象徵，人類的世界從來就沒有停止過吃人。

而我只要每天確保自己不要被吃太光，還能有一點殘羹剩肉能支撐自己看到隔天的太陽就好了，大概就是我這一種人的人生——台灣多數人的人生，吃不飽、餓不死，然後用自己的血與汗去灌溉富甲天下者的良田與土地。

我突然想起有件事忘了做，於是拿出手機打給玲姊，告訴她我大概半小時後會過去，玲姊的聲音永遠那麼動人而討喜，不停叫著「又森哥哥」，還問我有沒有特別指定要誰，那種態度是全天下最好的服務業也比不上的。

電話剛切，電梯口走出來的正好是玖哥，也就是要拿錢給我的人。立刻深呼吸再吐氣，把自己調整成比較耐看的樣貌。

我雙手遞上寫著他們公司名稱的袋子，心想這些光碟終於脫手出去變成新台幣了，迎面走來的玖哥伸手接過，並拍了拍我的肩。

「業界都說你一把椅，今天就來看看是否名不虛傳阿！」玖哥語畢，大笑著幾聲，大概是那個世代的人面對自己有所求的晚輩會擺出的態度，一種稍微費力的敷衍了事，同時展現一下權威。

「謝謝玖哥賞臉給機會，不過我想我專長的領域不在這，還要多磨練。」

玖哥突然靠上前貼在我耳邊說：「玖哥對你專長的領域阿，更有興趣！」

我笑著點點頭，一陣尷尬。你有興趣只是愛看吧，你會掏錢嗎？我心想。

「告訴玖哥，在拍的時候，你會跟媽斗『那個』嗎？」語畢再度大笑，但這次聲音大概貫穿整個大廳，頓時把目光都吸來我這。

哭夭阿。

我頓了一秒才擺出一個傻楞楞的笑，其實這是平常不屑時最好的反應，我甚至洗腦自己到面對任何不屑就擺傻愣笑來擋，效果也滿不賴的。

「好啦，徐先生，這是這次的酬勞。」玖哥從西裝內袋裡拿出一個厚厚滿滿的信封袋，交到我手上：「玖哥跟你說阿，能幫我們家女神拍照，是你的福氣。」

然後他又拍了拍我的肩，一副長輩鼓勵完晚輩後那種豪爽的退場，說穿了這架子擺了也只是給所有側目的人看，拉拔栽培什麼鬼的，信了就慢慢等一輩子吧。

我握著那包酬勞，心想，我去你的蛋。照片我一手拍到修，八婆我一個人安撫，倒頭來在作品裡連掛名都沒有，這種福氣我還真是無以消受。

05.

爛到比腐敗食物還要崩壞的數學只有算錢才會正常，在經紀公司隔壁街轉角的7－11裡，店員把我的電話費、電費與網路費都打在小條碼上，信封開始瘦身去交換一張你也不知道為什麼存在的小紙片，然後我計算了稅金、油錢、飯錢、飼料錢、貓砂錢以及預留的生活費，把他們一口氣存進了帳戶裡。

當然，我也老老實實的轉房租給房東，其實從半年前她把弄臭我家的爛室友攆走後，這些換來一個安全空間的保護費我是繳的還滿甘願的，比繳稅還甘願我說真的。

走出自動門外，點了根菸來抽，忽然口袋裡長震起來，嬸嬸來電。

這大概是我在這人世間尚存的最後一絲幽微的人性吧，跟這個世界少數美好的連結，電話的內容是平淡的、家常的，就是問我吃飽了沒、什麼時候回家、錢夠不夠用這些，讓我還能依稀感覺到歸屬，還有人願意在乎。

「欸又森阿，最近有沒有打給你爸阿？」

「我為什麼要？」

「阿他再怎麼不是，終究也是你爸阿。」

「我不要。」

「欸你這孩子，怎麼都講不……」

「好了，我不想聽，我要忙了，阿嬸你照顧好自己，有空再聊。」

電話就斷在這裡了。

每次講到這個話題，對話就對中止，多數就如此刻一樣是我喊停的，因為很多暴力的畫面都被勾了起來。

我跟我老爸翻臉一段時間了，裂痕是從爺爺過世那時來的，守靈期間老爸藉酒澆愁不停歇，而我則在家裡打手槍被他抓到，父子打了一架之後就翻臉。

跟美好故事裡的模範爸爸不一樣，老爸是個有夢想、敢追夢的人，這也意味著他透支他的人生，所以他唯一的孩子整個成長歲月都是他弟弟的老婆在身旁陪伴，就連打架那一晚我把他擊倒在地後，我跪地嗑頭辭家的對象也是我嬸嬸。

跟所有台灣八點檔一樣，我嬸嬸總是努力希望能夠調和一切，維持家的和諧，儘管愛我，對我說的理由卻全是站在老爸那邊。

你爸不是不支持你攝影創作的夢想，只是希望你不要餓肚子，像正常小孩一樣有工作。

你爸不是不愛你，只是他不懂得表達。

你爸也很辛苦，他還賺錢讓你念大學，是你自己把書念成那樣。

你爸說的有不對嗎？爺爺過世你在家裡……做那種事情，像話嗎？

諸如此類。

幹。

什麼叫像正常小孩，到底什麼叫做正常？

這個世界上如果有一個人可以被說是正常，他是什麼模樣？

又憑什麼他的模樣才叫正常？

我沒餓著，做我想做的，口口聲聲說老爸辛苦，怎麼就不想想他之所以辛苦是因為他不放棄他的夢想？

打手槍不對，喝得醉醺醺就理直氣壯？

沒有把邏輯學放進義務教育裡面然後教好，台灣怎麼教改都只會失敗。幹。

我再點了一支菸，走往上風處去抽，那些不知道在看三小的人你們都去死吧，菸味嗆到好人的話算他倒楣，嗆到壞人剛好而已。

我看著熙來攘往的人群與水洩不通的車潮，沒有任何詩意與悸動，只有一肚子的三字經，你們要是自認算好好活著的話，就如你們所想的好好的活著吧，我無所謂啦，反正我又看不到世界末日那一天，何必在乎與你們在這路口擦肩而過的一面之緣。

拿起手機，我拍下街景，貼在Instagram上，hashtag了個幹。

抽完最後一口，菸蒂對準水溝丟去，然後沒進。無所謂，就讓它在這城市慢慢腐化，想起來也是諷刺，那菸蒂還沒被腐化分解，這座城市就已先毀滅。

信封袋裡除了等等要花的，只剩下一些零碎的，抽了幾張小朋友起來後，把其餘的收回信封裡塞在背包內。

懶得去想其他的事了，我跟玲姊還有約。

06.

小姐們在我們面前一字排開。

左手邊全是自個來的散客，右手邊大概是揪團來的小屁孩，看起來是來嘗鮮的，充滿了好奇，還忍不住伸手對小姐們指指點點，一邊喊著低胸欸！短裙欸！哇塞！

我拿起桌上的茶喝了一口，沒有想跟他們爭，只想閉上眼吹個幾秒的冷氣。

一位幹部上前來跟等待區的所有人寒暄了一番，然後要小姐們各自介紹自己，這過程總讓我覺得尷尬，小姐們各個都念很快，來不及記住這一個名字又跳到下一個去，正當有想點的對象時卻根本叫不出名字。

好在我不是新來的，第一眼就看到屬意的，從頭到尾就只等她講出自己的花名。

小姐接力報名開始了，有水果、有洋名、有小開頭的、有飲料……而我要的，她叫薇薇。

「薇薇。」我說，直接打斷小姐們的接力。

「森哥點薇薇喔！」幹部轉頭對櫃台喊了聲。

過鎖骨的金髮，斜瀏海，搶眼的鮮紅唇，算是高挑，穿一身黑，爆乳。

其實我沒有特別偏愛的符號，往往只是現場看順眼，唯一的條件就是不要一臉幼齒童顏的，我真的不行。研究心理學的可能會去歸納出成因，說我比較偏好成熟的女性，講一篇理論參雜專有名詞在其中，放上落落長的推理。

但其實就只是當下的喜歡。

薇薇走上前，我站起身，她挽起我的手，我們離開。路過幹部身邊時，我把錢遞了過去，沒有多說話。

電梯帶我們往上到旅館層，一路上我們沒有任何交談，十字路口傳來陣陣車聲是唯一的背景聲。

電梯打開時，薇薇對櫃檯點頭示意，直接拿過鑰匙就走往房間裡。

「要我幫你洗澡嗎？」

「好。」

不囉唆，我喜歡。

她的動作很溫柔，也很細心，該洗的都洗得很乾淨。全身沖完後，她沒有幫我擦身體，而是雙手從後環抱住我，像老情人那樣。

「怎麼啦？」我問。

「你想要怎麼開始呢？」她問。

「你會按摩嗎？我好累。」

她點了點頭，並用浴巾幫我跟她自己都擦乾，牽起我的手便往床上去。

我翻過身背趴著，她的掌心貼著我的肩膀，指尖開始揉起頸部。

「很累，要聊天嗎？」她輕聲在我耳邊問，同一個動作一個半小時前才有一個傢伙做過，感覺就是這麼天差地遠。

「好阿，如果我們可以拿掉面具。」我笑著說。

「什麼意思？」

「在這個時候，多數小姐跟客人聊的都沒半句真，雙方都費心思去編故事，但我沒這興趣，現在也沒這心思與體力，所以要聊就聊點真的吧。」

「那你會說出去嗎？」她問。

「不能讓外人知道的，不想讓外人知道的，就別說。」

「介意我聊感情嗎？」

「你說。」

她說的故事有點扯，扯到我相信。大前天她被自己的男友搶了，拿刀抵脖子去提款的那種，但她不敢張揚報警，因為幫男友藏過毒品，要是被掀出來她就毀了。這種愛上渣男的劇情，扯就扯在為什麼會愛上；但她告訴我其實從來沒有什麼愛不愛，只是為了不與大學的好友爭對象，所以挑了個追她的答應，沒想到好友反而因此拒絕往來。

淚跟著她的語音落下。

不知道為什麼，我竟有了吻她的衝動。

當四唇交疊，我感覺到雄性動物原生的動能填滿了自己，抓著她的肩，用嘴唇瀏覽過她的下巴，然後頸子，然後肩膀，然後那柔軟的酥胸，然後刺著日文字句的肋骨，然後腰際。

雙手在她白皙的肌膚上游移。

我聽見嬌喘，我知道那不是裝出來滿足客人的，我感覺到她的久違。不只是一樁買賣，也不是付錢買砲打，我們即將開始做愛。

她的雙手環繞在我脖子上，我們對視著，感覺著。

右手沿著腰際深入了她的雙腿間，一陣溫滑。

「太好了，不用潤滑液，」她笑著說：「如果不想戴，就別戴，但不可以射喔，這是給你的招待。」

我輕巧地扶著她的雙膝，順著姿勢進入了她。

我們這樣纏綿了好一陣子，換了幾個姿勢，在這短暫而刺激的旅程中找到了金錢交易以外的歡愉。過程中我們數次十指交扣，從她的力道便能體會她身體裡的悸動，手心的汗在彼此手中暈開。看著她表情裡的情慾起伏，可惜我沒有帶相機出門，那是我認為最迷人的畫面。

「好久沒有到過了。」她笑著說。

我抽離她的身體，腦海評估著自己還有多少戰鬥力。

突然間，她打斷了我的思緒，輕柔的問：「想試試看我最厲害的嗎？」

我點了點頭。

拉我坐在椅子上，她跪了下去。

她的肩膀與髮梢在我大腿兩側來回摩擦，我感覺到她喉間的溫暖，那艷麗的口紅一點一滴被擦抹在我全身最敏感的位置上，感覺到被包覆與浸泡，原來她的專長正是我最喜歡的事。

腦海裡續航力的量表快速的下降，我感覺到了生命力的召喚。

「Baby，要給妳囉。」

她微微點頭。

我生命的一部分快速的被抽離，傾洩而出。

直到最後一滴離開我，她右手中指抹過被沾到的下唇、舔去，微微揚起頭，雙眼輕閉，下巴輕輕上移拉開頸部，我就這樣清楚看見她把我的全部吞落。

我翻過身，抽了張衛生紙給她，然後遞上了礦泉水。

「謝謝。」她說。

她再次牽起我，再次為我洗了澡。
在浴室裡，我指著她肋骨處的刺青問：「我問妳喔，那是什麼意思？」
「我也不知道，就覺得很酷，還可以拿來唬弄老男人。」她完全誠實。
擦乾了身體，她打開Line回報，轉過頭對我說：「還有一點時間。」
「一起抽根菸嗎？」我問，她點了點頭。
於是我拿起了菸，她為我點燃，我夾著菸湊上她的唇，就這樣她一口、我一口。
在這短暫而片刻的寧靜中我們什麼都沒有說，用呼吸對話著。
「你有女朋友嗎？」她問。
我愣了一下，這個問題我還真不知道該怎麼算。
「別擔心啦，我不會耍賴黏你，只是好奇。」
「妳誤會了啦，我不是在編謊言或想個好說帖，只是我有一個不知道該不該算的偶爾同居的對象。」
「那你們有交往嗎？」
「不算有吧，就只是相處。」
她抬起頭看天花板好一會兒，然後說：「相處比相愛還難阿。」
我傻愣了一笑。
「那為什麼你會來這裡阿？」
「其實這是我一個很奇怪的習慣，每次我工作收到錢後，就會來一趟，大概是把回饋社會當成例行公事。」我說。

07.

全聯是我這種人的好朋友，尤其那些特價的肉。

為了拉長對抗7－11的時間，我必須精準的在所有廉價品中去找出最夢幻的組合，幸好這是件熟能生巧的事。

一個媽媽拉著兒子，那孩子戴的眼鏡嚇死人的厚重，她們朝餅乾區走去。

「這次考得不錯，就給你買乖乖桶，或是看你要什麼，自己先挑，媽媽去拿水餃喔。」我依稀聽到。

看著媽媽離開孩子，我忍不住到孩子身邊對他說：「欸孩子阿，我跟你說啦，大人跟你說一堆遠大目標什麼的，換不了什麼雞胗啦，等你離開學校就是開始混日子了，像我一樣，每天喔……」

突然，我被往後拉去，是孩子他媽。

「先生，你跟我小孩說什麼？」

「人生大道理。」

「離我的小孩遠一點。」隨即低下身對著兒子說：「我們走，不要理陌生人！」

「他馬的妳才離小孩遠一點，就是你們這種怪獸才掠奪了每一個孩子的童年！」我也不知道自己哪根筋不對，就這樣吼叫起來。

一氣之下我就離開了全聯。

走了好一段時間，才到當時跟爛室友常一起吃的日本料理店，腦袋還沒跟上手已經劃了一堆菜單下去。

還好我從來不怕點超量，能打包外帶就好。

像我這種成天亂吃，還會把7－11剩的東西帶回家加工來吃的人，外帶餐廳是挺夢幻的，偶爾還有接活動攝影工作後把餐盒、便當全包走，一口氣就擋好幾天，嬸嬸給我的電鍋根本就是「傳說中的廚具」。

與剩食為伍的人阿，吃一回餐廳就是享受。

我嚼了一口豆皮壽司，倒起土瓶蒸，本想打開手機來看《陰屍路》，沒想到又收到了工作訊息。這一回是一對夫妻，想留下激情而美好的回憶，我扭動著肩頸，終於來點我樂在其中的工作了。雖然解悶，但我仍抱持自己的專業原則，與客戶充分清楚的溝通自己的相關要求。

情慾攝影的工作過程完全不同於外人所想像，我也擔心客戶有時會異想天開，於是我擱下筷子，打了網路電話給對方，這是必要的確認過程，畢竟文字很多時候不比對話來的精準。

在掛斷電話之前，對方問我的原則，我告訴他：「沒辦法讓我勃起的照片，就是垃圾。」

敲定好價錢、工作時間與地點，結束了通話，炒烏龍麵、豆皮壽司我多吃了幾口，嗑光了土瓶蒸與茶碗蒸，心滿意足的叫店員來打包，然後結帳。

帶著一袋外帶，我站到店門口，燃起了菸。

斜對角的狗對著我使勁、用力地吠，我笑牠，吵什麼吵，活該一輩子當狗。

08.

最新的一季來到了最後一集，我爛在床上享受著，完全沒有打算要等待什麼，一口氣連看好幾集影集就是爽快。

正當皮特被按倒在地，不知道瑞克到底會不會開槍時，我的手機畫面突然從劇情轉到來電。

「欸，你心情不好喔？」電話另一頭問。

「有好過嗎？」我笑著答。

「我連休兩天，今晚過去陪你好了。」她說。

「好阿。」我笑著回她，然後切斷電話，跳回去繼續看影集。

09.

依照表訂時間，我提早了十分鐘抵達。

既然還有時間，我把設備擱在門前，上樓頂抽起菸來。思緒被點燃的相當清晰，電話裡敲妥的細節都順過了一回，精神提升的速度隨著菸草的燃燒前進，我環視了整座城市，看見高樓大廈林立的一旁是老舊矮房與鐵皮屋，就像拼布一樣被湊在一塊。

應我門的是女主人。

臉上的妝看起來快畫好了，鯊魚夾把頭髮盤了起來，那是常人肉眼無法看見的性感，我的鏡頭卻能夠捉住。

我按下快門，她沒有任何異樣，彷彿被攝影這回事並不存在。

「先進來吧，我再一會兒就好了，」她說：「老公，攝影師來了。」

還好昨晚看完影集時夜不算太深，今天又刻意睡到吃早午餐的時間，現在上工的狀態相當理想。

「沒想到我們真能請到你來，」丈夫向我伸手一握：「我們知道你是最強的情慾攝影師。」

「謝謝你用情慾，而不是藝術稱呼我，」我說：「我自在多了。」

「我有讀過你寫的文章，『用藝術包裝情慾是一種道貌岸然的褻瀆』，這句話讓我很有感動。」他說。

「那等你太太好了，我們就開始，我先去架設備。」我拎起設備說道。

「我們家沒有整理，就希望能拍出最真實的一面，你請自便，需要什麼都無須開口，儘管用。」

這番話很切中我的心，既然客戶完全授權，那我就不必有任何顧慮與保留了。

端著燈架，我打開了主臥室的房門，梳妝台前正坐著在擦口紅的女主角。我沒有出聲，低頭先找尋插座的位置，然後逐一把我想架設的位置填補好，接著是測試各種燈光的組合。

她噴了香水，在這兩人共處的空間裡，人心怦然。

化好妝的她彷彿撕下了平日的面具，那帶著冶艷的氣息被解放開來，終於可以跳脫身上所有的符碼，無視社會構築起來的虛假道德，在這一刻開始真實的活著。

她走向我來，端起我的臉就直接吻了下去，而她的丈夫正好開門走了進來，但沒有說任何一句話，只是笑笑的走到梳妝檯前開始整理自己。

然後她推開了我，轉身便擁抱著她的丈夫說：「老公，我暖身好了。」

我也暖身好了。

雙方最後一次確認過拍攝的流程後，他們開始做愛，而我像微風的腳步穿梭在主臥房裡每一個角落，變換著光線與亮度，變換著焦，變換著距，有時候全景，有時候局部，有時候特寫，她的唇、他的舌，他們肢體的互動，他們器官的疊合。

主臥房裡的溫度開始升高，隨著一次又一次的快門按下，我感覺到血液開始往下半身匯聚，那種走火入魔的快感馬上就要佔據我的心頭。

我跪在地上，雙手水平前移，用鏡頭抓住他探觸她喉嚨深處的瞬間，我最愛的動作也是我最愛的畫面。

她咳了起來，有些微微嗆到，焦追在她的五官上，那帶著些許血絲的眼、混合體液滑落的嘴角，我全都記錄下來。她突然看向我，一把拉起手往自己胸前摸去，我知道我必須回應這誠懇的邀請，於是我捏揉了起來，也逗弄著她的乳頭。

她被釋放了。

他也是。

丈夫猛一起身，抓起妻子的肩往枕頭推落，右手張大虎口掐住她的頸子，虎口接著緊縮，整張床都在晃動。經驗告訴我，鏡頭要一路跟著女主角的表情走，很快她就要到了，那一剎那是絕對不能漏失的畫面。

他扭腰衝刺，她放聲吟叫，我按下快門。

我知道我拍到我要的了。

但今天的重頭戲才正要登場，這是打電話給我時男主角再三交代的，女主角最想要擁有的畫面。透過鏡頭我看見他們的交纏，聽覺同步著他們的進度，我感受到一切的起伏，我的鏡頭懸在上空等待著最後這波高潮的襲來。電光石火間我開始連續按擊快門，從他抽離她，到遍灑全身，到一絲不留。

他們比肩一起躺在床上，喘著氣。

我靠上身，把最後的成果收進畫面裡，微仰拍的方式成功勾勒出女主角的身型線條，那些男主角賣命後的成果映出光的色澤，漸漸滲入女主角的皮膚，如墨遇水一樣緩緩地暈染。

退後一步，我拿起相機點選播放，準備把從開始到方才捕捉到的迅速掃過一輪，而正當我看到一半時，妻子突然問丈夫：「老公，我覺得還不夠，可以請攝影師幫忙嗎？」

「攝影師，可以嗎？」丈夫對我問。

我端詳了女主角一會兒，才點頭。

於是她爬到床沿來，開始撫摸起我，而她的丈夫只是靜靜的看著。我感覺到了力量與渴望，她的手透過布料感覺到了硬度，便解開了我的皮帶，倒躺著，然後把我吞沒。

得利於姿勢，我探到了比她丈夫更深之處，她又咳了幾次，但每被嗆到一次她就更加賣力，她想要，她真的很想要，只被丈夫潑灑在身上她還無法滿足，她希望在那美麗的臉龐上也能得到犒賞。

所以我給她了，右眼角、鼻樑、左頸、上唇、眉心，她的臉上都有我的存在。

當我停歇下來，整個主臥房都已完事，她問：「可以幫我拍一張特寫嗎？」

我沒有理由拒絕。

10.

回到修圖的電腦桌前，我正在處理陰影的部分。

電話與敲門聲同時響起，我按下暫存，起身應門。

是若拉。

若拉這兩個字是我能知道的最多，她的本名我從沒有過問，她也沒有說過，我們之間的關係很難用詞彙來定義，若拉偶邇來與我同居，但多數時間我們像水平線一樣分離。

在彼此人生的谷底處，我們遇見對方，之後我們講了一通六小時的電話，然後我們在高雄火車站附近吃了一次飯，我們第一次接吻的背景是西子灣，我們在台中的小套房裡上了第一次床，然後過了一年我們不約而同的飄向北方，來到這裡，這他媽的城市，一個沒有夢想只會吃人的地方。

「你在忙阿？」

「把今天拍的拿出來修，趕快修完趕快領錢阿。」

「我要看！」她把包包扔在小客廳的桌上，直衝到我電腦桌旁。

「姊系的，你的菜唷！」

「是夫妻。」

「那姊姊怎麼樣？」

「嘴很好。」我說，刻意擺出一張壞人臉笑著說：「比妳好。」

「你挑我沒上班的時候測才準好嗎？」她輕捏著我的右耳：「都累了一天還幫你吹，不感謝我你還嫌啊？」

「既然這兩天休假，就來測阿。」我咧著嘴。

「不要，你每次都弄得人家嘴巴很痠。」她擺出鬧脾氣的臉，還搥了我兩下。

「我那是為了訓練妳才犧牲的欸，為了讓妳生意更好阿。」

「缺德鬼，只會講幹話。」

我放聲大笑。

這正是跟若拉相處最好的一面，能夠橫衝直撞的當自己，情緒都能打直拳，笑也可以很過癮，還能放肆。

「是說你心情不好喔，我看你Instagram上……」她話就這樣說到一半，突然臉色鐵青起來，然後一聲震撼的尖叫——

啊——啊——

我完全不用去想發生了什麼時，轉過身就去拿蕊娜跟打火機。

若拉狂叫，不停喊著我的腳啦、我的腳啦、牠剛剛爬我的腳啦！

「Jaguar走開！」我對自己的毛女兒大喊，我們之間就是這麼了解彼此。

蟑螂囂張的爬上牆，我甩了甩蕊娜，燃起打火機然後噴灑，火焰就這樣轟的一聲竄出噴發，完全吞噬了蟑螂。

牠墜下，還有一絲抽動，打不死的稱號不是騙人的。

但牠不幸出現在我家，我家有Jaguar。看見滿是父愛的ＢＢＱ小強，Jaguar跳撲上去，抓起蟑螂從頭啃起，我蹲在一旁看著女兒用膳，滿心喜悅的說：「好吃好吃，喔，好吃好吃！」

「天哪我要崩潰了。」若拉說。

「我告訴妳什麼叫崩潰，之前住這裡那個爛人，整天吹噓自己是台港澳三屆散打冠軍，說自己是多了不起的武術高手，幹他媽每次看到蟑螂就哭得跟個娘泡似的，還有幾次給我漏出尿來，幹。」我想起那個爛人，一肚子幹。

驚魂未定的若拉，自個跑去浴室沖洗小腿，解下裙子露出臀腿的那瞬間，我就覺得那蟑螂死的不冤，換來這個我看千萬遍也不倦的畫面。

薇薇的問題突然閃過我的腦海。

只是我想我跟若拉都無異變動現況，畢竟這樣挺好的。

如果說婚姻是愛情的墳墓，或許愛情就是自由的墳墓吧。整個社會盲目的把性跟愛綁死在一起，無視慾望作為人的一種本能，也因此帶來無數悲劇，性被綁架的真實理由從來無關愛，而是佔有，是動物對地盤、對獵物、對所屬品的認知。

媽媽自殺那一年我就明白這個道理了。

「親愛的，我洗好了。」若拉呼喚道。

「我突然想吃肉。」

「這是性暗示嗎親愛的？」

「不，我想吃很多的肉，煮的烤的都可以。」

「想去吃到飽啊？」

「我要吃熊一。」

「幹，你上次吃完不是才挫青屎？」

「他媽的誰準妳提啊，皮癢喔！」我捏起她的臉：「管它如何拉，反正好吃我愛就好。」

於是我存了檔、關了電腦，換上一身輕便的衣服就把若拉拖了出門，騎車直往燒肉店去。

人有時候很犯賤，還沒離開大學前我就知道自己「已經過了可以『去吃到飽』的年紀」，但偶爾還是會犯癮，想吃就是很難忍，雖然理智上知道燒錢傷身又不環保，可是想想反正我又看不到世界末日那一天，不如這一時過癮划算。

很油很膩，很過癮。

基於接了一個報酬豐厚的客戶，這餐我就大男人的去爽快結帳，把找錢拿回來之後我只想多吃幾球哈根達斯。

若拉太懂我，在我們步出店外時，她清點了祕密打包的所有戰利品，成果豐碩。

我在街上抽起菸，因為邊騎邊抽每次都燒太快，對我這種窮鬼來說不划算。

若拉在一旁滑起手機，點開臉書上的各種影片。

「又在看智障影片。」我吐了一口煙說。

「好笑就好，開心難過都是一天，這一刻開心比什麼時候都貴，」她盯著螢幕回話：「反正我又看不到世界末日那一天，不如當下開心點。」

「哭夭啊，幹台詞很不道德欸。」

「幹話王也在怕人家偷梗。」她吐舌說。

「欸妳想想，我之前跟妳說過如果四十歲還沒熬出個頭，我就去講脫口秀，」我笑著說：「到時候就是一堆人付錢來聽我講幹話。」

「如果我們能活到四十歲，又像現在這樣孑然一身，我們結婚好不好？」她擱下手機問。

「好啊。」幹這句話根本脫口而出，我甚至沒有去思考就回答，卻沒有任何後悔的感覺，大概這樣也是個不錯的結局吧。

「幹你之前口口聲聲說婚姻是愛情的墳墓欸。」

「跟妳一起走進墳墓，好過在這荒唐的世界當個孤魂野鬼吧。」我說，有些悻悻然，我也不知道為什麼。

她沒有回話，而是回頭繼續滑著手機，我下意識地又燃起一根菸。

從死魚眼手上買來的菸就這樣沒了，我把菸盒揉爛隨手一丟，換來若拉瞪了一眼。

「欸，」她將手機遞到我面前：「有颱風要來欸。」

「那我們去全聯吧，我順便要買包菸。」

「好啊，反正我住的那邊不用防災，颱風天看來你是需要我保護。」她說。

「是是是。」我點了點頭，我們會心一笑。

11.

那是我來到這座城市所見過最大的一場雨。

我不太會形容，總之就是嚇死人的大。

幸好睡前若拉押著我去把所有可能漏水的地方都堵了起來，門縫窗台也都備了好幾條舊毛巾跟髒衣服，一切安好。

Jaguar躺在我們之間，當我醒過來時正好與我對眼，那種迷人的樣貌完全讓人融化，直到牠對我放屁。

幹有夠缺德，果然是我養的貓。

若拉睡得很深，看著她深睡我很安慰，剛開始她來住我這時，偶爾都會作惡夢，雖然她沒有說過是夢到什麼，或是因為什麼，但我想那會是她最不願觸及的部分，被深鎖在海馬迴的底部。

原本想起身幫Jaguar拍照，但那個屁沖散了我所有的靈感，於是我拿起手機滑臉書，做了非常若拉的動作。

我點了支菸，邊抽邊滑。

若拉突然翻過身，眼睛也沒睜就不高興的說：「去客廳抽啦。」

「好啦。」我把菸拿離開床，吻過了她就到電腦桌前坐下。

原來這個颱風叫蘇迪勒，好像自從奇比過後我就不記得颱風叫啥，這也不意外，我連國小的死黨長怎樣都忘了，颱風好像還好，只要確認能活過那個颱風，叫什麼我都無所謂；嗯，活不過的話，叫什麼好像也無所謂。

把前一晚沒修完的圖一口氣趕了起來，每當這時候都很感謝自己的堅持，堅持在按下快門那一刻就力求完美，不要留給自己太多的事尾。

算了算時間，若拉大概再睡半小時就會醒，我從冰箱裡拿出全聯特價的高麗菜與蛤蠣、外帶回來的烏龍麵與豆皮壽司、吃到飽偷帶走的肉片還有蛋，逐一料理、上桌，然後拿出了兩瓶啤酒。

「欸女人，吃飯囉。」我隔著門呼喚她。

她打開門，看到我便上衝來環抱，用雙唇在我脖子上留下一個吻。

城市裡的人們，他們的世界都已狂風暴雨，我們卻得片刻安寧。

飯後，若拉依慣例把碗都洗了起來，在陽台抽菸的我看著整座城市被洗刷、浸泡。洗完碗的若拉滑著手機，突然開心的說：「欸我放颱風假耶！幹部說可以讓我多休一天唷！」

「嗯？你們颱風天會放假喔？」

「呃…颱風天沒人會叫小姐吧？」

「誰說的，大家不是最愛在颱風天叫外送了嗎？」

「幹，去死啦。」

有些陷入無聊的兩人，沒有沾到半點雨似乎就與整個被颱風席捲的城市脫節，討論了半小時後，決定叫計程車去唱歌。

12.

沒有任何工作行程的兩人放肆的喝了好幾回合，離開ＫＴＶ時甚至有包場的錯覺，彷彿世界上只存在著彼此，有些歡愉。回到家之後的一切都沒什麼印象了，直到醒來，若拉搖著我說蘇花公路傳出多處坍方，我收斂起嘴賤，知道她在擔心自己外婆家的家人們，於是沒有回話。

突然想吃必勝客，於是我打了電話叫外送。

自然又被若拉念了一頓，還被她藉故開話題聊到朋友參加的勞工運動。

若拉有個同事，如如，是長期投入社會運動的狂熱分子，會跟若拉成為同事也是為了要「養組織」。那種偉大的情操讓我敬佩更讓我卻步，只能說我跟她們大概真的不是同一個世界的人，很難想像，更不用說理解。

「你知道嗎？如如白天搞社運，晚上當小姐，都不知道有沒有在睡覺，我真的……」她邊說邊開如如的臉書相簿給我看。

「哭夭啊，她是機器人吧？」我接過手機。

「不是啦，她其實人很好相處，平常也就像鄰家女孩一樣，是我去找她聊才知道她在搞社運，」她說：「可是她那個組織的……」

「有什麼毛病啊？顧好自己才是最重要的吧。」

「嘖，」若拉顯然有點不悅：「我要說的是，她的組織財務狀況很差，每個月又要發薪水、繳房租什麼的，真的很辛……」

「幹就裁員啊，養不起就不要硬撐累壞自己，又不是慈善事業。」我說：「還是那個如如想出來選舉？」

「欸，徐又森，你怎麼那麼愛插嘴啊？」她生氣了。

「親愛的，你不是最懂我了嗎？」我露出邪惡的笑：「我本來……就很愛插嘴阿。」

「幹！」她笑了，作勢要甩我巴掌：「去死吧你！」

我抓住她的手，吻了她，用全身的力量壓住她的人，我們做了愛。

若拉很溫柔，很懂我，所有的眉角，所有的喜好。

而且她不吝嗇能給我，不嫌棄屈就自己來取悅我。

若拉很美，不誇張，是真的很美很美的那種，不施粉黛也能迷倒整個世界。說真的我不知道自己憑什麼擁有這一部分的她，從這個角度來看，我很幸運，每一次我們的身體交織在一起時，這就是我心裡所想。

但不同於社會上主流認知的伴侶，我們之間的狀態並非那樣，就是僅止於我們之間特殊的互動模式構築起來的關係。

她知道我在跟她做愛時，腦袋常想這些有的沒的，但她從不介意，甚至偶爾會與我討論。

一切風雨吵雜我聽不見，我的耳朵漸漸全被她的呻吟、嬌喘給佔滿，就這樣我們又做完了一次美好的愛。

各自拿衛生紙整理過後，我開始抽事後菸，然後刻意玩弄著吞與吐去凝視著煙的飄散。

「欸徐又森，你為什麼會愛我阿？」她趴在我胸前問。

我吐出了菸，誠實而清淡的回答她：「也許不是愛你，只是這個夏天一個人睡太冷。」

親愛的若拉，我們本就是宇宙微塵，經過一三八億年的漂浮，難得才有此身。

13.

颱風災情的新聞很快被一樁命案的一審結果蓋過。

一個粗工殺了雇主，他用老鼠藥毒死了雇主，還把雇主分屍丟棄到不同位置，被抓到的當下兇手正在丟棄最後一塊屍塊，也就是雇主的大腿。

看到新聞的當下我燒起了一肚子火，這不判死刑說不過去，偏偏法官只判了二十年，理由就是這些殺人犯最愛用的藉口，精神疾病。

憑什麼他殺人還可以逃離死刑，我不懂，我真的不懂。

當我點開新聞影片下方的留言時，我發現難得在這個時候我跟社會多數——或者說願意誠實的社會多數——站在一塊。

有一則留言吸引了我的目光，是一個活動頁面網址，於是我點開來看；看完之後，我帶著相機、拿著鑰匙就出門，直達活動現場。

這是我人生中第一次參加抗議。

這是一場抗議法官的行動，滿滿憤怒的群眾把地方法院的廣場堵塞起來，大家不停的叫囂著。

拍了幾張全景照後，我鑽進人群，抗議法官讓兇手用精神病逃離死刑的聲浪越來越強，直到穿越到前排我才注意到，原來另一側有小貓幾隻舉著「廢除死刑」的標語，一語不發的站著，我這一方的群眾群起砲轟。

我看見人群中一張似曾相識的臉龐，原來是若拉給我看的如如。

這時一位大叔的身體往警察隔開的防線壓去，指著帶頭的如如痛罵：「就是你們這些人，社會這麼亂就是你們害的！不判死刑有天理嗎？」

「兇手為什麼成為兇手，社會有沒有想過，」如如打開了麥克風，回應道：「還是遇到這樣的案件，就想把人一殺了之？」

「殺人就是不對，還假裝神經病，幹！」大叔肺活量單挑著擴音器。

「他有精神疾病就是病人，病人需要的是醫院而不是監獄。」顯然如如並沒有被嚇著。

「放屁，他精神病我一看就知道是裝的！」一旁的黑衣男幫腔大叔。

「你怎麼知道是？」對面傳來回應。

「你又怎麼知道不是？」抗議群眾大呼小叫了起來。

「幹！殺人就是不對啦，吵三小？」、「信不信我殺你們全家？」、「廢掉法官算了！」、「判死刑我請雞排！」、「幹，有悔意就免死了啦！」、「法官保護畜牲！」、「恐龍法官啦！」、「滾回侏儸紀！」、「揪團殺廢死聯盟全家！」……這些叫囂此起彼落。

我突然愣住了。

我為什麼在這裡呢？

聽著支持死刑的人說要動用暴力、揚言殺人，我感覺到矛盾，如如的話在我腦海裡迴盪，逼懶的思考的我不斷的想。我該站在哪一邊？是我剛來時站的這邊嗎？但我跟他們不一樣啊。

我跟他們不一樣啊。

試著轉過身去想像自己會不會主張廢死，卻又說不出口，於是僵在那裡的我默不作聲。

14.

抗議的聲浪隨著距離跟我越來越遠，拍打到臉上的雨水也小了起來，颱風大概是要過去了。在家門迎接我的是Jaguar。

若拉在桌上留下紙條，她回去上班了，貓餵了、貓砂也清了，還幫我把衣服洗好拿去曬了。頭昏腦脹的我，一屁股坐在電腦桌前，發現自己沒有任何目標，在飢餓的推動下再度起身走到廚房，拿好要煮的料放在瓦斯爐與電鍋裡分開蒸。

Jaguar不知道哪根筋不對，我手洗到一半時牠突然一跳而上的勾住水龍頭，然後盪了盪，竟然就把整個水龍頭連根拔起。

幹。

水柱直接砸在我的臉上，吃了一鼻子水，我本能反應的拿著被扯下的水龍頭往回塞，水卻從四周圍噴灑出來，力道極強。

我再次用杯子堵住，但手一放水柱肯定又會逆襲。我告訴自己冷靜，我也只能冷靜。手機在客廳，最大的盆子在陽台，我必須在最短時間內一次拿完，才能把溢出來的水量降到最低，先讓水能聚集在洗手台上。

想好動線後，我放開手，立刻行動，用最短的時間建築起防禦工事，但水還是淹了不少。

確保水能匯集，不會再噴到洗手台外後，我開始查水電師傅的聯絡方式，打到第四通才終於聯絡上一位史師傅，但他最快要半小時才能到。等待的時間，我找出了所有容器來裝水，可惜若拉太賢慧，我現在既沒有碗盤也沒有衣服可以洗，裝不了的水就這樣白白流去。

想來也覺得悶，號稱近年來最大的一次颱風天家裡沒淹水，倒是颱風一走因為水龍頭被扯爆而淹。扯，爆，了。

天曉得史師傅打給我時，我有多感動。終於有人聽見我吶喊ＳＯＳ的心聲了。

我沒有追隨任何一個宗教，但我有自己的信仰，特別是對人的信念。在脆弱或無助的時候我依然做出祈禱的動作，卻從來沒有一次回應，這次家裡水災也一樣，真正回應我的禱告還把問題解決的是史師傅，而不是某個被傳說與想像建構出來的偶像。

史師傅一來先找水表，然後水塔，不幸的是水表的鎖因為老舊而無法鎖牢，水塔更是離奇的找不到。

但他是個鐵錚錚的硬漢，就這麼跟水柱正面對決，強行裝上。

「你一個人住阿？」被噴得滿身濕的史師傅問。

「原本不是。」在一旁手忙腳亂的我答道。

「那你室友呢？」

「呃，講起來很扯，你不要笑；」我說：「原先跟我同住的光頭佬，因為喝醉硬上了房東的狗被趕了出去。」

史師傅的笑聲差點沒把天花板掀開，也因此嗆了幾口水。

水柱終究被無情的鎮壓了，新的水龍頭就在上頭宣示著權威，史師傅收完錢豪爽的離去，而讓我最感悲劇的，莫過於眼前家中的滿目瘡痍。

我坐在電腦桌前好一會兒，不斷的崩潰著。

就在這最崩潰的時刻，嬸嬸打了電話過來，我順勢就把滿腹牢騷發完，而她靜靜的聽。直到我意識到只有單方說話，嬸嬸一語未發時，我才問她怎麼了，而她破題就提到老爸，無名火上身的我準備要發脾氣，卻被她先行制止。

「聽著，你爸的時間不多了，我不希望你們父子倆之間有任何的遺憾，」嬸嬸說：「我不管你們是這麼想的，再大的情緒都應該要放下了。」

我愣著，沒有回話。

「你是晚輩，你應該主動聯絡他，聽到沒有？」

我本來還在想，果然出了這種長輩的悲情攻勢，原本的問題還是不打算解決，只想把家庭價值當作王牌端出來，用倫理孝道來合理化自己的一切行為。

直到我聽到「第二期」這個字眼從嬸嬸的口中說出。

聯絡與否，她把決定的權利還給我；同時，她把一個埋藏了十九年的祕密告訴了我。

通話結束的那一刻，我的心沉入了海的最深處。

一直以來讓我費解的地方在這一刻都有了答案，我卻不知道自己究竟能不能接受這個答案。

人生總是這樣，你以為觸底了，才知道還沒到最下限。

15.

舞池的日常就是那樣，人們在裡頭過著招，有時看見些拙劣戲碼，有時候也會出現亮眼一筆，但對我們這種情慾裡的游牧民族來說，今晚不過是追逐著女孩身體裡的水與身上的草，找個地方一夜而居。

DJ放著什麼、MC唸著什麼，大概真的沒有人care。

吧檯那裡有個高個頭，用著超老套的戲碼對一個嫩妹展開攻勢，一下賣洋味講英文說出國的事，一下又裝潮變魔術還搞音樂，講的人唬爛，聽的人也隨便，不過是慾火燃燒之前的鋪陳。

舞池裡就那幾種人，來跳舞綻放舞技的，來陪襯的，還有像中邪的。

今夜的我看來反常，大概是心情的完全折射，想都沒想就來夜店，卻也不知道目的是什麼，大概就是想逃吧，我不知道該怎麼、要怎麼去面對那些崩潰。

該死的音樂與人聲的吵雜竟然帶來一些安寧，廉價香水與來路不明的香菸混合成讓人心安的氣味，藉著這樣的環境，我釋放出那個渴望崩壞的自己，開始掃視著舞池裡的目標。

她裸在外頭的腰正在以範圍技的姿態迷惑著四週，被我雙眼捕獲。

扔掉了手上抽一半的菸，酒杯也就擱在小桌上，我向前貼上身，雙手環抱在她的腰側，她沒有說話，也沒有拒絕，於是我們開始扭動，然後隨著節奏磨蹭。

我的雙手隨著音樂同時伸高，直入她的頭髮深處；我的雙唇沾染上她的口紅，我的舌尖在她的齒間交錯。

「要打砲嗎？」我在她耳邊輕聲問。

她退了一步，沒有回話，也沒點頭，只是拉起我的手就往廁所走。

穿過舞池，人群間傳來陣陣不滿的眼神，聚焦在我跟她手交疊的位置。

廁所的空間不大，但源自生命的慾望讓我們得以迅速瀏覽對方，她很雙手扶牆，我順利的進入了她；這就是打砲，我常說打砲跟做愛不一樣，我們之間除了體液與快感沒有多餘的交流，那些交流現在對我們來說可能也太過冗贅。

沒想到做到一半她卻哭了起來，我一陣莫名奇妙。

我做了唯一一件能做的事，就是看著她哭。

「幹，妳都不安慰人家，人家剛失戀欸！」她對著我罵。

「哭夭，我又不是慈善事業。」我一肚子疑惑的回她，索性收起屌離開廁所。

16.

推掉了所有的客戶的電話，我澈底的把自己鎖在家裡整整十天。

看完一季的《閃電俠》、三季的《綠箭俠》、一季的《萬惡高譚市》，還有一大堆的電影，連三天打惡靈勢力殺僵屍，半天打《世紀帝國二：征服者入侵》全被電爆。冰箱清得很乾淨，只剩下一餐份的水餃，還有兩片冷凍到現在的厚片吐司。

我好像在逃，卻不知道自己在躲避什麼。

沒有修剪的鬍子爬滿唇間，參差不齊；一袋又一袋用過的貓砂堆積起來，跟垃圾堆放在一起，要洗的衣服也是，菸灰缸早已滿到桌上都是灰。大概除了攝影裝備這些討生活的傢伙之外，我身處的世界已如我內心一般崩壞，非常澈底。

這一切直到若拉出現才打破。

不知道她什麼時候拿我的鑰匙去打，但我不介意，癱坐在牆角邊的我不停晃著空空如也的啤酒瓶，偶爾幾滴甩到我的舌頭上，為此我有些腦羞。

「徐又森，出門。」她說。

我沒搭理。

她沒多說什麼，走到牆邊一把就抓起我來，在那時我感覺到自己完全就是一組可以記錄、有觀感的皮囊，無魂有體，拍一下會聽見回音的那種空盪盪。

她把家裡迅速的整理過一遍，也幫Jaguar換好貓砂、倒好飼料跟水，然後她幫我洗好澡，也刮好鬍子，看來平常的「職場技能」非常充足。

見我一語不發，她沒有逼問，只把雙手放在我膝蓋上說了句：「我要把你的負能量全吸出來。」她做到了，在射精前的那一刻，我的喉間震動起來，出了聲，那是我十天以來第一次發出的聲音。

她拿起垃圾桶狠狠的吐，邊用衛生紙幫我整理，邊喝著水漱口。

「徐又森，出門。」她說。

「嗯。」

我感覺到了重開機。

也感覺到了破碎，那層將我與這世界隔絕開來的薄膜被弄碎了，一切重新接上軌，我躲在安全空間裡逃避的日子也在此畫下句點。

我們到了十字路口上的7－11吃飯，我想當然地被她訓斥了一頓，卻也因此讓我更快速的融入了原本的世界。階段性任務達成的若拉，開始滑起手機，回到過往的若拉模式。

「欸颱風過後，台南那邊好像狀況沒那麼差，」若拉說：「賴清德真應該來當行政院長的。」

「我告訴你啦，賴清德以後要是會接行政院長，我下個月就橫死在路上。」我滿臉不屑。不是針對賴清德個人，我沒有喔，我是對於把政客封神這件事感到不屑。

「欸不要聊政治好不好，之前去抗爭場合遇到妳說的如如，我心裡還在悶呢。」我說，然後一口把所剩的便當吃完。

「你才二十七歲，用這種四十歲的口吻也太老了些，」她說：「不過不聊就不聊，你該從實招來到底發生了什麼事吧。」

「我爸。」

「他怎麼了嗎？你們不是都斷絕關係了？」

「嬸嬸打來說，他時間不多，二期了。」

「我猜妳嬸嬸要你回去。」

「嗯。」

「我不能告訴你該怎麼做，」她說：「不過我媽說過，人世間最痛苦的，就是後悔。」

她站起身，把垃圾全拿去丟，然後搭著我的肩說：「所以不管你決定如何，不要讓自己後悔。」

我們走出了門外，我蹲在階梯上抽菸。

一旁有隻流浪狗，移動的姿勢相當怪異，若拉低下身看牠，發現牠後腳早已無法行走。

她沒說什麼，只是跑回裡面去買了顆茶葉蛋，邊剝邊餵牠吃。

我看著她們，抽著我的菸。

「帶牠走吧，不然在這邊流浪，又受傷，不知道還能撐多久。」她說。

我沒回話，就順著她的主意，把傷狗帶回家。若拉在陽台弄起了簡易的起居空間，我隨她，在一旁靜靜的幫忙，心裡開始思考著我們是不是其實根本沒有能力照顧牠。

醫藥費就是一筆大支出，雖然若拉應該會扛，但照料起居什麼的，光想到若拉的工作就不可能，問題是我根本不想養狗。

牠的生命看起來十足的脆弱，雖然是隻大狗，卻體虛的癱著。

若拉拿出鬧鐘狂響的手機，交代我幫忙照顧狗，隨後便飛奔準備去上班。

17.

若拉的話在我腦袋中繞了好幾回，我其實也不知道自己還有什麼好顧慮，又或者為什麼而焦慮。

我深呼吸了一口氣。打開電腦，決定動筆寫信。

這是我能想到最好的方法，如果打電話，老頭子又要在電話中講他的大道理，擺出一副「我是你爸」的樣子，忍受不了他的過度強勢我就會回嘴，然後就陷入爭吵不休的迴旋，更不用說直接見面。

當初斷絕一切，就是希望他想清楚自己的作為，否則沒有反省、沒有改變，那我們之間不過是繼續折磨、互相傷害而已。

就這樣抽著菸、打著字，不知不覺我開始細數起從小到大的點滴，還有二十幾年來對他的所有感受，一轉眼已經寫了八千多字。

突然，若拉打了電話過來。

「又森，我跟你說，出事了。」
「怎麼了？」
「我一個同事今天被輪姦了。」
「幹，」我怒火攻心：「知道兇手是誰嗎？」
「據說是一個飯店大老闆，姓余，帶兩個律師一起硬上。」
「垃圾人。」
「我跟你說，狗要先麻煩你照顧，我要陪在她身邊，這段時間不是找醫生就是找檢察官。」
「放心，你忙你的，如果查到那王八蛋叫什麼名字，再跟我說。」
我最恨的就是強姦的人渣，何況輪姦。
對於非處在強勢地位的人來說，世界就是沒有盡頭的暗巷，這種陽光照不到的角落裡，有錢有權的人就會更變本加厲，法律對他們來說就是工具，是奴役、迫害甚至殺戮的工具。
我把信的草稿存了檔，拿出當年老爸給我的六法全書開始翻。
手機突然震動起來，是若拉傳來的訊息：
「查出來了，飯店老闆叫余兆桂，跟他一起輪姦的兩個律師叫薛乙承、圭豪。牠們現在還到處散播片跟照片。」
幹牠媽的人渣。
突然之間，我想起老爸，我知道這種事他絕對有能力處理，輕而易舉就能把這些人渣全都繩之以法，最好判他們死刑。
桌上的六法全書翻到刑法的頁面，我卻無心靜下來好好讀。

氣歸氣，想來自己卻也無能為力。飯店的老闆，肯定政商關係良好，還有兩個律師當共犯，這哪裡告得贏，何況被輪姦的還是小姐，社會又會怎樣閒言閒語。

這不是件檯面上能解決的事情。

我連抽了兩支菸，搔了搔頭，決定回頭去把給老爸的信寫完。

18.

寄完信回到家的我，看到若拉要我幫忙照顧的狗兒滿臉痛苦的蜷縮在一旁，我不知道牠該如何承受這世界的荒涼，漫長的手術，缺乏有心人的照顧，還要多久才能復原，復原之後又要如何過完一生。

我沒辦法想像。

牠微微的嚎叫著，似乎連為自己抱屈的力氣都沒有。

我伸手環抱住牠的脖子，嘴裡說著安撫的字句，然後逐漸增強我的力道，直到牠的生命力完全抽離。

拿出手機，我傳了訊息給若拉，跟她說狗狗死了，要她別自責別難過。

堅強而成熟的她很快的回了話，要我幫忙處理好埋葬。

我從收納箱裡拿出大型黑色垃圾袋反覆包起來，再跟其他的垃圾堆放到一塊，然後一口氣全拿去子母車裡。

19.

隔了大概一週之後，我收到了老爸的簡訊。

說他下週會北上一趟，希望可以來我的住處找我，這讓我有些期待又有些緊張。我於是聯絡了若拉，希望她幫忙整理布置一下家裡，沒想到她來找我時卻告訴我被輪姦的女孩自殺了。

若拉哭了一晚，我卻開始有些麻痺。

對方最後用十萬元和解，說一人付三萬充當服務費，加一萬當紅包，被害人把錢全轉帳到媽媽的戶裡，然後上吊自盡。世界就是如此荒謬，這可能已經是受害者能拿到的最多，對方握著金與權，還不知道會有什麼威脅出現，何況受害者不願意讓家人知道自己的工作，只能吞下這一切，用結束生命來終止噩夢的輪迴。

好像這世界就是這樣運轉著，只有吃人跟被吃，當獵物的就只能祈禱自己能躲一輩子。

若拉哭累睡著後，我自個兒整理起家裡來，心中的感受是那樣的五味雜陳。那一刻我多麼渴望自己能夠無知，能夠什麼都不要懂，「懂」正是一切苦痛的根源，因為懂了事所以人生開始被不斷折磨。就算是旁觀她人的痛苦，也會感受到心如刀割的疼痛，多數時候我已經強迫自己對一切冷漠好讓自己能夠與社會相容，偏偏這樣的事件無孔不入的刺著。

在這夜裡獨自收拾著家，也許是對自己最好的一種療傷。

20.

來到了跟老爸約定好的週日。

傳簡訊跟他約好在十字路口這側的捷運出口碰面，先溜去喝個咖啡再來我家，想來這會是個還不賴的行程。

我洗了澡，很認真的那種，像是要準備去約會的高中生一樣。呼吸有點緊湊，我於是走到陽台抽了支菸。見面的第一句話，該說什麼呢？我一時沒想法，又害怕順其自然。

往十字路口看去，人們是那麼的渺小，我瞄向若拉上班的大樓，盯看著有誰今天要去尋花問柳。別小看那充滿魔力的地方，幾乎沒有休息時間，就算現在還沒傍晚，客人可是源源不絕。

一個身穿藏青藍西裝的油頭男子在那裡假裝講電話搖晃，我猜是怕被人看到，大概又是有頭有臉能叫出名字的傢伙，果不其然不到一根菸的時間，就有幹部出來帶他。

我看了一下手錶，大概還有一個小時的時間。

既然如此，我就再巡視家裡一圈，看看哪裡還沒整理乾淨，哪裡需要重新擺設。唯獨菸灰缸我不收了，老爸也該知道我會抽菸了，反正這件事情他沒有立場念我，他自己就是個老菸槍。

為了避免被老頭罵遲到，我刻意提早了十分鐘下去樓下，走往捷運出口去。

十字路口的繁忙難以想像，行人總是要把握時間穿越斑馬線，我拿起手機隨意的拍了些畫面，邊拍邊用ＡＰＰ修著圖、套濾鏡，大概是職業病。

黃燈轉紅。

我看向這一側的出入口，沒看見老爸的身影，卻聽見他的聲音從對街傳來。

「又森啊！」

「老爸！」

我們跟彼此揮了揮手，等待的行人號誌上的秒數讀完。

老爸穿著黑色中山裝的外套，顯然是我跟他說過我最喜歡的一件，不過他終究沒辦法放棄那雙皮拖鞋，還是大剌剌的正裝配拖鞋而來。

我會心一笑，而兩向的人潮開始湧動，我注意到老爸的步調比以前慢了些，於是跟著上前去，想說至少扶他一把。

腦袋裡還在思考著，到底第一句話要說什麼。

老爸突然倒了下去，我心一驚，而周邊的人群開始放聲尖叫，繁忙的十字路口瞬間失去一切的秩序。

Ch.2 判決書

01.

一九九六年，七月五日。

地方法院。

是光明的季節，也是黑暗的季節，那是狄更斯筆下《雙城記》開頭的其中一句話，基本上也可以借來形容一九九六年。

一度劍拔弩張的海峽，我們這一岸終究順利的完成第一次總統直選也順利就職，整個國家有好有壞，算是有幸經歷這個時代。比起其他人更幸運，在歷經了學生時期的挫折之後，閉門苦讀的我考上了現在的工作，也感謝太太在那寒窗的歲月裡辛苦持家，宣誓就任之後收入開始穩定，也順利擁有了我們唯一的小孩。

我還記得兒子剛出生的那心情啊。

為人子，然後為人父，在自己的職位上這十一年我是戰戰兢兢的過，寫下的每一個判決都力求俯仰無愧。

在這暫無大案的午後，我得以翻閱報紙，上頭滿是桃莉羊誕生的新聞，科技終究會不斷進步的，只是我常想到何時會觸碰到人類能夠接受的邊界呢，似乎不遠了。成功複製了羊，接下來是不是馬啊、牛啊、狗啊或猴子啊，然後呢？複製人類嗎？我好難想像。

那是科學與造物主之間的競爭吧，是一個競神的過程，我不斷想起巴別塔的故事。

書記官敲了我辦公室的門，思緒也擱在這兒。

「有一個案子排到你手上，是陪席。」書記官說。

「卷宗放桌上吧。」

我這位書記官好朋友在工作職場上有他的原則，不多話，也不跟人打哈哈，還好我們私下夠熟，否則有些人都把他當古板，還有人管他叫機器人呢。

我摺好報紙，整齊的排放在我的報章雜誌區，等等清潔阿姨就會一次帶走這一週的量。

我拿起書記官放在桌上的卷宗翻閱，把自己看到的重點摘錄在便條紙上，這個動作也是十一年如一日。

02.

載著太太與兒子，我們出發回老家，沿途上正好在抗議房子被徵收人們，兒子滿心好奇的問他們在幹嘛，我細細的解釋。

「我跟你說啊，你將來長大了不要去跟人家搞抗議，尤其是念大學的時候，聽到沒有？」我語重心長的叮囑著：「你看看那些野百合，我不知道將來這些人還會有什麼出息。」

老家是棟透天小厝，是我童年所有記憶的承載。

父親還是一樣，母親走了之後總是沉默寡言，最大的興趣就是下午曬著太陽在庭院抽他的菸斗。

「爸，我回來了。」我打過招呼。

父親點了點頭，兒子開心的從車裡衝出來，一把就抱著父親，我忍不住就念了：「怎麼教你這孩子的，見到人要先叫，你沒叫爺爺對嗎？」

「幹嘛啊你，孩子喜歡爺爺你也要念。」太太捏了我一下。

這女人有時候就是太縱容孩子了，我只是怕孩子將來出社會被人認為沒家教，或許有時候我是過分嚴厲的些，但他可是我的獨生子，他是我所有的寄望啊。

我搖了搖頭，進到屋內，先給母親上了支香。

「過來拜奶奶。」我對兒子說。

兒子拿著香晃啊晃的，非要我轉頭一瞪才收斂，拜完奶奶後的他又飛奔去到他爺爺身邊。

「老公啊，下個月是兒子的生日欸。」太太見兒子不在身旁，小聲地跟我咬著耳朵。

「這樣啊。」我想了一會兒。

「你有想要買什麼給他嗎？」

「送他一台相機吧，」我說：「這孩子似乎挺喜歡影像這些東西的。」

「好啊！」

「說妳送的。」

「為什麼？」

「我還有別的東西要送他。」

「神神祕祕唷！」

03.

大概是以前養成的讀書習慣，每到週一我都比平常早起半個鐘頭。出門慢跑了半圈後，我回到家沖澡，準備等會兒吃完早餐就去上班。

「兒子呢？」我問。

「還在睡。」太太邊弄早飯邊回答。

「這再睡又要遲到了，怎麼行呢？」我上火了，快步走向兒子的房內。

「起床了，你怎麼還在睡？」

「吼唷，再五分鐘啦！」

「講什麼東西啊你，以後當了兵你還不被狠狠的電？」我越來越氣：「你這孩子老是睡過頭，將來能成什麼東西？」

「好啦！」這不知好歹的小子竟然還朝我大吼：「吵死了！」

「你是這樣跟你父親說話的嗎？」

太太見我要拿棍子，馬上上來阻止。

「就再讓他睡一會兒嘛，也才小學而已，」她說：「你吃完快去上班，孩子我載去學校。」

「小學都會遲到將來大學怎麼辦？」我怒斥著：「孩子就是被妳寵壞了！」

「夠了，你們父子倆不要在這浪費時間，否則兩人都要遲到，」她也氣了：「孩子上學遲到頂多老師打電話來，你要遲到了看怎麼辦。」

雖然有些狡辯，但太太的話也不無道理，我嘆了口氣，轉回餐桌上添起稀飯。

我怎麼能不氣呢，好不容易存夠了錢，給孩子上了最好的小學，趁他同儕享受暑假的時候，讓他多上點課、學些有用的東西，還不是希望將來他能有出息。

04.

這一天對兒子來說可是大樂的呢，生日正好是暑期輔導課程的結束，他有半個月可以好好的瘋，我也刻意跟同事們調了班排出四天的假，準備全家去露營。

「老爸我回來了！」太太車都還沒停好，我就能聽見兒子的聲音：「老爸老爸老爸，我暑輔成績全校第一耶！」

「蹦蹦跳跳什麼東西啊？」我說：「跟你講多少次男孩子要穩重點？」

「喔，可是我全校第一欸老爸！」

「又要得意忘形了你。」

「四科我總分三九七分欸！」他一把拿出成績單，還是嘻皮笑臉的。

「怎麼少了三分呢？」

「數學嘛……」他說：「我沒看清楚題目嘛！」

「粗心大意還理直氣壯！」我一氣之下撕了成績單：「我告訴你，那是因為暑期輔導課大家心都不在教室，你不要樂過頭，第一要想怎麼保持，沒什麼好開心的。」

兒子沒回話，當著我的面落下男兒淚，一扔下書包就衝回房間裡。

沒出息，聽個道理就哭，真讓我頭疼。

或許外人看來，這對孩子有些過分嚴厲，但這是絕對必要的，沒辦法自律的人就必須被他律制約，他是我的兒子，道理我教好過將來出去給社會教。

「你怎麼又在罵小孩了？」太太進門質問我：「今天是兒子八歲的生日，你就不能慈愛些嘛？非要這樣大呼小叫。」

「妳不懂啦！」我揮了揮手，拿著菸起身就走到門外去抽。

全校第一名的成績，我當然是感覺到驕傲，但我知道這孩子也是，我如果再捧個幾句他就要得意忘形了，反而退步得快；愛不是只有甜言蜜語，愛是有責任的，身為他老爸我就有責任在他出社會之前好好雕琢他，才會成大器。

「去跟你兒子好好說話，他是小孩不懂事，你是大人。」太太邊澆著花，邊教著我。

「嗯。」我捻熄了菸，對太太說：「去轉角的雜貨店再幫我買兩包黃長壽。」

把錢遞給她後，我進屋內敲了兒子的房門。

「哭完了嗎？」我問。

兒子沒有回話，默默的打開房門。

「好了啦。」我說：「男孩子哭哭啼啼像什麼話。」

「老爸，我考第一名有什麼獎勵嘛？」

「帶你去露營啊！」我笑著摸他的頭。

「我不要，露營好無聊！」他說：「可以帶我回爺爺家嘛？」

我本想跟他講道理，但想起太太說的，也就把自己的話吞回肚子裡。默默的點了點頭，兒子回給我一個燦爛的笑。

「今天是你生日，老爸額外準備了一份禮物。」

「是什麼？」他顯然滿心期待。

我於是回到房內，把包裝好的禮物送給他。

孩子興奮的拆著包裝，但當包裝拆光時卻一臉狐疑的看著我：「怎麼又是書啊？」

「這本是《辭海》，裡面有所有的字詞解釋，對你將來很有幫助。」

不知道太太什麼時候進的門，手上也拿著禮物。

「兒子，生日快樂！」她說。

兒子滿心期待的看著太太，隨手就把《辭海》給扔床上，從太太手中接過禮物開始拆包裝。

「哇！是相機欸！」他開心的大叫：「謝謝媽咪！」

母子倆抱在一起，我卻看著被冷落的《辭海》，心裡忍著，想想孩子有一天就會懂了。

05.

看完卷宗的同時，我捻熄了菸。

一位陪席法官進到我辦公室內，喜上眉梢的說：「道長，今晚忙不忙？」

「怎麼了，有案子要加班嗎？」

「不是，我們上週一起審的案子，有人找我們吃飯。」

「吃飯？」我疑惑著：「吃飯跟案子有什麼關係？」

「是王議座的場，希望我們法院這邊能幫點忙，讓他們工程可以盡快開始。」

「依法去審就好了啊，本院效率不至於太差吧？」

「道長，別這麼硬啦，議座只是要確保判決的結果，」他說：「而且他還傳話說，小姐跟酒錢都算他的。」

「我沒興趣，」我說：「我講過很多次了，我不會去應酬的，你也該想想去了會如何影響本院的公信力。」

「好好好，算了，當我沒說，你就這牛脾氣。」他不悅的離開。

我搖了搖頭，卻也感覺到無力，法官雖能定人生死，但在法庭以外的地方並沒有任何神通，不是所有罪惡都能被繩之以法，我只能讓自己抓一個是一個。

放在桌上的大哥大突然響了起來，是老弟的號碼。

「老弟啊，怎麼啦？」

「哥，我有件難以啟齒的事，不知道當不當講。」

「你說。」

「我跟人合作大陸那邊的生意，被人捲款了。」

「啊？不是還好好的嗎？」

「不，是我自己蠢，不懂得看人。」

「賠了多少？」

「房子賣了就能打平。」

「房子賣了你們住哪？」

「哥，這就是我難以啟齒的地方了，能搬去你那嗎？」

「我這兒啊？」我想了想：「大哥大嫂呢？」
「別提了，他們倆正鬧離婚呢。」
「行了，我知道了，你們就收拾收拾準備搬過來吧，我再跟小晴說。」
「哥，真的太感謝你了。」
「別，父親說過，打虎抓賊靠親兄弟，應該的。」

06.

從銀行領了一筆錢，向法院請了半天假，總算把老弟跟弟媳接了過來。在銀行的時候，看了一下存款，這幾年省吃儉用的，至少也把兒子讀完大學的學費都存好了，挪支的部分再存一年就能回來。

老弟堅持會還我，但我不打算討，兄弟共患難何必言借貸呢。兒子跟小晴都挺開心的，小晴多了一個人幫忙打理家務，沒有生孩子的弟媳更疼愛著兒子，老弟也振作起來，接一些粗工準備存錢買個攤車，一步一腳印的準備東山再起。

我們沒讓老爸知道，不必讓他再操心了，尤其現在大哥和大嫂還僵在那。吃過午飯之後我回到法院去，今天會分發新的排審下來，我還得把因為上午請假而沒寫完的判決趕緊補上。

我翻閱著前例相關的卷宗，看著自己寫的筆記與摘錄，反覆審訂最後校閱。辦公桌上的電話響了起來，我心想大概是排審的分配，清了清喉嚨便接起來。

「徐法官，有一案您要擔任審判長。」

「知道了，我手上的判決可以來收稿了，再麻煩把卷宗送過來。」

不一會兒工夫，判決的草稿就被收去，取而代之在我桌上的是新案子的卷宗。

有些疲勞的我，走到窗邊，點起了一根菸。

人民對這裡是有期待的，我告訴自己，儘管長年下來大家對司法體系的信任感不足，尤其還經歷了前面的白色恐怖，但人民應該要信賴司法。我們的職責，就是在第一線用公正的態度，做出最好的判決，盡可能取得人民的信任，並且伸張正義。

這個夢想也是支撐我苦讀到考上最大的動力。

我想起自己當年如何與父親爭執，沒有如他所願去當個工程師，大學畢業後反而自己閉門起來，一心就為了考上司法官，那幾乎是我人生做過最叛逆的事，卻也幾乎是最正確的決定。

07.

洗好澡之後，我換上睡袍，準備就寢。

「今天話不多唷。」太太說。

「只是在想工作上的事。」

「是什麼樣的案子？」

「還記得上上個月開車回老家嗎？」我說：「路上看到那些在抗議的人，他們提告。」

「告什麼？」

「告縣政府涉嫌圖利啊。」

「罪名不輕。」

「但我看了卷宗，舉證卻很難啊，」我嘆了口氣：「按鈴控告當然為抗爭增加不少籌碼，但現階段就是地方政府的強制徵收，要說圖利財團，財團根本都還沒有進場啊。」

「可是這種炒地皮的案子不都是這樣嗎？最後還是會圖利啊！」

「我不能拿『你可能會犯罪』當作裁判的理由啊，儘管我也知道會如何發展。」

「辛苦你了。」太太邊說，邊替我揉起太陽穴。

「我雖然不喜歡抗爭，但這次他們說的不無道理啊，真傷腦筋。」

「行了，庭上，您現在下班了，趕快睡飽明天回去煩惱還比較實際。」

08.

太太的話總有她的道理。

睡飽又吃過太太的早飯，才讓此刻在辦公室的我沒有被難倒。

法官也是人啊，心也是肉做的，是非對錯這麼明的事情，偏偏得賭看看後續檢察官有沒有找到有利的證據。我一如過往的把卷宗裡的資訊都摘錄了下來，試圖從中去組織出一個可以判決的方向。

也不知道大哥怎麼搞的，竟然打到我辦公室來，明明就有我的大哥大號碼。一劈頭就問我離婚的官司怎麼打才有利，我一上火就念了回去，要他好好跟大嫂相處，不要徒增家裡的是非與困擾，沒好氣的大哥本想找到一點相挺的慰藉，卻被我澆了一頭冷水。

吵什麼呢，其實恐怕也就是貧賤夫妻百事哀吧。

我擱下卷宗，渡步到窗邊抽菸。

小時候調皮搗蛋的，大哥還替我扛了幾回打，很有義氣的從沒跟父親說過事實，讓我免了棍子。照理說，打個電話去勸勸大嫂是我該做的事，偏偏清官難斷家務事，就算當到了法官能力也沒有被加持，念頭閃過後隨即又被打消。

正當我的心思被這些事困擾著時，太太竟然來敲我辦公室的門，應門時我突然一陣驚喜。

「來，吃我的愛心便當。」她遞上餐盒。

我望向牆上的時鐘，原來已經過了中午，我竟然被糾結了這麼好些會兒。

「知道你餓了，肯定又忙到忘記吃，」她微微的笑著。

我感覺到了無比的愛與溫暖，正是這個笑容提醒著我為一切奮鬥都是值得的。

「趕快趁熱吃，」她說：「碗下班時帶回來我再幫你洗。」

我沒有回話，只是突然想擁抱她。

「好了啦，老夫老妻還來這套，」她說：「欸欸我要跟弟媳去看剛上映的《返家十萬里》了，你別太累啊。」

「嗯。」我點了點頭，送她出法院後，回頭去吃她的愛心便當。

09.

卷宗大致看完後，我將歸納的重點再掃視一回，初步看起來我的判準會站在自救會這一邊，不過當然還需要後續的庭上攻防。

我揉了揉雙眼。

聽到敲門聲後，我起身應門，正是找我去跟王議員吃飯的那傢伙。

「道長，有一位建商，蕭老闆，要找你吃飯，」他說：「別沖我發脾氣喔，我把他名片擱在這裡，要不要去隨你。」

他將一張名片放在我桌上就準備離開。

「建商找我吃飯幹嘛？」我問。

「你剛剛不是看過卷宗了嗎？」他邊說邊走出我的辦公室。

我對這樣的事從來都是嗤之以鼻的，於是那張名片就直接進了垃圾桶裡。

我仰坐在辦公椅上，準備小瞇片段，正當快睡著時，大哥大卻響了起來。

「二伯，不好了……」弟媳的聲音模模糊糊，弄得我很緊張。

「你快過來，嫂嫂她出車禍了。」

我心一驚，彷彿全身的官能都被打開。

「妳冷靜點，怎麼回事？」

「嫂嫂她……過……馬路時沒注意，被車……撞了，那車開得很快很快，救護……車把她載走了，這裡好多好……多的血……」

我心一沉。

邊跟弟媳通著電話，邊飛奔出法院外攔計程車。

10.

「李依晴女士的家屬！」護士小姐對著外頭喊。

「我！」我舉起手，立刻起身上前：「我是她丈夫！」

「稍等一下，請醫生跟您說明。」

老弟趕到了我們身旁，兒子已哭倒在弟媳身上。

「徐先生，您太太的傷勢很重，有傷到臟器，要動大手術，」醫生說。

「麻煩醫生了，務必救活我太太。」

「我們會盡全力搶救，只是要跟徐先生說明，手術需要家屬同意，而且臟器移植、手術費用以及後續住院觀察的部分不在健保給付的範圍內。」

「要多少錢呢？」我問。

醫生給我的數字，無疑是晴天霹靂。

戶頭裡的錢如果全拿出來，剛好可以打平，但這麼做幾乎就讓兒子念大學的錢都砸光了。我望向哭倒在弟媳身上的兒子，想著他的未來，不知道自己該怎麼做，究竟是妻子的性命還是兒子的人生，在老婆的醫藥費與兒子的學費中我只能保住一個。

天人交戰。

「徐先生，您如果同意的話，請簽家屬同意書，我們立即去處理。」

我雙手緊摀著臉，我知道太太沒有多少時間，錯過了黃金搶救時間，就什麼都沒了。

在那一刻，我知道我必需要有所犧牲，才能交換。

交換到妻子的性命，或者兒子的未來。
我不願意犧牲任何一邊。
能不能犧牲我自己呢？老天，能不能呢……？
一個念頭閃過了我的腦海。
血絲已經爬滿我的雙眼，我感覺到雙手青筋浮現，太陽穴異常的疼痛。
「醫生，我簽，請你馬上去救她，拜託你了。」我拿過同意書簽名，立刻交還給醫生。
「好的，我們全力以赴。」醫生說完，調頭轉身進入手術房內。
依晴、又森，我會想辦法保全你們的。我告訴自己。

11.

「徐法官，您好，敝姓蕭。」大哥大另一頭傳來。
該來的還是會來，只是比我想像中的快。
「聽聞尊夫人的消息，我相當不捨，想為您出一份力。」
「你想要什麼？」
「明天傍晚，請來一趟我的招待所，下班時間我會派車請人去接您。」
就這樣，他掛斷了電話，好像一切都在他的掌握之中。
我在醫院外連抽了四支菸，直到整包見底。
讓弟弟與弟媳先帶兒子回家，我一個人守在醫院這。經過一個下午的搶救之後，太太已經脫離險境，只是等待移植臟器的此刻，她還沒有清醒。

我感覺到身體裡一陣劇烈的煎熬，有一個沉睡許久的聲音不停呼喚，當我一回神時手上這瓶已經喝完，一把就丟到空瓶堆中，喝了幾杯我數不清了，這十三年來滴酒未沾的我，全在今晚讓酒精來救贖自己。

就這樣昏昏沉沉的倒在椅子上。

12.

這十一年來，今天第一次我上班遲到，一遲就是中午才抵達。

剛上完廁所的我照過鏡子，我的一切都糟透了，無論是看起來或聞起來。辦公室不知不覺被我砸的一團亂。

我把門鎖上，然後癱躺在地毯上，用一種我自己也沒聽過的聲音吟吼著。

記憶像是電影膠捲跳軌一樣斷斷續續，直到有人猛敲門才開始清晰。

「徐法官，蕭老闆的特助來訪。」門外的聲音傳來。

我爬起身，伸展著脊椎，扭了扭頸子，緩慢的移動到門邊。

當我開了門，戴著墨鏡身穿西裝的男子向我鞠了躬，顯然他瞄了我混亂的辦公室一眼，但沒有多說任何話。

「徐法官，容我載您赴今晚的約。」

我點了點頭，就跟在他後方，如同行屍走肉。

一路上我們沒有任何交談，我也懶得過問，就在後座不停抽著菸。

車子穿過田間，直直開往一棟華美大樓的地下室，那寬闊的停車場比我家平面積總和大上十倍之多。

跟著這位「蕭老闆特助」，我們搭著電梯上了十七樓。

電梯門一打開的剎那，像蕭老闆特助的複製人們一字排開，對著我整齊的鞠躬。

「徐兄！」叫我的人比我想像的樣貌年輕不少，身穿淡藍色的襯衫，溫文儒雅的說：「抱歉在您面臨重大時刻的現在還請您過來。」

我點了點頭，問：「你就是蕭老闆？」

「正是，」他說：「徐兄這邊請。」

滿滿一桌的高檔料裡，不少是我根本叫不出名字的菜色，還有幾瓶好酒相伴。蕭老闆右側走來兩名妙齡女子，似乎是要來搭我的，我馬上揮了揮手，她們於是被蕭老闆請回。

「今天請徐兄來，無非是想交一個朋友。」他說。

交一個朋友這句話在江湖上從來沒有好的結果。

「徐兄，我知道這對您來說是個艱困的時期，而我一向樂於幫助朋友，」特助遞過一只皮箱給他：「您如果當我是朋友，這點心意您就收下，幫幫嫂嫂。」

見我一語不發也沒有任何動作，蕭老闆默默的打開了皮箱，裡頭滿是現金。

「這裡是兩百萬，」他說：「您可以不必擔心嫂子的醫藥費，還有貴公子的大學學費。」

我愣著。

談判的基本原則，就是不能暴露底牌，但這傢伙一開始就把我的底掀光了。

「不過當然了，您負責審判的案子，我也需要您幫幫忙了。」他說。

我之所以沒有說話，是因為我真的不知道自己可以說什麼。

「這樣吧，我想徐兄您先用點飯菜，喝個兩杯，緩緩，」他說：「我們不急著談。」

一旁的服務生遞給我碗筷，接過的我卻只放在桌上，一個人倒起酒來。

我默默的喝著。

在這個近三十人同處的空間裡，沒有任何雜聲，只有我一個人獨飲的聲音。

「我抽個菸。」我擠出了第一句話。

「這裡沒有人會介意的，您儘管抽。」他說。

「我想吹個風，有沒有陽台？」

「帶徐兄去。」蕭老闆轉頭命令著他的特助。

方圓十里在這小小的陽台上飽覽無遺。

我抽著菸，稀微的冷風迎面吹來，我的內心油然生起一陣悲哀。

我想起倒在病房內的太太，心如刀割，我的最愛，為什麼命運這樣對待。

我想起這十一年來自己所堅持、奮鬥的一切，對司法公正的信念。

我想起我唯一的兒子，還有他那不應該被剝奪的未來。

我想起自己身為一個司法官的尊嚴。

難道，這真的是一個「有錢判生、無錢判死」的時代嗎？

我內心巨大的吶喊，此刻地球沒有人能聽見，最懂這一切的人，還沒擺脫死神的追擊。

又是一陣稀微的冷風吹來，又是一陣悲哀。

我妥協了。

掩蓋起內心裡最深的憤慨，忍耐住所有的無奈，我蓋起皮箱收到了自己的腳旁。

「嫂子的血型是？」蕭老闆問。

「B型。」

「徐兄您放心，今天開始我們就是兄弟，我為兄弟兩肋插刀，跟您保證嫂子半個月內就會清醒，三個月內就能出院。」他說。

我心直發寒。

「你又不是醫生。」

「是，」他說：「正因為我不是醫生，有些醫生做不到的事，我可以。」

我聽不下去了。

拿起皮箱，順手帶了一支酒，反正我已經沒有尊嚴了，不會再跟好酒過不去。

「送一箱去徐兄家。」蕭老闆對他的特助發號施令。

走到門前，我忍不住回頭問：「蕭老闆，如果照你所願判決之後，會發生什麼事？」

「這您就不用擔心了。」他說，並伸手送我出門。

13.

離開徐老闆的招待所後兩天，我全在酒精裡度過，幸好平常不斷磨練自己，上班的時候沒有被任何人識破，也就這樣混了過去。

也還好兒子的生活起居，都在弟媳的打點之中。
傍晚我要離開法院時，醫院打了通電話到我的大哥大，跟我說有自殺身亡的年輕人，血型跟我太太相符，而家屬願意捐器官給我們。
我道過謝，掛斷電話，然後失控的在辦公室裡嚎啕大哭。
也失控的大笑，然後一陣狂咳。
這一切是如此的清晰明了。
我拿起昨天胡謅到一半的駁回書，一口氣把它寫完，就這樣直接的駁回了自救會提的訴訟。
收拾完辦公室，我面無表情的前去開車，直到開離法院我才開始放聲大笑。
什麼都不重要了，只要我的家人沒事。
我踩下油門，直往醫院奔馳去。

14.

不出兩天時間，太太醒了。
請好長假的我，在那之後一直沒離開過太太身邊，等的就是這一刻。
我握著她的手，她是那樣的脆弱。
「依晴，有沒有好一點？」
「我……昏了多……久？」
「親愛的，妳睡了足足六天，」我含著淚說：「很愛偷睡喔！」

「對不起，害你……擔心了……」她虛弱的說。

「好了好了，妳別費力說話了，」我摸了摸她的額頭：「讓我擔心的事回去再找你算帳。」

我能說什麼呢？只能假裝開著玩笑，來掩蓋我的心如刀割。

趁護士小姐巡房時，我打了電話給弟媳，很快的兒子被帶到我們這來。

當太太睡著時，無聊的兒子打開了電視，新聞正好在報縣政府為了新的都市計畫案，拆遷了一大批的居民，同時宣布蕭氏企業將接手投資開發，將會興建成高樓大廈。

「把它關掉，」我再也不想聽到這件事，於是對兒子說：「不要吵。」

兒子沒有違逆，默默的關閉電視，趴在太太身邊睡。

過了片刻，醫生近來巡房時對我說：「徐先生，您太太還需要休養一段時間，如果接下來觀察沒問題，您太太就能回去了。」

我不斷點頭向醫生致謝。

15.

兩個月之後，太太順利出院回到家中。

一家人歡笑著團圓吃飯，我卻笑得有些勉強，又害怕太太發現。

「老公，我都回來了，」太太見我沒說話，夾了菜到我碗裡：「我是福星，不用擔心了啦！」

「嗯。」我腦海中閃過所有的事。

雙手微微顫抖，不小心弄掉了筷子。

「哥，怎麼了嗎？」老弟問。
「可能這幾天太累了。」我隨口胡謅了一個理由搪塞。
吃過飯後，老弟出了門，去趕他前天接的大夜載運工作，弟媳則替大家收拾餐盤。
「兒子，去幫你嬸嬸洗碗。」我說。
扶著太太回房內，替她安頓好一切，疲累的她很快睡去。
我卻在床上輾轉反側。
躺了足足一個鐘頭，我忍不住溜出房外，去儲藏室裡拿出蕭老闆送來的酒，到庭院去邊抽菸邊喝。
「二伯啊……」弟媳的聲音從我後方傳來：「對不起，都是我不好。」
「說什麼傻話呢？是小晴自己沒留神，妳別放心上。」我隨口安慰著她。
「可是您從車禍到現在，如此憂心，我過意不去。」
「得了，」我說：「這段時間還麻煩妳照顧又森，我很感激了。」
「這孩子很棒，這是我應該做的，我們一家都……」
我揮了揮手打斷了她說：「兄弟之間都是應該的，就這樣，別再胡思亂想了。」

16.

在辦公室裡的我，不知道該如何面對自己的工作。
如今的我已變成當初自己口中應該被改革的對象，到底為什麼我會落到這般田地呢？是我變了嗎？還是當初我認知應改革的，其實是我錯了呢？社會就應該是這樣子嗎？不，這是得到一些東西的代價。

這是挽救我所愛的人，應該有的代價。

我開始這樣安慰自己，讓自己可以心安理得的繼續活下去。

太太漸漸康復了，兒子的生活也沒有被打亂步調，我回到自己的崗位上，一切如常，甚至會越來越好。

17.

這個如夢一般的泡泡是那樣的脆弱阿。

太太回家一個月多之後，有天趁著弟弟一家帶兒子回老家，心血來潮的開始大掃除了起來，而我藏在儲藏室裡的一切都被她翻了出來。

下了班回到家的我，與太太四目相覷。

「為什麼有這箱酒？這是哪來的皮箱？」她哭著問：「還有，為什麼你從來沒有給我看過這份同意書？」

「小晴，妳漸漸好起來了，」我說：「這對我來說是唯一一件重要的事。」

「這手術費我們哪裡付得起？」她說：「告訴我錢是怎麼來的？」

我一時語塞。

「到底哪來的？」

「妳活下來就夠了。」

「告訴我是用什麼換來生命的！」

「夠了，不要再問了！」

「你說阿！」

水壩的潰堤總是從裂縫開始，流水帶著壓力衝破了壩堤，無以計數的水就這樣轟然衝出，一如此刻我的心。

臨界點。

小晴的聲音已無我們墜如愛河時的甜美，在這剎那間全都成為了刺穿人心的魔音，我感覺到雙眼的血絲冒起，也感覺到太陽穴的無比緊縮。

阻斷我良心不安的安全機制已經隨情緒而崩潰。

我於是一五一十的全告訴了她。

得知真相的她軟癱在地，回過神的我怎麼叫喚也沒有回應。

我不知道可以做什麼，只好順手拿起酒瓶一飲而盡。

18.

在我說出真相後的兩天，下班回到家的我看見臥房裡上吊自殺的太太。

一旁留著遺書，對於我們如何相愛以及她如何被救回的真相，只有輕描淡寫，反倒是我跟兒子的生活她充分的交代清楚。

承受不住用他人的生命來成全自己，她終結了自己的生命。

後頭的事情我幾乎無力處理，全是弟弟跟弟媳張羅起來，為了保全我的聲譽，在警方到來之前弟弟便替我藏起了遺書，直到禮儀公司接手一切，我多半都在宿醉中守著靈，一步也沒有離開。

告別式的那天，家人們替我打點好布置與接待，留給我充足的時間靜靜的待在棺木旁。

我盯著棺木許久，輕輕的用手扶著，對她說：「妳一生都是我的愛人，妳永遠都是，我希望妳知道。」

我吻了她的棺材，不停地啜泣。

兒子哭紅的眼，從後頭抱著我，我們靠在棺木旁抱頭痛哭。

告別式後所有人的致哀，我都是機械式的回應，再也擠不出任何一絲的力氣去面對。

獨自前來的蕭老闆，在葬禮過後走到我身旁問：「徐兄節哀，需要載你嗎？」

「喪偶就會讓我淪為差勁的駕駛嗎？」我沒好氣的說，頭也不回的就上了車開走。

在菸與酒的伴隨下，我一路開回自己人生的軌道上，照常的起居，照常的上下班，從外部看起來也許沒有什麼異樣。

但我全崩壞了。

在太太入塔之後，我經常回去看她，看著小小方格的塔位，我不斷的想著：人就這樣死了，沒了，她曾經存在過，但有什麼能證明呢？

我再也感覺不到她秀髮裡的氣味，再也聽不見她迷人的笑聲。

她的柔軟與細膩，她的溫度。

沒有她了。

她死了。
還有什麼能夠證明她存在過呢？
某一回我帶著她的遺書，再度想著這些問題，靠著她的塔位，我再次閱讀，字裡行間的一切替我找到了答案。
兒子。

19.

二〇〇二年，四月。
地方法院。
收拾完辦公桌後，我開著車回到家。
看到正在張羅晚餐的弟媳，隨口便問：「又森呢？」
「應該是跟同學去打網咖了。」
「沒去補數學？」
「二伯，他上高中就沒在補了。」
「他的成績呢？」我問：「還是最後三名嗎？」
「二伯啊，能畢業就好，不是嗎？」弟媳說：「他有進步了，這次考到全校前十五名欸。」
我越聽越氣，隨即打了手機給兒子，要他馬上回家。
半個鐘頭後，兒子腳踏車的聲音出現在家門口。

「你不用進來，」我站在門口邊抽菸邊說：「你上哪邊鬼混去了？自己說！」

「我去打網咖阿，我有跟嬸嬸說。」他一臉急忙解釋。

「你當你老爸死了嗎？」我勃然大怒：「你有跟我說嗎？」

「是怎樣阿？」

「你那是跟爸爸講話的態度嗎？」

「你是在兇什麼啦？」兒子的表情越來越不屑。

「你那是什麼態度？」我近乎咆嘯。

「大聲什麼啦？你有問過我的生活嗎？你有在乎過我嗎？」

我愣著。

「你在法庭裡會對做錯事的人不斷鼓勵，我這麼努力你一句話也沒說！」他也開始叫吼了起來。

「努力？」我回罵著：「你那種成績敢說自己努力了？」

「我的成績，你最好會知道啦！」他哭了起來：「還不是要問嬸嬸，媽媽被你害死之後，你像個什麼東西阿？還敢說你是我爸？」

我聽不下去，隨即甩了他一巴掌。

「你搞清楚，我那是為了救她，你懂個屁？她在成為你媽之前就是我的老婆了！」我大罵著。

兒子帶著滿滿的不諒解，騎上腳踏車便遠離家去，我沒有追上前，也制止了想去追他的弟媳。

「讓他走吧，反正我也不想見到他。」

兒子這離家一走就是一年半，說來也是有骨氣，聽弟媳說他自己半工半讀著，還交了個女朋友。

這種堅持與執著大概流淌在我們的血液裡。

弟媳是他唯一會聯絡的家人，偶爾他還會自己回到老家看父親，這些我都知道，但我不願意主動去聯繫；儘管如此，弟媳每個月私底下匯給他的錢，其實都是我給的。

我無法割捨我的孩子，他是我僅有的一切，但我必須讓他明白，人都要為自己的選擇負責，尤其他快成年了，這是我能抓住的平衡。

20.

二〇〇六年。

老家。

父親的身體狀況大不如前了，有時會記不起我們幾個兄弟叫什麼名字。

有一回他「方韋、方韋」的叫著，我上前去答應，沒想到他指著的卻是我大哥。這景象讓我們三兄弟相當擔憂，於是趁父親睡著時，大家開始商討對策。

討論的空檔，我打給了正在念大學的兒子，打算問他生活費還夠不夠。

多虧弟媳成功讓我們父子倆在兒子的畢業典禮上破冰，兒子也很爭氣的考上了好大學，當年留下學費與生活費的帳戶每個月都提撥給他，這是我為人父母能給他的全部。

「兒子阿，一切如何？」

「還可以。」電話那頭的兒子說著。

「生活費還夠嗎？」

「加減可以，反正攝影有收入。」他似乎有些不耐煩。

「啊你之前說要加入社團學什麼的，是在幹嘛的？」為了跟兒子說說話，我刻意照著找話題。
「唉，老爸我說了你也不懂，別問了！」
「好吧，不過還是別忘了課業，千萬不要小看成績，可以的話多認識一些教授，對你人生有幫助的。」說完之後，我突然咳了起來。
「行了吧，你們那一套早就過時了，現在這些教授都沒什麼用。」
「話不能這麼說阿，你可千萬不要在課堂上或互動上這樣，很吃虧的。」聽到他的回話，我不免擔心。
「我自己有分寸，不要老念我好不好，煩不煩阿？」
「你讓我沒辦法放心阿，我這是擔心，」我說。
「好了好了，知道了，真囉嗦！」
我一時語塞，其實能聽父母的「囉嗦」是一種幸福，現在我就無法跟父親這樣對話了。
「喂？還有事嗎？沒事我掛了啊！」他匆忙掛斷了電話。
為人父母打電話給兒子，為的不過也只是說上幾句話，但也許正如古訓，養兒方知父母恩吧，我只能告訴自己他會長大懂事的。
兒子還在襁褓時，我們天天抱著哄入睡，初為少年時我們日日叨念、夜夜蓋被，長大離家後我們時時掛念，儘管被孩子抱怨嘮叨，儘管總是說那些已講過無數遍的提醒與關心，這終究是我們為人父母的愛。
都說兒女是父母親前輩子欠下的債，這句話實在不假。

21.

二〇〇九年。

安養院。

最後，我們還是決定把父親送到安養院了，考量我們所有人能夠照顧的範圍，還有專業上的能力，這應該是最妥當的選擇。

這樣持續了兩年多，每逢週六我便來安養院，陪他下下棋、吃飯，也照看著她的起居。

上週看護離職後，來了個年輕的實習生，我不免有些擔憂。

這週六我特別早起出發，一路上我邊開著車邊想，父親這樣是不是個長久之計，不知道為什麼我竟為自己老年以後的生活開始擔憂了起來，不讓自己掉進苦悶的漩渦，我改念頭去想法院的事，卻發現我當初的熱情早已不在。

我怎麼了？

從後照鏡中看不到家，竟然出現一種自在感，在這車裡再也不用與人和善、微笑讓我感到舒適，莫名地竟期待著這條路沒有盡頭，好讓我能夠一直開下去，不必回到過去的生活。

突然一陣疲累，我決定先開到一旁的停車場，找點東西吃再走。

停好車後，我在街上晃了十五分鐘，開始喘起氣來。我想不起來何時開始，自己的體力和精力不若過往，那種對於老年生活窘態的恐懼再度襲來。

兩個騎著單車的年輕人路過我身旁，停下來喝水，我瞧見他們衣服上頭的字樣，「為了圓夢：單車環島」，心頭一陣不屑。

「成天幹這些沒營養的事，」我碎念著：「拿騎車的時間去讀書還比較實際。」

成千上百句對那兩個年輕人的批評在我腦袋中浮現。

體內一陣翻攪，我咳了幾聲。

對於他們我好像有點羨慕，卻又相當看不起，怎麼我會遇到這種矛盾。

我想起兒子，跟他們兩個應該差不多大，但他也好像離我越來越遠……

拍了拍腦門，想不起為何下車的我，循著原路回去開車，直往安養院去。

路上經過自行車專賣店時，我停了下來，到裡頭買了台上萬元的單車，要店家幫我直接送上府去。

這好像是我的人生中第一次衝動消費，卻連一點衝動的感覺都沒有。

終於到安養院，幸好還比平常來的時間早。

我直往父親的房間走去，正巧遇到新來的看護在巡房。

「是徐伯伯的家人嗎？」她問。

「我是他兒子。」

「您好，我是新來的看護，我叫程姿儀。」

我慣性的伸手一握，在碰到她手的瞬間，我竟有些不好意思。太太過世後到現在，這是第一次在工作場合以外有女人碰到我，一時不知道如何應對。

「呃，徐先生？」她叫了我一聲。

我這才驚覺我還緊緊牢牢的抓著人家的手。

「啊啊，這……真的很不好意思，」我說：「我恍神了。」

「沒關係啦。」她微微一笑，點頭離開。
我停頓了半晌，不知道自己怎麼了。
到廁所洗把臉時，鏡子折射出我的身材，什麼時候出現了鮪魚肚自己都不知道，只覺得緊張，心裡頭不斷掙扎著是否還要去跟姿儀說上幾句話。
但是好怪阿，人家只是父親的看護，我這是幹嘛呢？
突然之間有人來敲門了，我隨即離開廁所前去應門。
是她！
「原來您就是徐法官！」她說。
「我是，怎麼了嗎？」有些沒頭緒。
「大家都說您是出了名的孝順，每個禮拜都會來看父親，還會待上一整天照顧，不像這裡其他人的兒子、女兒，爸媽丟著就不管了。」
「呃……這是我們為人子女應該做的。」
「對了徐法官，有件事想請教您，不知道等等方不方便一起吃午餐？」
我愣著，沒想到她先約了，心裡一陣欣喜，卻馬上回過神要自己清醒點。
「喔喔好的，沒有問題，非常樂意！」
她點點頭微笑，轉過身離去。
看著她離開，我說不出的悵然若失，不知道是什麼毛病。本來到這應該要巡一圈父親的房間，我卻突然失去動力，莫名的在沙發上發懶了起來，默默的盯著時間一點一滴前進。
直到午餐時間一到，姿儀準時來到父親房間，帶我一同去用餐區吃飯。我們各自拿著飯盒，她開始說起想發問的事，原來是她的哥哥正在準備考老師，想問我怎麼準備的。

其實我當年念書哪裡有什麼秘訣方法，就是老老實實的讀完，讀不懂的去查、去問，把所有該念的都念過而已；儘管如此，我還是把自己苦讀的那段故事給她重講了一回。

「看的出來，徐法官對於自己的工作崗位和家庭都相當有責任感喔！」姿儀笑著說。

「叫我方韋就好。」說完之後，我突然咳了兩聲。

大概是菸癮有些犯了，我禮貌地詢問她可否抽菸，她沒有拒絕。

我下意識的嘆了口氣。

「方韋哥，怎麼了嗎？」

「嗯……我其實也不知道自己怎麼了，對於法官的工作我已經沒有什麼動力也沒有什麼自信，最近有想過要辭職……也許去學個釀酒或什麼的……我也不知道，有些想改變卻又說不出自己到底要什麼……然後……也在煩惱照顧父親的問題。」所有腦袋中的思緒就這樣一五一十的全傾倒了出來。

「有夢想，就去追啊！」她說。

「我不年輕了……」我這才意識到，這是第一次說出這句話。

「年輕是一種心態，像我今年二十八歲，心態卻已經像個四十歲的女人了。」她說。

「妳才二十八啊！」我驚訝著：「好年輕啊！」

「不年輕了！」她拖著長音說：「同年的都嫁了有孩子了，我還單身一人。」

「嗯?沒有男朋友嗎？」我問。

「有交過啦，但實在受不了幼稚的男人，我還是比較喜歡成熟、穩重的，」她說：「像方韋哥這樣。」

我有些竊喜，但趕緊想著怎麼掩蓋自己的羞澀。

「像我這樣啊，脂肪過多，很穩、很重。」我一把捏起自己的鮪魚肚。

她燦爛的笑著。

抽完菸後，姿儀跟我換了電話，說是她哥哥還有什麼問題希望可以跟我請教，也建議我讓父親出院回家，留在家人的身邊，才不會我兩邊跑著。

建議雖然中肯，我卻有些不捨，總覺得希望還能再有跟她見面的理由。

22.

二〇一〇年。

老家。

靈堂前聚集了家族裡的人們、父親生前的好友，還有我們三兄弟的朋友，多數是我的同僚們。

去年帶父親回家後，他的一切都開始好轉，甚至平常還會自個到街上晃晃，日子久了我們也鬆了警戒，去年底他去散步時被兩個飆車的混混擦撞，從那之後身體狀況就急轉直下，而兩個混混肇事逃逸之後，到現在還沒有下文。

我凝視著躺在棺木裡的父親，那身形已經縮水到我不認得。

滿滿的懊悔在我心中。

我開始想著，當初若沒有送他去安養院，我是不是能有多一些時間陪伴在他身邊。但這麼想又有什麼用了，他已經走了，當年太太的離世已經讓我對生離死別如此淡然，此刻我也只剩下惆悵作伴。

令我意外的是，生前他最疼的又森，異常的安靜沉默，也沒有掉半滴眼淚。

姿儀來上香時，正好我與兒子守在靈柩旁。

「這是我……朋友，」我說：「叫阿姨。」

「阿姨。」兒子點了點頭，有些疑問的看著這個年紀與自己相去不遠的女人。

姿儀沒有多說話，我婉拒了她的奠儀之後，她默默的上了香，然後在庭院陪我抽了三支菸才回去上班。

當天晚上，輪大哥他們守靈，我在房裡喝到醉。

也許是想藉著酒精來填補自己被掏空的所在吧，太過的空蕩讓我已經感覺不到什麼，除了怨悔與憤恨。

想著父親，想到兒子。

我突然害怕，與父親的空缺，還會複製到自己跟兒子的身上。

於是我起身上了廁所，洗把臉，朝著兒子的房間走去。

房間裡頭是暗的，因為房門沒有關緊而漏出些許藍光，一時間我竟聽見了不尋常的聲音，混雜著男人的低沉嘶吼與女人的吟叫，我滿心疑惑。

於是我推開了房門，點了他房內的燈。

兒子被我突如其來的舉動嚇著，摔倒在地，一手正抓著自己的褲頭，一手握著衛生紙。

「你在幹嘛？」我問

「你進來怎麼不敲門啦？」他驚嚇的吼叫著。

我看見他的電腦螢幕上，正是男女交歡的激情畫面，原來這小子在看A片。

「你他媽的！」我一氣就甩了巴掌在他臉上：「爺爺屍骨未寒，你在這裡行荒淫之事？」
「三小啦？」
「我打死你！」我大喊著。
一陣拳打腳踢，我心頭裡滿是對他大學念到延畢、整天玩社團、沒有工作規劃、準備逃兵役這些事的怒火，邊打邊罵著，酒精的催化下我幾乎失去了理智。
「你夠了喔，有話好好講！」他突然挺起身。
我踹了兩腳。
「你不要再打了喔！」他放大了音量。
這時大哥與弟弟、弟媳都圍繞在門口，弟媳在一旁叫喊著停手。
「不然呢？」我問，推了他一把：「你要打你老子嗎？」
語畢，我狠狠的揮了一拳。
他沒有倒地，反而一把推了回來，我們父子倆就在這小房間裡大打出手。
我緊緊掐著他，在那當下真的想一把掐死。
大哥跟弟弟一人抓住我一手，硬是把我扯開，一路架回房間裡。
弟媳抱著被我毒打一頓的兒子，他不停的吼叫著。
A片裡也不停的吼叫著。
那天之後，我再也沒見過兒子。

23.

父親的葬禮全辦完後，家裡漸漸的恢復了平靜。

弟媳替我撿過送報生載來的報紙，我邊吃著早餐邊翻看著。

在最後幾頁中，我瞥見廣告欄裡有那小小的一角寫著：

「本人徐又森，即起與徐方韋先生斷絕一切關係。」

我閉上眼，一把將報紙扔在地上。

弟媳驚訝的撿起來看，瞬間就哭了出來，我沒有多說什麼，拿起菸就到門口開始抽，一根接著一根。

這孩子，就是這副德性，我無話可說了。

但沒想到心裡竟然開始思考著……會不會……其實是我錯了？

24.

二〇一二年，十月。

醫院。

大概是犯過敏吧，才會咳的這麼嚴重，何況天開始冷了。

我在醫院等待時邊想著。

習慣了給自己風險控制的觀念，這次咳了這麼久，就來醫院報到檢查。

「徐先生，結果出來了。」醫生說。

我有些疑惑，沒有任何報告給我，或是通知我來領報告的時間，怎麼反倒打開了門要我進到看診室內。

醫生將兩張深棕色的膠片放到了光檯上。

「徐先生，我們在您心臟後方發現有一顆約兩公分大小的腫瘤……」

後面的話我都有聽，卻已經沒有任何感覺。

癌症。

我從來沒有料想到，這玩意兒會跟自己的生命扯上關係。

「我還有多少時間？」我問。

「徐先生不用太悲觀，您現在是第二期，只要配合治療，您還不用太擔心時間的問題。」

他是這麼說，但，我不是這麼想啊。

那種連續劇裡劇情急轉直下的音效全在我腦袋中迴盪。

步出醫院的我突然感覺到一陣胸痛，呼吸開始困難了起來；我常這麼想著，不知道加了什麼原料時，怎麼吃都不覺的怪異，不知道生了什麼病時，通常都感覺不到什麼痛。

醫生說的症狀，就這樣馬上浮現了，不知道是不是心理作用。

我坐在長椅上休息著，邊思考著是不是該接受治療，還是放任與之共處。

手機響了起來。

「喂？」

「親愛的，我有一件很重要的事要跟你說，你趕快過來！」

「喔好。」
我掛斷電話，開車前去她家，一路上還在思索著該怎麼跟她說。
我們之間不能再繼續下去了，她還有人生，我已經在盡頭邊緣。
該好聚好散了。我心想。
到了她家，她喜孜孜地拿出了牛皮紙袋。
我瞄到右上角寫著婦產科的名字與地址。
馬上意識到了很可能是怎麼一回事，帶著惶恐，我拿出裡面的文件來，看到了一張超音波的照片。
「恭喜你，」她說：「你又當爸爸了！」
那個「又」字像利箭一樣穿過我心。
我臉完全垮下去了。
不能有這個孩子啊，會不會還沒出生爸爸就死了都不知道，何況我們如何能夠結婚，沒結婚又如何能有孩子呢？
「怎麼了？」她輕聲的問。
「拿掉。」
「為什麼？」
「聽我的，拿掉。」
她哭了起來。
我做了一個完全違反自己原則的決定，讓此生自己所有堅信的一切全然崩潰，我冷酷的自己都認不出來，卻沒有任何轉圜的餘地與空間。

她哭著，嚎啕大哭，我看著她哭。

當天傍晚，我們一起去了婦產科，安排好了手術。我從那時便在她身旁待著，無論她怎麼討價還價都不理會，與其說是陪伴，更像是監視，直到整個墮胎手術的完成。

離開婦產科一路陪她回家，在她軟癱睡著時，我聯絡了弟媳，告訴她所有的事並請她替我保密，同時也請她替我照顧到所有小產症狀結束。

在她的床邊，我拿起筆寫下長長的一封信，訴說我的愧歉與我的決定。

然後我到銀行，轉了三十萬給她，當天便開著車直往花蓮去，完全沒有停歇，我人間蒸發了好長一段時間。

25.

二〇一五年六月二十八日。

捷運上。

逃離自己的人生將近一年後，我回到了家，家人們沒有任何異樣，我們一如往常。某天飯桌上，弟媳告訴我，她一直都與兒子聯繫著，我有些寬慰。上個月的月底收到了兒子的信，非常的長，果然我們父子遇到難解的、難說的，都選擇了一樣的解決方案。

也是時候了。

我早已感覺到自己的身體大不如前，還好在花東縱谷優美的環境中沐浴著，讓我延長了許多的壽命。

黃長壽，我抽了一輩子的黃長壽，黃牛我會長壽。

前兩天我收到了她的簡訊，便告訴她我將與兒子會面的事，她說要來見我，我也沒有拒絕。

人生嘛，過了那當下，時候到了大家總要相見面。

我其實有些期待。

兒子的信幫助我回想這一生的過程中，有了深切的反省，對於這次碰面我沒有任何準備，只是有些不知道該說什麼的感覺，不過我刻意穿了他最喜歡的中山裝外套，也許今天正是把外套送給兒子的好日子。

捷運上的人形形色色，在不同的車站上下車，有那麼一刻相聚的偶然。

然後我隱約看到博愛座旁的隔板上，靠著一個年輕人，不知道為什麼，總覺得他有些邪氣；大概是我憤世嫉俗的老毛病又犯了，後來想想其實我遇到的不過是每個人都有的「中年危機」，是我自己神經質，才怪理怪氣。

我調整著呼吸。

第一句話該說什麼好呢？

問候或寒暄，總覺得有些太過刻意；問到事業和工作，好像又太有壓力。真傷腦筋。明明是跟兒子見面，搞得好像初戀。

我笑著。

只要知道他好好的，就好了，別念他，要信任他。我告訴自己。

從小到大他的表現都不俗，是我太吝嗇給予稱讚，還用「怕你得意忘形」當藉口。

車一站過了一站。

我聽著報站名的聲音，緩緩的從博愛座起了身，走出車廂外。

這是一座多麼龐大的城市啊，人群如川流不息，好像整座城市一刻也沒有停歇。

我找著道路指引，查詢著與兒子相約好的十字路口該如何前去，還好站務人員很貼心的上前來協助。

我感覺到腳步輕快了起來，好久沒有這麼充滿力量了。

搭著手扶梯逐漸往上，外頭的光照灑進來，步向出口外，我看見了十字路口，龐大人群湧動著。

我趕緊傳了簡訊給她，讓她知道我已經到了路口這裡，很快便要與兒子會面，這時就不再保留什麼了，也該讓兒子知道一切。

傳完簡訊我看向對街，兒子頭髮長了，但終究是我的兒子，一眼就能認出；看他四處張望著，顯然沒找著我，我回頭看了看出入口的號碼，才發現自己走錯了邊。不過不要緊，從這到他那就穿個馬路而已，我還走的動。

怕他還沒找著會擔心，我朝對街吆喝著：「又森啊！」

偏偏此時黃燈已經轉紅，我們於是跟彼此揮了揮手，等待的行人號誌上的秒數讀完。

Ch.3

教室

01.

二〇一四年，二月。

伍尹說他們學校後山有一間很好吃的豆花店，要帶我去吃。

雖然我們從高中就在一起到現在，之間的新鮮感還是很夠，可能是因為念著不同的大學吧，我想。

「周瑜芳！」她叫著我，一把就抱著我，全身噁心的汗臭味都沾染到我身上。

「吼唷！」我大叫：「妳怎麼打完球不先洗澡再來啊？」

「怕妳久等我咩！」她說，還刻意拖長音、裝鬼臉。

喜歡豆子的我，點了綜合豆花，而她一如往常的只要清豆花加上滿滿的糖水，吃什麼都吃很甜，好像腎臟不要了一樣。

「吃那麼甜？」我忍不住念。

「反正敗腎了也不會怎麼樣，哇哈哈哈哈哈！」她誇張的笑著。

每次兩人獨處，她都喜歡開異男一些亂七八糟的玩笑。

「欸我跟妳說喔，我收到了情書！」她邊攪著豆花，邊笑著說。

「哪個狐狸精？」我故意嘟起嘴來問。

「是個帶靶的，」她大笑：「看到我還能硬也是不簡單。」
「矮額。」我忍不住不屑。
「回去我再把情書拍給妳看。」
「不要。」
「一定要看啦，真的超爆笑，抄了一堆歌詞還可以抄錯，」她說：「這些人連『再跟在』都分不清楚，精蟲衝腦的男人就是這樣。」
「妳自己還不是很常……」我本來想起她好色的樣子想吐槽，卻發現沒辦法反擊。
「怎麼樣咧？」她奸詐的笑：「我又沒有精蟲可以衝。」
「夠了啦，人家在吃東西欸。」
她玩弄著豆花碗裡的豆漿，刻意舔著湯匙。
我白眼差點沒翻到後腦勺去。
「欸對了，有空的時候陪我去買束胸。」
「好啊。」
「然後妳今天在我這過夜吧。」
「可是……」我說。
「才剛開學而已。」
「不是啦，宿舍有門禁啊。」
「門禁只抓男的，可惜妳沒雞雞，不會有人鳥妳。」
我笑著，真拿她沒轍。

02.

教室裡眾聲喧嘩著。

我環看著四周，突然想起新生訓練時學長姐們的介紹，說這裡是政府推動農業外交的遺跡。

上完廁所的心慈跟樂凡走進了教室，暗戀著心慈的王彥志在一旁蠢蠢欲動。

我跟樂凡使著眼神，猜想著王彥志等會兒會問心慈要去哪裡吃飯。

「欸欸姚心慈！」果不其然的，他來了。

「幹嘛？」心慈沒好氣的說。

「妳知道班上新轉來了一位同學嗎？」該死，我們猜錯了。

「不是聽說是個怪怪的人嗎？」她竟然上鉤了。

王彥志藉機坐到我們身邊的位置，推了推眼鏡，我跟樂凡則忍不住看他圓弧的肚子如何攤在腿上。

「是喔……？」他說：「他好像是住我這一寢欸。」

「你們不是滿寢嗎？」

「洪之蔭被退學了啊！」他說，彷彿這是全天下人都該知道的事。

「哈哈哈，果然被退學了！」樂凡在一旁幸災樂禍。

「啊新同學叫什麼名字啊？」我問。

「好像姓盧還是劉吧，叫敏健還是健敏的樣子。」王彥志又推了一回眼鏡。

「從哪裡轉來啊？」心慈一副就是擠話題假裝關心，手機還在滑著遊戲。

「聽說是警大。」王彥志說。

突然之間同學們都被話題吸引了過來，一陣七嘴八舌。

有人聽說新同學愛打籃球，有人聽說他是富二代，有人聽說他很會打電動，有人聽說他是Gay，大概現場有幾張嘴，故事就有幾個版本。

「欸好啦，」王彥志莫名其妙的開始吞著口水，似乎是要說什麼會令人緊張的事：「我……」

「你快講啦！」樂凡拍了他的後腦勺。

「好啦……就是……我們社團明年五月要辦營隊……想揪妳們一起啦！」他說，一個完全讓人無法理解有什麼好緊張的答案。

「揪我們一起，要幹嘛？」樂凡問，邊說邊拆開剛買的棒棒糖吃。

「我在招兵買馬啊！當然是揪你們一起辦啊！」王彥志笑著說，明顯是在掩蓋緊張。

「為什麼想揪我們？」我好奇的問。

「幹周瑜芳妳白癡喔，他是要揪心慈，順便揪我們。」樂凡笑著吐槽。

「沒有啦！」王彥志連忙解釋：「瑜芳是彩虹社的，樂凡妳是動漫社的。」

「喔所以我們就不揪姚心慈囉？」樂凡超故意。

「心慈不是熱音社的嗎？」我見王彥志都快哭了，趕緊給他台階下。

「我可以去問問。」心慈好人做到底的抬起頭邊笑邊看著王彥志說。

王彥志心裡放的煙火有多大，我們都感受到了。

03.

「靠夭啊，早了一個禮拜，幹！」女廁的隔間從來降不了一絲音量。

「來了喔？」我隔著隔間問心慈。

「對啊，妳有帶嗎？我身上剛好沒了。」心慈問。

「應該有，可是我沒有條欸，只有棉。」我邊翻包包邊說。

「都可以啦，我現在不挑。」她說。

樂凡正好進到女廁來，看著等待心慈的我問：「怎麼上那麼久啊？」

「老娘今天見紅啦！」心慈超沒形象的低吼著，想來肯定很痛。

「早一個禮拜欸幹。」樂凡說。

「欸林樂凡，妳等等陪姚心慈回去嘿。」我說。

「幹嘛？要約會喔？」樂凡不解的問。

「今天彩虹社有活動。」

對話的背景音全是姚心慈讓人幻滅的哀嚎聲。

樂凡對我揮了揮手，要我快去，轉頭便對心慈說：「女人，妳再叫這麼難聽，我就去請流氓傣哥學長來安慰妳。」

我看了看錶，有些擔心遲到，一路跑離了前棟，直直穿越到後棟一樓的桌球室，連忙拿出鑰匙來開門，還好趕上，不然依社團的傳統誰去借了鑰匙還遲到，肯定被罵到臭頭。

今天晚上是跨校的「拉拉聚會」，大家邊吃著披薩邊聊自己生命中刻骨銘心的故事，可惜伍尹要練球，不然真希望她能一起來。

「大家好，我叫大田。」留著刺蝟頭、穿著小西裝的她說。

「大田好！」大家齊聲問候。

「嗯……我的她，不對，我喜歡上的她……叫梨梨，」大田說：「我們是在英雄聯盟裡認識的，後來有約出來見面吃飯，我算是……呃……一見鍾情，可是我對她開不了口。」

「為什麼呢？」一旁染亞麻綠的女孩問。

「她有男朋友了，她是異女。」大田垂下頭說。

「直嗎？」不知哪來的聲音問，大家一陣大笑。

「我沒有問……我……不敢問。」大田說。

聽著大田說後頭的故事，總有些感慨，我知道這其實是多數T的經歷，對我們這個族群來說，談戀愛需要的比社會上多數人更多的勇氣。

團體有它的好處，不少人在給大田鼓掌時，都表示願意陪伴。

突然間，一個中等身材的女孩怯生生的舉起手來。

「請說。」我望向她，注意到一旁染金髮的她緊握著她的手。

「大家……好，我叫……宮多。」她說。

「宮多好！」大家齊聲問候。

「呃，我叫阿金。」金髮的她說。

沉默了好陣子，大家都展現出了耐心。

「我……我……」宮多手扶著肚子，突然哭了起來。

所有人注視著，也屏息著。
「我懷孕了。」宮多說。
每個人都目瞪口呆了好一會兒。
宮多後來說了一個讓人萬分虐心的故事。
宮多跟阿金在一起三年多，感情很好，雖然偶有爭吵，但都很有智慧的解決；在一起的第二年，她們決定向家人出櫃，宮多鼓起勇氣帶阿金回家見父母，但宮多的爸媽始終堅稱他們「只是朋友」，上個月宮多被父母「硬嫁出去」，然後她的「丈夫」很強硬的讓宮多懷了孕。
許多在場的人都哭了。
對於我們來說，「傳統社會壓力」絕對不是單純被逼著「結婚生子」徒白虛擲青春那麼簡單，非自願的親密關係與性行為的本質是醜惡的暴力。宮多跟阿金正是我們對情感無力與掙扎的真實寫照，很難想像這種電影情節在她們的世界裡赤裸上演，聽了都讓人深深的掙扎不安。
眾人隨著活動的結束而散去後，我召集了幹部，討論彩虹社要不要加入明年營隊籌辦的事，大家一番討論後仍各有看法，於是我們決定留待下週討論。
心裡沉悶的很，決定吃點東西解悶，我於是打了視訊電話給樂凡，看看有沒有需要幫她們買什麼回去。
「欸我剛幫她洗完內褲啦，妳去買熱紅豆湯回來。」樂凡劈頭就說，我連開口都還沒。
背景傳來姚心慈的吼叫，喊著：「幹我要喝珍奶啦！瑜芳救我！去冰就好！」
我對鏡頭裡的姚心慈吐著舌頭，切斷了視訊。

04.

樂凡拿著王彥志送來的營隊企劃書草稿，一邊用電話跟動漫社的幹部們討論著細節，心慈拿出菸來準備要抽，被我趕到了外頭去。

「妳不怕被林樂凡罵喔？」我說：「她最討厭菸味了。」

「吼幹，很懶的走欸。」

「妳會胖。」

「幹。」她對我比著中指，展現我們友誼的深厚。

「欸，所以，」講完電話的樂凡問我：「你們彩虹社要不要來啊？」

「營隊的主題我不是很懂欸，什麼『服貿』，是跟感冒藥廠商拉贊助喔？」我一肚子疑問。

「哭咧，」她翻了白眼：「服貿是指《服務貿易協議》啦。」

「聽起來是經濟的議題欸，又不是人權……」我說。

「所有的議題都是通的，整個世界就是這麼緊密的相關聯著阿。」她說，我有一種她即將開始說教的預感。

「不然妳跟我說說服貿的具體內容好了，我會比較好說服其他人。」我說。

「《服貿協議》是一份中國跟台灣簽的自由貿易協議，它不只是經濟的議題，背後有強烈的政治動機。」

「什麼政治動機？」

「統一。」

「啊？」我有些驚訝，有點難想像怎麼可能會統一，尤其還是透過一份關於經濟的協議。

「是阿！」她開始解釋：「中國透過加強台灣在經濟上的依賴關係，去逼迫政治態度轉向，然後進一步改變台灣人的文化與認同，讓台灣『自然地』融入中國，最後就能統一。」

「有那麼簡單嗎？不就是單純的經濟合作？」

「政治與經濟互為目的與手段是自由貿易的本質，尤其是經濟實力不對等的狀況中，人家說的『區域與全球的霸權』就是透過這樣建立起的強國秩序。」她說。

「我還是不太懂欸……」

「這樣說好了，妳認為過去的台灣跟美國還是中國，誰比較友好？」

「美國吧。」

「為什麼？」

「我不知道欸……」我認真地想了想：「很多美國的品牌台灣都有阿，麥當勞、肯德基之類的，而且中國如果打過來，美國應該是會保護我們的吧？」

「那就對了！」樂凡笑了笑說：「妳會認為中國侵犯時美國會介入，是因為美國過去在政治與軍事上把台灣納入冷戰的圍堵體系。」

「是那個……第一島鏈嗎？」我回想著考學測時念過的東西。

「歷史念的不錯唷！」樂凡挖苦著我，然後繼續解釋著：「至於妳說的美國品牌，比較複雜。」

「怎麼說？」

「過去到現在，美國在經濟上把台灣設定為自己的前進生產基地，然後透過政治與經濟的手段綜合在一起，讓台灣成為它的帝國邊陲，從文化、認同、消費習慣到意識形態，」她換了口氣，繼續說：「台灣在這樣的過程中對美國產生強烈的依賴。」

我點了點頭，好像開始有所了解。

「現在中國崛起了，準備要跟美國競爭這個位置。」樂凡說。

「但是……這一定是壞事嗎？」我決定問個仔細。

「總體來說，被控制都不是什麼好事，就像妳我也不願意被人沒收自由，」她說：「至於更細的來說，不是對所有人都是壞事，市場的整併對於資本家，也就是那些大老闆、有錢人來說，都不算壞，但是對於勞工幾乎是絕對沒有好處的。」

「不一定吧？就業市場會跟著開闊阿！」我試著反駁。

「妳想想，本土產業在外國的資金、貨物甚至是服務移入時遭受衝擊，會不會造成失業？會不會勞動條件，例如薪資、休息時間、工作環境的品質這些，都跟著下降？」她說：「同樣的，本地的資金、貨物甚至是服務如果移出去，會不會也是造成失業與勞動條件的下降？」

「嗯……可是如果台灣的資金投資海外賺了錢，GDP不就會上漲了嗎？」

「GDP只會表面上充實，但是這些利潤勞工是分不到的，全球化發展到現在，資本累積越來越多，勞工可以分到的越來越少。」她說明著：「像美國、墨西哥跟加拿大都加入《北美自由貿易協定》，結果出來抗議的是墨西哥和美國的工人，這是因為資本跨國境的自由流動，不管流入流出受害的都是工人，它製造失業、不穩定的工作，以及跨境廉價勞動力的向下競爭。」

我點了點頭，講到這裡就明白了許多。

「而且我跟妳說啦，所有的自由貿易協定都是反民主的。」她露出了相當鄙視的眼神。

「講完了沒阿？」在外頭的姚心慈對房內大喊。

「啊妳菸抽這麼久喔？」樂凡隔空問著。

「不是阿，妳們講那個我都聽不懂啦，」她說：「我是要問妳們兩個，週末要不要去大草皮那裡一起看樂團表演？」

「什麼團阿？」樂凡問。

「1/2 Max，我們社團的學長們組的。」

「唱什麼？芭樂歌嗎？」樂凡笑著。

「沒有喔，反社會的，跟妳一個樣。」心慈說。

我們一陣大笑。

05.

認識姚心慈之後，看樂團表演對我們來說已是家常便飯，她是很純粹的獨立樂團迷，特別喜歡P!sco、農村武裝青年，然後最愛滅火器，時不時就要聽她唱《欲走無路》。

沒想到今天這個場，比我們想像的都熱鬧，對於一個剛成立的團來說算是滿驚人的。熱音社的大一新生正在台上暖場表演著。

不知道為什麼，總覺得今天看姚心慈感覺很不一樣，平時她在我們面前是個瘋婆子，在有外人的場合中相當「假掰」，但今天卻是另一種氛圍。直到遠遠走來背著吉他的帥哥，我才懂了是怎麼一回事。

「嗨，心慈！」帥哥開了口：「妳朋友嗎？」

我揮了揮手，樂凡只是點了點頭。

「學長，跟你介紹，她們是我最好的朋友，樂凡跟瑜芳，然後這是瑜芳的阿娜答伍尹。」心慈一一介紹著。

伍尹跟學長握了握手，我只是微笑著。

「妳們好，我是家誠，是1/2 Max的吉他手兼團長。」帥哥學長說，那一口白牙實在引人注意。

正巧1/2 Max的其他團員在往後台的路上經過了我們，家誠把鼓手鄒光暉、主唱沈平跟鍵盤手徐毅霆都介紹給了我們。

「妳們知道，徐毅霆的綽號是什麼嗎？」沈平嬉鬧的問著。

「哭喔！」徐毅霆翻著白眼。

「他叫——吃貨！」沈平刻意超大聲的說，讓人懷疑根本是為了開嗓：「因為毅霆等於eating嘛，哈哈哈哈哈哈！」

「而且他真的很會吃。」一旁的鄒光暉跟著放冷箭。

「幹，兩個缺德鬼。」徐毅霆一臉寫著超無奈。

場務助理跑向我們，催著1/2 Max趕快去後台準備。

「他們很棒吧？」姚心慈周邊全是戀愛的粉紅泡泡。

「有點蠢，哈哈哈！」樂凡笑著。

伍尹突然拉了我的衣角打暗號，要我陪她去上廁所。我們繞過了大草皮，穿過學生餐廳，才終於到了廁所。

「欸伍尹，等等聽完去吃宵夜嘿？我有點餓了……」我對著女廁裡說。

「要不要吃我大便？趁我還沒穿褲子，我可以硬擠喔。」女廁裡傳來一陣讓人反胃的回答。

「我不想理妳了。」我說。

我真的搞不懂，我的愛人是那麼完美，高材生、愛運動，沒有什麼不良陋習，也很疼愛我，但到底為什麼她會大便？而且那麼以大便為榮、以大便為樂？我不懂，我真的不懂……

但儘管伍尹剛剛大了便，基於對她的愛，我依然在她上完廁所後挽著她的手，一起走回了大草皮。

顯然大家都很喜歡他們的表演，歡呼與掌聲在還沒看到大草皮時就傳到我們耳中。

「大家要關心《服貿》阿，是跟中國簽的那個，不是藥局的哪個喔！」家誠對現場的所有人說。沈平清了清喉嚨，對著麥克風說道：「還有誰不知道什麼是服貿的，趕快去看懶人包。」

我注意到人稱「流氓傣哥」的痞子學長正在第N次嘗試搭訕姚心慈，於是拉起伍尹快步朝心慈走去；看到我們擺明要來壞事，痞子連忙腳底抹油的閃離，心慈用眼神向我們道謝。

「樂凡呢？」我張望了會，問著心慈。

「她去後台了，說是要跟1/2 Max談合作，想請他們幫忙寫歌。」心慈說。

表演結束後，伍尹陪著我與心慈等待樂凡回來，準備一起去吃宵夜。不一會兒功夫，樂凡與整個1/2 Max的成員一起出現在我們面前，宵夜攤人數馬上翻了倍。大家於是開始討論最頭痛的問題，關於要吃什麼，徐毅霆在討論中果真展現了吃貨本色，拉著大家出發去學校兩個街口外的小火鍋。

在小火鍋店裡，樂凡跟家誠非常投入地討論寫歌的事，其他第一天認識的朋友們很快的用各自的方法混熟；離開店家前，家誠跟樂凡要了Line，看來合作的共識相當的夠，也讓我開始期待他們能夠有什麼樣的作品。

道別前，家誠微笑向大家鞠了禮貌的躬，然後輕抱了一下心慈表達謝意。

姚心慈心裡的雀躍完全在我腦海裡出現爆表的畫面。

06.

伍尹載著我騎了好段路，我卻覺得古怪，怎麼跟平常回宿舍的路不一樣。

「妳是不是騎錯路了阿？」我摟著她，問著。

「沒有，」她說：「妳等等就知道了。」

就這樣，我們騎了快一小時的車，周邊的景色也從繁華的城市夜景，漸漸的轉到風迎面吹來的河堤畔，接著地勢開始起伏，緩緩的到了神祕的溫泉小城，我才明白今晚的行程，這一向是伍尹的浪漫。

「陪我泡溫泉。」她說。

「都載我來了，能說不嗎？」我逗著她。

她燦爛的笑著。

顯然這一切是她的預謀，搭電梯前去櫃檯的路上，她說這間她查過網路評價，大家都對隔音很滿意，確實替我們免去了很多困擾。

「休息嗎？」大夜班櫃台問著我們。

「住宿。」伍尹邊拿出皮夾邊回答道。

我們的房間幾乎是最高樓層，整個谷地的夜景都能從大窗看見，我刻意找尋著人稱最美的圖書館在哪，以填補過去旅程中一次次錯過的缺憾。

伍尹打開了電視，轉到了新聞頻道，卸下一身的衣物，到浴室裡放起了溫泉水。

拉起窗簾，我跳到了床上，那種用錢換來的柔軟完全不是宿舍可以比擬的。

新聞正在報導有幾個團體出來抗議服貿協議的事，我本想好好看個新聞，眼睛卻逃不過鏡面反射浴室裡的畫面，熱水淋落在她身上，我完全被她的線條給迷住了眼睛。

「只用看是吃不飽的，」她說：「進來吧。」

我被誘惑了。

從床頭櫃上拆開了髮圈，一手挽起頭髮綁了起來，接著一絲不掛的進到浴室裡。

水氣將鏡子弄的一片霧，溫泉水從水龍頭裡落下的聲音瓦解著今夜的寧靜，一身濕的她撫著我的側臉，然後深深一吻。

從深到淺，她的舌尖彷彿在探索我齒間的世界，我感覺到酥麻，還有一絲的嬌羞，像是電流一樣遍佈全身，好似今夜是我們的第一次。順著她傾下身的勢，我靠坐在浴缸邊，她的雙手撥開了我的膝蓋，她把自己埋進了我的雙腿之間。

她點燃的慾火已經超過我所能用的文字形容。

她的食指沾染著我的身體，還刻意的放進嘴裡，她總是把這個動作稱為試我的味道。

雖然沒辦法照鏡子，但我確信自己滿臉通紅。

我們激情的纏綿著，直到溫泉水已經滿出了浴缸灑落一地，我們對視而笑，才慢慢鬆開彼此，一起緩緩的泡入溫泉中。

「欸，我跟妳打賭，」伍尹說：「林樂凡跟黃家誠會在一起。」

「怎麼可能？」我笑著，這是多荒謬的想法：「她們才剛認識欸。」

「我已經看見了後面的劇情發展，」她說：「要相信女人的第六感。」

「這時候妳就說自己是女人了。」我吐槽著。

「講真的，這樣下去，她們就只差臨門一腳，」她說：「要是這時候發生了什麼大事，她們之間的感情就會被觸發，她們就會在一起。」

我回想著樂凡跟黃家誠互動的過程，依然半信半疑。

「哎呀，相信我啦。」伍尹說。

我閉上眼不去多想，享受著把自己泡在溫泉中那可以忘卻煩惱的片刻，伍尹沒有多說話，只是偶爾撥了撥我的頭髮。

可能是連續幾天忙下來，人真的有些疲累，我把自己擦乾後倒頭就睡。愛使壞的伍尹趁我睡著時，把手伸進了我的內褲裡，吻著我的頸子，沒力氣回應的我只能靜靜的感覺著。

07.

實驗課的那天，是我第一次見到新同學，也才破了懸案，確定他姓呂。

話不多的他，算是個挺有禮貌的人，為了接下來一學期把實驗課的分數拿到，我嘗試比較積極的去認識他。

幸好他不是個太難聊的人。

「呃，健敏，」我說：「你之前念警大，怎麼會想轉過來？」

「我警大是被退學的。」他說。

尷尬，我好像踩雷了。

「別擔心，不過是退學。」他說。

「怎麼會進我們系？」我嘗試重開話題。

「我是轉學考進來的，」他說：「我爸是念生化的，在我們家親戚的家族事業上班，所以也規劃我要走這條路。」

「這樣阿，那你自己呢？想走這條路嗎？」我問。

「不想，我想念中文或外文，但是家裡反對。」他顯然對此相當鬱悶。

「還是可以試著溝通看看吧，畢竟是自己的爸媽，終究還是有機會轉圜的。」我試著鼓勵他。

「沒用啦，」他搖了搖頭說：「溝通有用早就有用了，我已經放棄了。」

我正努力想著擠出什麼話來安慰他，他卻搶先一步問：「妳能罩我嗎？這門課。」

「呃，我成績沒有很好欸，不過可以試試看。」我不知道該怎麼回答他。

「沒關係，就靠你罩了，掛了也無所謂，」他說：「期末請妳吃飯。」

我微笑點頭，卻沒料到他說完話就收拾東西離開了實驗室。

08.

一年一度的系遊是我們的大日子，但今年因為經費不足的關係，大家只有辦了場烤肉，還好有弄到一台廟會的舞台車讓大家可以邊唱歌邊烤。

班代帶頭要大家一起向王彥志道謝，因為舞台車是王彥志在當議員的伯父贊助的，心慈也刻意賣著面子，陪王彥志唱了一首屋頂。

讓人驚艷的是，王彥志唱完全曲，竟然可以一個音都沒準到。

更出乎大家意料的是，「流氓傣哥」竟然帶著大聲公跟幾個小嘍嘍到了烤肉的公園，也不管旁人側目，就拿起大聲公對心慈來一段愛的告白。

「大家都說我是流氓傣哥，姚心慈，為了妳，我願意下海去當流氓！」他大喊著。

「有人會用下海來形容去當流氓嗎？」樂凡笑著問。

「他阿！」我指著流氓傣哥。

接著，他的小嘍嘍展開了無極限的創意，不知從哪弄來大把的玫瑰花瓣就往天空一把撒去，當場下起了怪異的玫瑰花瓣雨。

他們就像旋風一樣離開，留下一臉尷尬的心慈。

為了抓回心慈的注意，王彥志跟我們聊起了他的新室友健敏，大家也都很感興趣，畢竟從呂健敏轉來之後都沒什麼人見過他，更別說互動，幾乎是個迷。

「我每天跟呂健敏相處，是沒看過他發脾氣，應該是個脾氣很好的人。」王彥志說。

「他是不是都宅在宿舍阿？」樂凡身後的男同學問。

「好像是欸，看他也沒什麼在出門，大概沒什麼朋友吧。」王彥志說。

「哭夭咧，沒來上課大家怎麼認識他，還說當朋友咧。」樂凡說。

「欸啊他平常都在宿舍幹嘛啊？尻尻喔？」心慈左手邊的男同學問。

「死變態，整天都在想這些東西。」心慈吐槽著。

「他平常不是躺在床上滑神魔，不然就是待在電腦前打LOL，偶爾好像會寫點東西，但不知道在寫什麼。」

「沒有女朋友喔？」樂凡問：「或是男朋友？」

「沒欸，我看他也沒什麼在講電話。」

「怪人。」心慈左手邊的男同學說：「要不然就真的是Gay。」

「你的刻板印象也是滿奇怪的啦。」我吐槽著。

「嗯啊瑜芳，妳不是實驗跟他同組嗎？」樂凡突然問起：「他有說過為什麼轉來嗎？

「呃，他好像是家人叫他念這個的，他自己應該沒什麼興趣吧。」我想起他給我的答案。

「喔對阿，你們知道嗎？」王彥志幫腔道：「我問他畢業之後的人生規劃有沒有想幹嘛，結果他跟我說他想要被記得，我完全聽不懂啊。」

「他可能是希望你這個室友多關心他吧，」樂凡刻意挖苦王彥志：「不要把心思都花在追女生身上。」

「尤其是姚心慈。」我精準的插了一刀。

王彥志滿臉通紅罵著我們賤，我們一致的如他所願，露出了超賤的笑。

09.

在大家都沒有好的提案之下，我們的午餐又得耗在學生餐廳裡，氣氛也有些煩悶，說是午餐其實也拖到了快傍晚；不過有整團1/2 Max陪著我們，周邊投來羨慕的眼神倒是讓我們滿驕傲的，特別是姚心慈，喜上眉梢真的藏不住。

家誠桌上的湯麵沒有動過，他目不轉睛的盯著手機裡的直播。

「你在看什麼呀？」心慈忍不住湊上去問。

「立法院外面現在有兩百多人在抗議。」家誠說，視線依然沒有離開手機。

「抗議什麼？」心慈一問我就捏了把冷汗，想倒追人家還這麼漫不經心是有危險的啊。

「是昨天三十秒讀完服貿嗎？」樂凡問。

「對，」家誠答道，轉頭便問其他團員：「要去嗎？」

「好，吃完就過去吧。」吃貨代表所有人答腔著。

突然間，1/2 Max所有團員都快速的吃完，起身便前往立法院去。我跟心慈開始討論起營隊籌辦的細節工作，而樂凡則是自己在一旁看著直播，沒多久王彥志與他的宅男團路過我們身邊，順勢就參與著話題，幾乎聊到晚上。

「欸王彥志，你阿伯有出來抗議服貿嗎？」樂凡突然轉過頭問。

「呃，他是地方議員欸，服貿不關他的事吧？」王彥志說。

「什麼鬼？」樂凡有些憤慨：「這是關於全台灣所有人的事。」

「好啦，我不知道啦，啊我阿伯他又不是民進黨的，一個無黨籍的議員而已。」王彥志試著解釋。

「這跟是不是民進黨有什麼關係啊？」樂凡似乎真的上火了。

「啊抗議服貿不都是民進黨的嗎？」王彥志說。

「我家眷村，我爸媽都鐵藍，我也抗議服貿啊。」樂凡說。

「哎呀我真的不知道啦……」王彥志說：「欸林樂凡，營隊裡不要跟學員扯政治喔！」

樂凡白了眼，本想回話的她卻被突然的來電給打斷。

但讓我們意外的是，她接了電話後便起身走到了一旁去講，認識她到現在好像是第一次看她這樣，尤其神情還略帶緊張。

我伸了伸懶腰，敲個訊息給伍尹，坐不住的心慈則跑到外頭去抽菸，據說為了心慈「學抽菸」的王彥志也跟著跑了過去。過了十分鐘，伍尹都還沒讀，我猜她大概是去練球，也就沒有多想，開始滑起臉書。

動態牆上出現越來越多關於抗議服貿的訊息。

「欸欸，瑜芳，」樂凡跑了回來對我說：「我也要去立法院了。」

「去幹嘛？」我問。

「抗議服貿啊！」她說：「剛剛家誠打給我，說現場已經超過兩千人而且攻進去了！」

「攻進去？」我有些疑惑。

「他說議場要被佔領下來了，妳知道他問我什麼嗎？」樂凡說：「台灣要獨立了，妳要缺席嗎？」

「啊？」我一頭霧水。

「總之我要先過去了，再幫我跟其他人說，」她連忙收著包包說：「如果妳們也要過來的話，再打給我。」

樂凡一轉頭便急急忙忙的離去。

為了搞清楚狀況，我翻看著新聞與臉書上的貼文，原來昨天下午立委張慶忠在內政委員會中用三十秒宣布完成服貿的審查，今晚守護民主之夜晚會中抗議的學生突破警方封鎖線，成功的佔領了立法院議場。

點開其中一個直播，正好是議場內的畫面，在裡頭的學生高喊著：「全面佔領主席台！重啟談判，公開透明！因為我們是民主的台灣！」

那畫面震撼了我。

在一旁看著的心慈也開始揪起心來，她自然是掛念著人在現場的家誠，於是我們決定出發去到立法院現場，我留了訊息給伍尹，而王彥志見心慈要前去也決定跟上，還帶著他的整個宅男團。

我們一行人離開學校，攔了兩輛的計程車，跟樂凡約好在教育部大門前碰面。

等待著我們的是1/2 Max的團員們與樂凡，還有對於接下來未知的一切所感覺到的忐忑。我們商量好，為了安全起見，決定團體行動，就這樣大夥先到了濟南路上頭。

在濟南路的正中間，有著大批的帳篷，裡面開始堆起各式各樣來自台灣各地的物資，宅男團的四處詢問起需要支援的崗位，有人被分到糾察，有人加入物資組，也有人被找去翻譯組，至於我們則是守在濟南路這一側，聽著台上的接力演說。

伍尹打給我，說她也趕到了現場，於是我穿越人群回到教育部大門前接了她。

當我們回到樂凡她們身邊時，樂凡的媽媽正好打了電話過來，而樂凡則是一直說著沒有啦、我在聽音樂會等話。

「我媽打給我，叫我不要去抗議。」樂凡說。

「我們也都接到家裡電話了，哈哈。」沈平說。

看起來，大家都有一份覺悟，縱使家人們勸阻，也不要在台灣重要的時刻缺席。我的心中，漸漸升起一種光榮感，過去只是單純的把書讀好、談戀愛，總是圍繞著自己為中心去設想，這是第一次我有機會為台灣挺身而出。

沒跟我們一起吃飯的王彥志，不知從哪弄來了一碗泡麵，還不停向我們炫耀裡面有顆蛋。

「這絕對是我參加過最豪華的抗爭！」王彥志興奮的說。

「你是來逛夜市的吧？然後打卡拍照？」心慈激著他。

「等等，你參加過其他抗爭嗎？」我刻意加入吐槽。

「呃，大家，我們去青島東看看？」家誠問著所有人。

我們點了點頭，家誠於是牽起樂凡的手，我們大家一人勾著一人穿越了群眾，一路繞過立法院大門，前去青島東路側。讓我意外的是，不知道講者哪來的穿越能力，剛剛在濟南路上看到的講者這會兒又接力出現在青島東路上頭。

群眾匯聚的速度超過想像，聽說整個立法院周邊已經超過萬人聚集。

眼看著天就快亮了，一排守在青島東大門的警察交頭接耳著，沒多久便有一位拿起大聲公對群眾說：「為了避免影響到早上的交通秩序，我們稍等會打開鐵門，請大家到廣場裡頭，不要造成周邊交通的困擾。」

原本坐在地上的人群紛紛起身，準備依循警方的指示進到廣場，我們則是緩緩的穿越人群到了門前邊。

但誰也沒想到，當警察微微拉開鐵門，讓一整排守著的員警進到裡頭後，他們卻直接把鐵門關上，群眾全數被隔絕在外頭。

現場群眾的情緒瞬間引爆，叫罵聲此起彼落。

鄒光暉跟徐毅霆帶著幾個壯丁，用人力搭接的方式翻過了欄杆，跳進廣場就亂衝亂跑讓警察抓。

沈平跟黃家誠呼著群眾，每一雙門前的手都抓住了鐵門，開始劇烈搖晃，我抱著心慈避免被撞傷，伍尹跟樂凡指揮著大家抬起門來。一瞬間，青島東路的大門被拆下抬到一旁，群眾大量湧入了廣場裡頭，原本還想抓人來打的警察瞬間被團團包圍，不知道從哪裡竄出的幾個壯漢把警察紛紛抬了出去。

我們跟著群眾靜坐了下來，這時傳來議場裡頭缺物資、缺電的消息，一眨眼功夫便已有一瓶一瓶的水、運動飲料被用人手接力的方式從7－11直接運到二樓的窗邊去。

像是有著心電感應一樣，群眾雖然亢奮，卻相當有秩序。

可能是不是腎上腺素的作用，我們完全感覺不到疲勞與疼痛，就這樣在夜裡守著議場，直到天色漸漸光。

一車車的大學生、高中職生從台灣各地湧上來，麥克風手接力的廣播著到場聲援的學校，群眾在青島東路上讓出通道，所有初到的人宛若凱旋式一樣進場。

廖本全老師上了台，對著在青島東路側廣場上的所有人發表著激昂的演說，現場士氣高漲著，那一刻我們都堅信，台灣就要改變了，我們正在改寫歷史，正在創造自己的命運。

「欸伍尹，我想我們應該回去換一身衣服，帶好要用的東西過來。」我說。

「嗯，應該還會持續好幾天。」她說。

於是我們出發回宿舍準備換行囊，心裡也做好了長期抗爭的準備。

10.

回到立法院周圍後，我們在林森南八巷待了六天。

一直傳聞警察會從這裡攻堅，雖然心裡很害怕，但這個沒有媒體關注、沒有燈光舞台的角落，幾乎決定著議場裡的安全，所以我們幾乎沒有離開過，輪班睡覺嚴陣以待。

還好家誠的學弟帶了一把吉他來，徐毅霆也變出一隻烤鴨給大家分，這幾天大家閒聊著，也守著。

「流氓傣哥好像真的去當流氓了耶。」樂凡滑著臉書，點開流氓傣哥貼出來的休學申請書。理由就這麼大辣辣的著：找尋人生新志向，可能考慮當流氓。

「心慈，別老是被流氓傣哥這種人纏著，」家誠說：「也可以考慮一下我們家鄒光暉、沈平或徐毅霆啊。」

大家一陣哄笑。

我瞥見心慈臉上閃過一絲不快，我知道家誠無心的玩笑戳到了她的痛點。

「欸六天了耶，」樂凡收起手機說：「剛剛江宜樺和馬英九都出來說不能接受退回服貿的訴求，幹，這樣下去該怎麼辦啊？」

「是啊，已經六天了，」家誠拿出口袋裡的寶亨涼菸，分給團員們一起抽，然後嘆了口氣說：「我猜這兩天可能會出大事，畢竟抗爭要提升強度，否則就很可能不了了之了。」

心慈見團員們抽起菸來，也就跟著點了自己的菸。

「我也要抽！」樂凡對家誠說。

我跟心慈瞪大眼看著樂凡，這最討厭菸味的女人怎麼了？
家誠把手中的菸直接遞給樂凡，他們於是共抽著一支菸，樂凡看著一臉不解的我們解釋道：「我只是覺得……壓力很大啦。」
心慈笑著看她，開心的說：「耶，以後就不能趕我出去抽菸了！」
伍尹被心慈的歡呼給吵醒，聞了聞自己身上的衣物，發現此時的我們都比她練完球還臭上許多。
「欸周瑜芳，要不要先一起回家洗個澡再過來？」伍尹問。
我心想也好，於是起了身跟大家打聲招呼，我們就去騎車，直往伍尹的宿舍去。也許是太過勞累，我們一整路沒什麼交談，到了宿舍各自洗好澡，換了身衣物。見到久違的床，想起這六天在林森南八巷，見證台灣的路到底有多不平，我立刻跳了上去。
沒想到我們雙雙睡著。
更讓我們震撼的是，我們睡一覺起來，台灣就不一樣了。

11.

叫醒我們的不是鬧鐘，也不是改變台灣的夢想，而是林樂凡的來電。
樂凡的聲音很慌張，家誠叫樂凡跟心慈去買晚餐過來林森南八巷之後，就帶所有樂團成員跟著群眾去了行政院，回到林森南八巷的樂凡跟心慈打給了家誠，家誠卻叫她們留守，不要減少林森南八巷的人力。
電話掛斷後，我立刻打開手機找直播來看。

行政院大樓外頭聚集著上百人，正拿著厚紙板和被單攀越了拒馬，翻過行政院正門的群眾在長廊上開始靜坐，駐守行政院的警衛開始跟群眾激烈的推擠著，越來越多人包圍整個院區，靜坐的人數直線上升，這時警察串成半圓形的隊形擋著第一線的學生。

鏡頭一陣晃動，我的心跟著糾結了起來，回穩之後我們透過鏡頭看見警方開始在部署蛇籠，企圖堵絕群眾，沒多久救護車的聲音響起，醫護人員趕到了現場。接著有人拿出油壓剪對付地釘和鐵絲網，人源源不絕的湧進行政院，第一線的學生與警方開始陷入僵持，直到有人宣布佔領行政院行動成功，直播主也號召觀看者前往聚集行政院院本部大樓。

我搖醒了伍尹，我們趕緊整裝趕往林森南八巷。

立法院距離伍尹宿舍大約半小時的車程，一路上我邊跟心急如焚的樂凡通話著，這時一片的混亂讓大家都相當不安。

在林森南八巷會合之後，手機近乎沒電的我，跟著樂凡一起找現場直播來看；整個林森南八巷的人都在議論，說現場已有鎮暴警察待命，也傳出警察把燈光切斷，大家的焦慮都寫在臉上。

直播的鏡頭裡，有人攻上行政院二樓掛起了布條，鏡頭周邊的人不斷提到有人受傷送醫以及鎮暴警察可能動粗驅離，似乎也有落單的人已經被逮捕送到保六總隊去。

「什麼，魏揚被以現行犯逮捕？幹！」心慈身旁的一位男同學起了身離去，看來是要趕往行政院支援。

臉書上的動態不斷更新，幾乎爆炸。

警方驅離行政院大樓的學生了……

二十幾個抗議學生被以現行犯身分被逮捕……

不斷傳出有人受傷……

樂凡盯著直播，眼角早已泛淚，在行政院現場的學生手拉手躺在地上抗議，警方用擴音器喊話要求學生撤退，隨後便將躺地上的學生抬走；接著鎮暴指揮車、鎮暴水車以及搭乘鎮暴警力的警備車陸續抵達行政院周遭，警方的態度越來越強硬。

「我要過去了，我看不下去了。」樂凡說。

我們一行人集結起來，跟其他守在林森南八巷的人交換聯絡方式，並分配好守在林森南八巷的人力，然後趕往行政院去。

「家誠的電話怎麼都打不通啦？」心慈都快急哭了。

遠遠的，我們便能聽到警方透過擴音器宣告，將正式展開第三波驅離行動，嘶吼聲與慘叫聲此起彼落，不斷的能夠聽見住手、警察打人等字句。來到行政院時，警方正以縱隊分批的方式將靜坐區群眾隔離成小塊，然後粗暴的用警棍毆打、拖行的方式「清場」，一時間上百人被強行架離，而且警力仍在持續增加。

許多人摀著被毆打而疼痛的部位，哀嚎著被推擠了出來。

我們上前盡可能的攙扶所有需要的人，同時不斷在人群中找尋著家誠與其他團員的身影。

「幹，他們要用優勢警力來清場！」徐毅霆摀著胸口大喊著。

我跟伍尹上前打算攙扶他，他卻揮了揮手說：「其他人傷比較重，尤其是家誠，他掛彩了。」

「我看到鄒光暉了，他上了擔架，救護車載走了。」樂凡說。

隔著街口我們看到沈平正跟兩名鎮暴警察扭打成一團，兩個鎮暴警察拿著警棍，幾乎是往死裡頭去打，手無寸鐵的沈平蜷縮在地，我們一行人立刻撲了上去阻止警察的暴行。

大概是要打的人太多，殺紅眼的兩個鎮暴警察對於已經被擊倒的人沒有興趣，轉過頭繼續找可以打的學生。

心慈急忙得打著電話叫救護車，也不斷高呼醫護人員著求助。

視線穿過人群時，我看見四個黑衣人緊抓著黃家誠的四肢，而他早已頭破血流。

「看到家誠了！」我連忙喊著：「在那邊！」

樂凡跟心慈立刻衝了上去，我跟伍尹則待在沈平的身邊，沒想到這時黑衣人們像是丟垃圾一樣，將頭破血流的黃家誠直接扔向地上。

到底哪來的黑衣人？這些黑衣人是誰？當下我們真的沒有心思再去追問。

救護車很快速的抵達，醫護人員讓沈平跟黃家誠分別上了擔架，心慈跟樂凡也分別陪同在他們的車上，我和伍尹則是先行離開現場。一路上，我們看見鎮暴水車開始以強力水柱向群眾噴灑，現場立刻陷入激烈衝突中，群眾以手勾手躺地來嘗試抵禦水柱的衝擊，但終究抵擋鎮暴警察與黑衣人合力的強行清場。

離開行政院現場的我，收到樂凡的訊息，得知了醫院的位置，便跟伍尹一同前去找大家會合。

急診室內五、六十人全是行政院那送來的，心慈埋頭大哭著。

「你的墓碑將會寫著暴力鎮壓學生，這就是你的歷史定位！幹！」樂凡氣憤的罵著江宜樺。

我卻開始感覺到麻木，從來沒有想過，有一天把我們當成仇人在毆打的，竟然是我們的政府。

12.

大概是負面情緒在這幾天承受得太重、太不堪，回到球場上的伍尹精神顯得特別好，樂凡這幾天一直守在醫院，剛剛通過電話，她說家誠的狀況隨著治療，漸漸的好轉了起來。

我的心也安了下來。

等伍尹打完球後，我們騎著車去醫院，打算看看家誠跟其他人的狀況。

走到家誠的病房外時，正好撞見心慈摀著臉跑走，還來不及叫住她，當下便讓我嚇壞了。

本以為是家誠發生了什麼事，我跟伍尹跑到病房裡頭，卻看見躺在病床上的家誠正跟樂凡一起聽著〈島嶼天光〉，兩人都還落著淚。

「你們來啦？」家誠問。

「欸樂凡，我剛剛看到……」我才正要說看見心慈的事，伍尹就拉了我的衣角。

「看到什麼？」樂凡問。

「我們剛剛看到，臉書上有人在號召全台灣民眾三三〇上凱道。」伍尹說。

我一臉疑惑的看著她，她卻對我使著眼神。

樂凡的手機突然響起，她走到病房外接電話，我們則問候著家誠的傷勢。

「叫妳不要動我房間，現在東西找都找不到了」、「不要再吃剩菜了，講不聽欸」我們依稀聽見樂凡的電話聲，想來應該是樂凡她媽打來關心。

13.

前往凱道遊行的日子來了。

我跟伍尹在宿舍換上一身黑衣，響應著今日的行動。

「妳覺得，台灣的未來會怎麼樣？」我問。

「我覺得妳這段時間已經很關心台灣的未來了，是時候該想想我們的未來。」伍尹說。

「我們的未來？」我不解的問。

「我們在一起好久了，妳有想過接下來的事嗎？」

「在想研究所要考哪間吧。」

「研究所完呢？找工作嗎？」

「嗯……對吧。」

「妳爸媽總會問妳，什麼時候要結婚，」她說：「妳想好答案了嗎？」

「我沒有想結婚阿，只想跟妳在一起。」

「我也想阿，但我們總要面對妳的家人。」她說。

我心沉了下來。

這是個自由戀愛的時代，但這個自由現在幾乎還是異性戀的特權，從社會上不同的價值觀、不同的信仰，到我們自己父母的觀念，我們總是被種種束縛壓抑著，這一道道無形的枷鎖總有一天會試圖拘束我們的愛。

這問題我曾經想過許多次，怎麼跟父母談伍尹，每每想起他們可能的反應就讓我打消念頭。但今天當伍尹提起，當她談到了未來，我的內心深處被燃起一股鬥志，我想為了我們的愛勇敢的去嘗試。

「這學期過完，跟我回家見父母吧。」我說。

「妳也太快跳出這個結論了吧？」

「放心，還沒要妳找媒人來提親的。」

伍尹一陣大笑，把我擁入了懷中，給了我淺淺的一吻。

「欽周瑜芳，」她問：「如果我是男生，妳會愛我嗎？」

我點了點頭。

「我愛妳，是因為妳是妳，不是因為妳是女生或男生，我就是愛著妳。」我說。

她露出了得意洋洋的笑。

我們挽起手，一起離開了宿舍，準備上車。

「對了，妳有看到姚心慈的動態嗎？」伍尹突然問。

「怎麼了嗎？」我好奇著。

「自己去看。」她說。

我於是拿出手機，打開臉書點了姚心慈的頁面，那一段簡短的文字讓我充滿驚訝：

「當愛情與友情的抉擇成為人生的岔路，我決定走向不打擾妳們的一端。」

被伍尹說中了。

14.

轉眼間就過了快一年。

在那天醫院之後，我再也沒見過心慈，電話顯然也換了號碼，連臉書都停在同一則動態上。班上偶爾有同學會傳著謠言，說她休學之後去酒店工作，還說她跟流氓傣哥在一起，但我不想理會這些閒言閒語。

雖然她沒說，但我知道她想成全樂凡跟黃家誠，偏偏樂凡對這件事情完全無法諒解，尤其是心慈徹底的人間蒸發，但伍尹提醒過我，別跟樂凡談起這件事，否則很可能再一次的傷害心慈。

時間來到營隊開始前最後一次的工作會議，大家都有些迫不及待，幾乎從早上討論到下午，把每一項準備工作拿出來逐條檢驗。會議結束之後，王彥志叫了一堆披薩請大家吃，各個社團的幹部坐在一起邊吃邊閒聊。

這次暑期營隊的主題是「最美好的十七歲」，將會有來自二十五間的高中生來參加，王彥志為了讓每個小隊輔更好發揮，於是要大家吃披薩的同時去想十七歲最後悔的事，好讓大家有題材可以跟學員聊。

「欸妳們知道嗎？我那怪胎室友阿，有一次跟我開玩笑說他十七歲的最後一天很後悔沒去殺人。」王彥志說。

「什麼鬼啦哈哈哈！」樂凡大笑。

「是說，他怎麼今天的工作會議沒有到？」我問。

「不知道欸，我跟我室友中午都有輪流打給他，他只說人在台中市區沒辦法來。」王彥志說：

「不然我再打打看好了。」

過了一年，還是沒機會跟新同學熟起來，想想這個營隊也許是合適的時機吧。

王彥志打了兩次，卻都轉到語音信箱。

樂凡跟家誠兩人擱下手中的披薩，一起到外頭去抽著菸。

看著她們的背影，我卻不禁想著心慈寫的「人生的岔路」，總覺得很感慨。

Ch.4 沒熟的麵

01.

二〇〇九年。

往安養院的路上。

這是我第二份看護的工作了，如果加上實習也算的話，就是第三份了。

儘管沒什麼好緊張的，我還是希望報到的這一天能夠好好表現。

行政人員的態度還是一樣死氣沉沉，沒有因為場域的不同而有改變，幸好這可能是我們少數會有的長篇對話，我也就耐著性子跟他們逐一對過資料。

「姿儀，這是我們的制服，妳等等去試看看size對不對。」主任拿著全新未拆的制服給我說。

「謝謝主任。」我點頭笑著說。

「以後妳就負責巡整層二樓，工作內容跟妳之前在其他間的都一樣。」主任指著平面圖對我說。

拿過制服，我到了女廁準備更換。

兩位同事正在七嘴八舌的聊著病人八卦，其實算違反職業道德的事，不過前兩次的工作經驗已經讓我明白這再正常不過。有些人八卦只是為了消遣，有些人是想遏止小人私底下的惡行，但多數人其實就只是為了滿足自己八卦人的欲望，沒有任何有價值的目的。

她們聊得忘我，幾乎沒有注意到我進到裡頭，我也就默默的關起門更衣。

「欸我跟妳說二樓那個徐伯伯的二兒子，就是當法官的那個啊，他每個禮拜都會來，而且還待一整天，聽說是為了爭遺產呢。」

「他不是之前有被傳說偷偷收建商的錢，還逼死自己老婆？」

「對啊，妳不覺得超誇張的嗎？」

「是說，湯婆的事妳知道嗎，她兒子自從娶了越南新娘就幾乎被老婆拐走了，把湯婆丟在這裡就不管了。」

「我知道啊，聽說那個越南來的有養小鬼欸，欸這個不可以跟別人說喔！」

我在心裡嘆了口氣，不想打斷她們，默默的換好衣服之後，就準備開始巡房。

02.

走進二樓的第一間，我看裡頭的伯伯還在睡，巡視過環境後便離去。

進到第二間時，滿頭白髮的潘爺爺對我揮舞著手，我湊到了他耳邊，聆聽著他的需求。潘爺爺要我幫他翻過身，然後搥搥背，我想可能是因為年輕時經歷過戰爭的關係，潘爺爺的聽力很差，所以我盡可能得靠在他耳邊說話。

替潘爺爺搥過背之後，我稍微的整理了他的房間，接著前去下一間。

我看了門上的名字，猜想著是不是剛剛在廁所兩位八卦同事口中的徐伯伯。

我輕敲了門，準備要打開，沒想到有人來應門。

房間裡頭，正好有一名身穿中山裝加皮拖鞋的男子陪在老先生的身旁。
「是徐伯伯的家人嗎？」我對著男子問。
「我是他兒子。」他有些狀況外的說。
「您好，我是新來的看護，我叫程姿儀。」我笑著對他點頭。
他突然伸起手，我意識到是握手打招呼，趕緊伸起手握著，卻不知怎地，他握著之後便一語不發，只是牢牢的握著我的手。
我試探性的叫了他一聲：「呃，徐先生？」
「啊啊，這……真的很不好意思，」他這才驚覺自己還緊緊牢牢的握著我，有些緊張的說：「我恍神了。」
「沒關係啦。」我微微一笑。
心想也許自己來打擾的不是時候，於是點頭便離開。
一位同事看到我，趕緊招手要我到蔡阿姨的房間內支援，顯然有突發狀況，我於是小跑步的走向對面排。
原來是尿床。
「妳幫阿姨擦身體、換衣服好嗎？其他的我來整理。」她問。
我瞥見她的名牌，上頭寫著李佳珍，默默的記下。
「沒問題。」我說。
看起來佳珍的經驗很夠，一眨眼功夫就處理的差不多，蔡阿姨不斷的在嘴邊說的道歉的話，有些惹人心疼。我邊安撫著蔡阿姨，邊用溫毛巾幫她擦拭身體，她似乎有些沮喪，我於是開始介紹起自己，希望能移轉她的注意力。

沒想到廁所裡那八卦二人組，這會兒又出現在蔡阿姨的房內。

隔著布簾，我聽著她們八成沒什麼營養的對話。

「欸欸佳珍，徐伯伯那個兒子又來了耶！」八卦一號機。

「就是當法官的那個，聽說是為了遺產才這樣假孝順。」八卦二號機。

「喔，我知道啊。」佳珍似乎不太想搭理：「不過遺產那些都是人家編的，徐伯伯雖然是老榮民，但他是屬於被政府遺忘的那種。」

「啊？是喔？」八卦一號機也察覺到了佳珍的冷淡。

「好了啦，午餐再聊，我這排還沒巡完。」佳珍說：「有時間八卦的話，不如幫我巡一巡，我剛剛還請新人來幫忙欸。」

八卦二人組的腳步聲響起，八卦聲逐漸淡出，我依稀聽見她們開始聊起剛剛佳珍口中的新人，卻對她們說的內容實在沒什麼興趣。

「佳珍，我好了。」我拉開布簾說。

「謝謝妳欸，不好意思臨時求救。」佳珍說。

「應該的，我叫姿儀，有需要支援就跟我說。」我笑著點頭。

離開了蔡阿姨的房間，我本來應該回頭繼續巡房，但想起八卦二人組提到「徐法官」，我想起還在為考老師煩惱的哥哥，或許認識法官之後可以請他幫忙指點一下，看看能不能讓哥哥準備考試的過程中有點方向。

我於是鼓起勇氣回頭，去敲了徐伯伯的房門。

隔著門，我聽見裡頭的水聲與廁所門開關的聲音，心想不妙，不知道自己是不是打擾到人家了。

開門的正是徐法官，他的臉上還有不少水珠，看來是剛在洗臉。

「原來您就是徐法官！」我突然脫口而出。

「我是，怎麼了嗎？」徐法官被我的突然弄得有些沒頭緒。

我心裡賞了自己一巴掌，這是什麼奇怪的開場白啊我。

「大家都說您是出了名的孝順，每個禮拜都會來看父親，還會待上一整天照顧，不像這裡其他人的兒子、女兒，爸媽丟著就不管了。」我趕緊硬擠一些話，把八卦二人組的情報拼湊起來、修飾一番，避免尷尬。

他搔了搔頭，有些靦腆的說：「呃……這是我們為人子女應該做的。」

我到底在說什麼啊，自己完全沒頭緒，話都講到這了，我告訴自己乾脆直接切重點：「對了徐法官，有件事想請教您，不知道等等方不方便一起吃午餐？」

他愣了兩秒才回過神，我一直很擔心是不是惹到人家了。

「喔喔好的，沒有問題，非常樂意！」他笑著說。

我點點頭微笑，轉過身趕緊離去。

關起門，我超想挖個洞把自己給埋了進去，完全不知道剛才的荒腔走板是怎麼一回事，還好徐法官看起來是個好人，不然我的糗事可能真的要被八卦二人組拿去消遣散播好一陣子了。

我深呼吸了一口氣，趕緊四處去巡房。

03.

巡完房之後，我在休息室遇到了佳珍，一番的閒聊讓我建立了在這裡第一份友好的同事關係，也開始了解整間安養院的生態。

八卦一號機叫雅婷，八卦二號機叫怡君，是整間安養院的情報中心；主任基本上不管細節，只處理糾紛與大事，二樓女房是佳珍的責任區，雅婷與怡君分別負責三樓男、女房，我的工作則是接替之前離職的雅惠巡二樓男房。

裡頭的伙食評價普通，對街的鴻一便當是附近的美食指標，首推排骨飯跟花枝排飯。

我注意到時鐘，午餐時間已經快到了，於是跟佳珍提了要跟徐法官吃飯的事，便先離去。

快步走下樓，抓準時間來到徐伯伯的房間。

「徐法官，我好了。」我說。

他笑著點了點頭，替父親蓋好被子，顯然今天徐伯伯沒有要吃午餐的打算。

我們一起走下了樓，經過正在送餐的男同事們時，我禮貌的點頭打著招呼，卻發現他們轉過頭開始交頭接耳。

「我們去對面吃便當好嗎？」我試著詢問。

「嗯……我好陣子沒吃妳們的伙食了。」徐法官說。

「那我們一起去用餐區好了。」我笑著，反正我就在這工作，佳珍推薦的排骨飯我遲早會吃到的。

來到用餐區，我們各自拿了飯盒，找了空桌子坐下。

我們先吃了幾口，才開始聊天。

「不好意思這麼突然約您吃飯啦，」我說：「其實聽到您是法官，就有件事想請您幫忙。」

「是什麼事？」他抬起頭問。

「是這樣的，我哥哥正在準備考老師，」我說：「不過他考試總是不順利，所以才想請教您是怎麼準備考試的，有沒有什麼撇步可以教教他？」

他頓了一下。

然後笑著說：「其實我當年念書……好像沒有什麼秘訣或方法，就是老老實實的讀完，讀不懂的去查、去問，把所有該念的都念過而已。」

瞧我一臉疑惑，他於是把自己當年如何苦讀的故事跟我說。

原來，徐伯伯原先是希望徐法官去當個工程師，所以他大學念的是電子；但考上司法官是他一直以來的夢想，所以在他大學畢業之後，做了一個叛逆的決定，將自己閉門起來一心苦讀，當時整個家都是徐太太在打點。

後來他順利當上法官，支撐起整個家，把所有的心力都放在家人身上，尤其是兒子；只是四年前一場車禍之後，他的太太走了，讓現在的他格外消沉。

我聽著他的故事，被他深深所吸引著，那種能夠一肩扛起的男人，真的很迷人。

我藏不住崇拜的笑，傻傻的說：「看的出來，徐法官對於自己的工作崗位和家庭都相當有責任感喔！」

「叫我方韋就好。」他說著，然後咳了兩聲。

我點了點頭。

他問我可否抽菸，我笑著指向外頭，我們一起收了桌面，步出門外。

他抽著黃長壽，嘆了口氣。

我有些疑惑：「方韋哥，怎麼了嗎？」

他聳著肩，突然像是傾洩而出一樣：「嗯……我其實也不知道自己怎麼了，對於法官的工作我已經沒有什麼動力也沒有什麼自信，最近有想過要辭職……也許去學個釀酒或什麼的……我也不知道，有些想改變卻又說不出自己到底要什麼……然後……也在煩惱照顧父親的問題。」

「有夢想，就去追啊！」我笑著說。

「我不年輕了……」他帶著滄桑回道。

「年輕是一種心態，」我說：「像我今年二十八歲，心態卻已經像個四十歲的女人了。」

「妳才二十八啊！」他似乎有些驚訝：「好年輕啊！」

「不年輕了！」我拖著長音說：「同年的都嫁了有孩子了，我還單身一人。」

「嗯？沒有男朋友嗎？」他問。

我頓了一下，不知道為什麼，我沒有選擇誠實：「有交過啦，但實在受不了幼稚的男人，我還是比較喜歡成熟、穩重的……」

「像方韋哥這樣。」我脫口而出。

他似乎有些羞澀，為了掩蓋，他捏起自己的肚子說：「像我這樣啊，脂肪過多，很穩、很重。」

這句話讓我燦爛的笑了。

他熄滅了菸。

「對了，方韋哥，可以跟您要個電話嗎？」我趕緊問：「如果我哥哥準備上還有什麼問題，希望可以跟您請教。」

「好啊，沒問題。」他說，隨後便把手機遞給我，讓我輸入。

撥完之後，我們各自輸入著彼此的名字。

「方韋哥，可以考慮讓徐伯伯辦出院回家，」我說：「除了留在家人的身邊對他老人家比較好之外，您也才不會兩邊跑著，不然太累。」

04.

跟佳珍一起陪著蔡阿姨、潘爺爺在院區散步一圈後，我們各自將他們扶上床休息，然後打卡下班。

我搭上回家的公車，回想著這半個月一切都算順利，對於整個院區的內部生態基本上都掌握得夠清楚。

手機突然尷尬的響起，我趕緊接起電話，摀著嘴說：「我在搭車，要回家了，怎麼了嗎？」

「跟妳說一聲，我晚餐跟宜蓁去吃。」

「欸……都說好要一起吃飯了，我們這禮拜根本沒什麼時間相處欸。」我說：「你是不是忘記誰才是你女朋友了啊？」

「沒有啦，妳不要多想，我跟宜蓁只是哥們啦。」

「哥們？」我動了些氣：「她是都沒有其他朋友喔？你這個禮拜花了多少時間在她身上你說！」

「幹嘛啦？吃醋喔？」

我沉默的不想回應。

「欸欸妳很沒度量欸，幹嘛大驚小怪？」他說：「不然妳跟我們一起去吃嘛，就不用在那邊疑神疑鬼了啊。」

我掛斷了電話，不想再跟這人多說什麼。

刷過悠遊卡，我下了車，快步走回家中。一打開門，我看見他特別抓了頭髮，還穿著最喜歡的運動衫。

「吃個飯有必要盛裝打扮嗎？」忍不住我就開罵了。

「我準備好跟妳一起去了啊！」他說：「穿帥是為了給妳面子！」

「少來！」

他拉起我就往門外去，也不顧我一身邋遢。

一路上我不願意多開口說話，沒想到這個宜蓁大膽的約在隔壁巷口的熱炒，當她出現在我眼前時，我簡直怒火攻心。只是來吃不到一小時的晚餐，全妝是化給誰看的，男人也許好哄好騙，但這種小動作根本逃不過女人的眼睛，真正讓我生氣的是這傢伙居然找這款貨色來當我的情敵。

「姿儀，好久不見！」宜蓁用那極度不要臉的微笑對我說。

我點了點頭，耐著性子，想看看這女人要變什麼把戲。

感受到三人有些尷尬，宜蓁矯情的笑著對我說：「姿儀啊，我約昊禹一起吃飯妳不會生氣吧？我跟妳說，我其實沒有什麼女生朋友，我都跟男生比較好。」

「喔？」我不掩飾自己的不屑：「跟女生怎麼了嗎？」

「沒有啊，就……我覺得女生的心機都很重，」她說：「都好愛搞搞小團體、排擠人，還會背地裡講別人壞話。」

咕，每個人都有自己的同性朋友吧，我看根本就是都在講妳的壞話啦。我心想。

店員把宜蓁點的鐵板豆腐送上來時，沒有注意開蓋的方向，滾燙的醬汁噴便灑到了宜蓁身上。我還沒能看得清楚細節，身旁的男人已經起身拿濕紙巾替她擦拭，而宜蓁這女人竟也老實不客氣的抓住他的手道謝。

瞧見我看到他們之間親密的舉動，宜蓁馬上虛偽的道起歉來：「真的很不好意思欸昊禹，弄髒了你的衣服，今天臨時約的時候我衣服還沒洗好，所以就拿你上次放在我家忘記拿的這件穿了。」

我的白眼已經不受控制。

黃昊禹就這樣在自己的女朋友面前，跟著一個意圖不軌的女人，講著只有他們兩人自己知道的梗，親暱的不得了。我看著這個口口聲聲說愛我的傢伙，完全無法分辨、看穿宜蓁這種女人，一氣之下我摔了筷子起身。

「黃昊禹，你看清楚，這種女人她們就像快沒電的手機一樣，只需要隨便找個插座充電！」我邊說邊把蘋果西打往黃昊禹臉上潑去。

「然後，臭三八你也看清楚，」我拍了桌子：「黃昊禹不過就是一個山寨的爛插座，還會給妳漏電的那一種。」

我轉身便要離開熱炒店。

「黃昊禹，你自己看著辦。」我吼叫著。

05.

請假三天完成搬家後，我如常的回去上班。

絲毫沒有任何失戀的感受，只覺得解脫，彷彿把長年累積的塵垢一口氣掃除一樣。所有黃昊禹送我的東西我不是賣人就是送出去，順便把用月亮杯乘滿的經血倒到他最愛的沙茶醬中攪拌均勻，留給他一些我的味道作紀念。

但顯然八卦在這裡是隱藏不住的。

當我替蔣伯伯翻過身搥完背，準備把整排的換洗衣物逐一收齊時，雅婷跟怡君議論我感情生活的聲音傳入了我的耳中。

「拜託，超誇張的欸，聽說她還甩了男生一巴掌。」

「啊？是喔？」

「啊她前幾天沒來上班好像是大哭大鬧之後被趕了出來，所以才要搬家。」

「真的假的啊？」

「真的啊！我是覺得很奇怪啦，男生有異性朋友又怎樣，也不想想自己長什麼樣子……」

這兩台八卦機就像一個邪教團體一樣，對著休息室其他同仁散播著關於我的謠言，圖什麼呢？說穿了，不過就是一種掌握了「只有自己知道某些資訊」的優越感，那種不需要任何努力就能獲得的優越感，唯一需要費力的就是在那加油添醋。

我嘆了口氣。

從收納櫃裡拿出整齊的被套，回到蔣伯伯的房裡；可能是開門聲過大，似乎吵到了蔣伯伯，他嘴邊低語著。我於是上前，看看有沒有需要我的地方。

「我……我怎……怎麼還沒……死……還沒死啊？」他問。

我看著蔣伯伯，不知道為什麼脫口而出的回了他：「對啊。」

沒有一絲絲罪惡感，沒有任何職前教育訓練的約束，我說出了一句真心誠意的話。先前來給蔣伯伯巡房時，就有聽他說過，自己已經沒有任何要完成的人生目標，在自我實現的欄位裡他已經完成了所有功課，如今他的人生就像該完結的劇在拖戲、該休止的歌曲過分的拉長著尾音，只有衍生出更多的空耗與浪費。

我拍了拍他的肩膀，溫柔而發自內心的對他說：「乖喔，快了。」

他心滿意足的點了點頭。

我想，這是頭一回在這裡有人願意對他說出往心裡頭去的話。

我替他更衣、擦身體，可能是領悟到這會是最後幾次，我特別的恭敬。

06.

半個月後，方韋哥來到院區的櫃檯，為徐伯伯辦理出院。

我卻因為接到哥哥分發到學校的電話，而與方韋哥擦肩而過。不知怎地，腦海中失落的情緒不斷盤旋著，連帶的上班過程中有些失神，幸好發現的是不怎麼參與八卦的佳珍。

在休息室裡，我一五一十的把心思都告訴了佳珍。

「人生很多時候是自己給了生命太多枷鎖，」佳珍說：「但其實往往是不必要的。」

「我覺得自己一團亂。」我說。

「都是庸人自擾，其實想要什麼妳很清楚，」她說：「不然有什麼好煩惱的呢？」

我沉默了片刻。

「會掙扎，是因為有渴望，如果毫無動念，哪有選擇的必要。」她說。

被她一語道破後，似乎心中的迷霧也散去了，想想自己是該嘗試去探索內心的真實感受為何，反正如果沒有任何結果，其實與現況也無異。在這樣的覺悟中，我一下班便聯絡了方韋哥，以為哥哥道謝的名目約了他吃飯。

有些意外的，他爽快的答應了。

在約好的平價鐵板燒店前，我遠遠的看見他騎著腳踏車來到。

「騎腳踏車是方韋哥的興趣嗎？」我邊夾著菜邊問。

「呃，坦白說我是一時衝動才買的，」他有些尷尬的笑著：「其實就是我們認識的那天，我看到兩個年輕人騎單車環島，不知怎的就跑去買了。」

「哈哈，聽起來好熱血喔！」

「那時我也不知道哪來的脾氣，起先還覺得年輕人成天幹沒營養的事，後來又好像有點羨慕他們，」他突然咳了兩聲，清了清喉嚨才接著說：「現在想起來那真的是我人生中第一次衝動消費，雖然一點衝動的感覺都沒有。」

「可能是平常的工作都很嚴謹吧，」我說：「所以才想嘗試一些改變？」

「大概吧，」他說：「雖然說不上人生圓滿，至少還算像樣的人生，但總覺得自己好像突然失去方向感，有些不踏實。」

「會不會是方韋哥都把責任往身上扛，讓自己有些喘不過氣了？」

「多少有一點，回頭看自己的人生好像看不太到什麼存在的價值，看向未來又充滿困惑，」他說：「就像被卡住了一樣。」

「嗯……我不敢說自己懂啦，」我說：「不過如果方韋哥想挑戰什麼，或是大破現在的困局，只要有這想法，我都會盡自己所能全力支持的。」

他笑著對我說謝，眼裡閃爍著一絲迷人的光。

吃完飯後，陪著方韋哥抽了根菸，接著我們換到星巴克裡繼續聊天，就這樣直到深夜。

他人生的樣貌在對話中漸漸的立體了起來，歲月留下的印痕是那樣的清晰，經歷過追夢、喪妻又扛著父親與兄弟，那輕描淡寫的滄桑輪廓無比深邃。我發現自己陷入了愛慕的情緒中，卻不知道該怎麼樣說出，又不想壞了這樣的氛圍與關係。

07.

「喂?姿儀嗎?」電話的另端邊咳邊說，似乎相當急躁。

「方韋哥，怎麼了?」

「抱歉打擾妳上班，我父親他……咳咳……剛剛出車禍了!」

我掛斷電話後立刻向主任請了假，趕往醫院與方韋哥會合。

「抱歉這樣突然麻煩妳，還耽誤妳上班，」方韋哥一臉歉意的看著我：「我實在不知道我還可以聯絡誰了。」

淚光在他眼眶打轉。

出於本能的，我將他擁抱入懷中，輕拍著他的背與肩。一時間，一陣濕潤從我的夾克雙肩裡暈開，我深呼吸著，直到他哭出聲來，然後一陣咳嗽。

警察問完徐伯伯後，來向方韋哥確認細節，撞到徐伯伯的是兩個飆車的混混，當時徐伯伯只是在外頭散著步，沒想到飛來橫禍被擦撞，可惡的是這兩個混混竟然還肇事逃逸。

「徐先生，您可能要有心理準備，附近的路口都沒有監視器……」員警說。

方韋哥只是點點頭，沒有多回話。

見方韋哥情緒已不堪負荷，員警轉向我說：「徐太太，有任何進展我們會再與您們聯繫。」

我本想解釋，但顯然此時不宜多說，於是點頭向警察道謝。

在醫生檢查過後，確定徐伯伯只有外傷，方韋哥的弟弟與弟媳很快也到醫院來接受照顧。陪著方韋哥，我們兩人繞到醫院附近吃了牛肉麵，大概是醫生掛了保證，確定徐伯伯沒有太大的危險，家人也趕來照顧，路上又抽了幾根菸，此時的方韋哥精神總算好了些。

「真是麻煩妳了。」方韋哥愧歉的對我說：「真的……很謝謝妳。」

「謝什麼阿哎唷，我說過會盡自己所能全力支持你的，」我摟著他的肩：「徐伯伯也像是我的長輩一樣阿。」

「多虧聽了妳的話，我帶父親回家後他的一切都好轉不少，平常就像今天這樣會自個到街上晃晃，」他說，然後拍著拍自己的額頭：「都是我不好，日子久了就鬆了警戒。」

「方韋哥你就是這樣，什麼都往自個身上扛，不是所有事都是你的責任啦！」我笑著說。

他沒有回話，只是默默的又點燃了他的黃長壽菸。

我跟著沉默，只是靜靜陪伴著他。我知道很多的思緒在他的腦海中奔騰，這時介入是要不得的，不需要多說任何一句話，就是扮演他最需要的那個角色，也就是陪伴。

抽完菸，他咳了幾聲，嘆了一口長氣。

「妳看我肚皮和眼袋都下垂了，人生已經完全沒本錢闖禍，好像所有的事情都只剩下一半，」他搖了搖頭：「在家庭和職場裡我是強烈的存在，卻找不到一絲絲自處的餘地。」

也許他沒意識到，這樣的他並不孤單，只是人生踏入中年的節奏轉換。

「方韋哥，我有話直說，你別生氣，」我鼓起勇氣說：「現在的你像是把自己丟進高速的壓力榨汁機中不停運轉，內心卻還希望能夠努力保持原形。」

「妳說的沒錯阿，」他又嘆了口氣：「我越來越常浮躁不耐煩，專注也開始難以保持，常常覺得累，晚上卻又睡不太著，真的睡了品質也很差。」

「答應我一件事好嗎？」我伸出小指頭，看著他。

「什麼事？」他一臉疑惑的看著我。

「當你感覺到身體有狀況，絕對不要逞強，趕快看醫生，」我說：「求助不是弱者，你只是需要專業的技術協助。」

他搖了搖頭說：「不行阿，家裡還要靠我。」

「答應我！」我語氣堅定的說：「如果需要治療請不要拒絕，只要你願意，鞏固家裡正常運作的責任我能替你分攤，我也可以是你心靈的復健師。」

他抬起頭，認真的看著我，深呼吸了一口氣。

「好，我答應妳。」他也伸出小指頭與我打了勾勾。

我的內心裡宛如少女邂逅白馬王子一樣悸動。

我們笑著看路上的人來人往，安靜了好些會兒。

「喔對了，」他突然說：「姿儀，很不好意思，剛剛還讓員警以為……」

「不要不好意思，我滿喜歡的。」我燦爛的笑看著他。

「啊？」他似乎相當意外。

「方韋哥，我喜歡你。」我說出了人生中第一次告白的話：「但請不要擔心或多想，我知道我們處在什麼樣的人生狀態，我不會催你什麼，只是這樣靜靜的陪著你，如果我們的感覺一樣，而你願意，我們再慢慢一起踏上新的旅程。」

08.

那天之後，方韋哥經常來接我下班，我們一起去看電影、唱歌、吃飯、散步，我也買了腳踏車陪他運動，他也會到我家陪我窩在沙發裡看一整天的影集。

我下載了紀念日計時軟體，卻發現我們沒有明確「開始在一起」的那天，於是我把遇見彼此以及我告白的日子都設定為紀念日。

自然而然的，我們一起踏上了新的旅程。

約莫半個月後，我們看準隔天是我的排休日，兩人於是窩在家裡頭喝起酒來，也就是這一晚，第一次跟方韋哥過了夜，那是相當美好的一夜，如同我們相愛一樣自然而然的發生了。

隔天醒來時，方韋哥告訴我他已經決定辦退休，自從我們相愛後他感受到自己存在的意義，言談之間我看見他漸漸的年輕了起來。

他坦承，前些日子他的身邊只剩下一種情緒，就是憤怒。突然間就看全世界不順眼，而家人與同事似乎也討厭起他來，在這種強大壓力中他閃過無數個逃避的念頭與衝動的想法。

「親愛的，我知道過去你都習慣自己做決定，但我希望以後你做重大決定之前能與我討論，當然最終的決定權在你手上，而我也會支持你、陪著你的！」我說。

他笑著吻了我。

「我還沒說完啦！」我笑著說：「如果你突然想學什麼新東西，或是去冒險，我也都會支持你的，但是如果你身心狀況真的不好的時候，記得答應過我你會乖乖去看醫生。」

09.

退休後的方韋哥煥然一新。

農曆新年過後，我們開始安排著我的排休時間，一到休假我們不是去其他縣市玩，就是出國旅遊。心思細膩而謹慎的他，總是能排出恰到好處的行程，唯一的遺憾就是在大阪的時間沒抓好，過天守閣之門而未入。

「姿儀阿，」他說：「我覺得這幾個月下來，我焦慮的症狀減緩很多了，以前那種易怒、緊繃的情緒都散了，不那麼煩躁，睡的也安穩多。」

「很好阿，好愛這樣的你！」我輕吻他的臉頰說。

「台灣還有哪裡妳想去玩的？」

「花蓮跟台東！」我像個孩子一樣開心的說：「我要去喝瑞穗鮮奶、吃池上便當、泡知本溫泉！」

「謝謝妳，出現在我的生命裡。」他說。

從他的眼神裡，我看出幾分真假。

他真的開朗了起來，我知道跟我在一起的時光他也很快樂，但總有幾個缺口存在他的生命中。他的兒子，還有他的父親。

去年車禍後徐伯伯身體狀況急轉直下，偏偏肇事的兩個混混到現在還沒有下文；雖然在兒子的高中畢業典禮上破冰，父子之間的互動卻相當冷淡，想關心兒子又無從下手的無力感，讓方韋哥時常覺得自己只被當提款機。

有幾次，我試圖要跟他說起兒子與父親，他卻避而不談。即使已經徹底認知自己的英雄時代結束，面對家庭，方韋哥仍無法與其他人分享權力，沒能分散出去的壓力積留在他的身上，還被當成他永遠主導一切的理由。

人不可能一輩子當主導者啊。我不免有些擔憂。

但很多事並不是說了、談了就能夠化解或改變，終究端看他自己怎麼看待與抉擇，我不能也不願意去代為定奪，至少在我的世界裡他還能是個頂天立地的英雄，還能堅守住最後一絲他自認為的尊嚴。

我只能用愛去包覆，別無他法。

10.

母親節是我們家年度聚會的盛事。

過去這一週我好說歹勸的，方韋哥還是不願意跟我一起回老家吃飯，他拒絕的理由總是「再過一段時間，等我準備好」。

到了要出發回老家的這一天，我也不多問了，只是叮嚀著他家中的瑣事，然後打理好自己，挑了身媽媽看了會滿意的淑女打扮，準時搭車回老家。

我知道，方韋哥這一天會去納骨塔看他的前妻。

告訴自己放寬心，也明白人生中愛過是多麼的刻骨銘心，我沒有一絲醋意或競爭的感覺，只是學著用更體諒的心境去為他思考，但願這小小的別離能讓他更寬恕自己一些。

回到老家，今天是難得的熱鬧。

因為大家總是聚少離多，母親節大餐從中午一路吃到晚上已經是我們家的傳統。

「妹妹啊，那個徐桑沒有跟妳一起回來喔？」媽媽見我就問。

我搖了搖頭，便跟剛回來的家人們打起招呼來。

成為老師的哥哥依然是家中話題的焦點，儘管他已經任教快一年了，還被當成新鮮事來談，傳統家庭中嫡長子的權力加乘效果就是如此。

「欸欸妹妹啊，」我最討厭的小阿姨不知道又要開什麼惹人白眼的話題。

「那個徐桑不是跟妳差很多歲嗎？啊妳們還可以喔？」小阿姨賊賊的笑著問：「晚上……還可以喔？」

「我不覺得年齡與世代的差異必然是負面的啊，」我冷冷的回敬一句：「年齡相近的結了婚也未必圓滿啊。」

氣氛有些尷尬，小姨丈外頭的風流事整個鄰里根本無人不知。

「啊年紀有差是又怎樣？男人比較成熟穩重本來就好啊！」哥哥跳出來為我辯護：「看他上次農曆年送日本的水果禮盒那麼高級，說不定以後還有遺產欸。」

我翻了白眼，這種沒水準的話果然只有我哥說的出口，偏偏他現在還能當老師四處去誤人子弟。

「啊幸鴻你自己是有沒有對象啦？」媽媽開口問。

「再說啦！」哥哥似乎不太願意正面回答。

「幹嘛？有對象就說阿！」我刻意問著。

「你們一直逼問也沒用啊，講的好像找對象很容易。」

「總有還沒結婚的女同事吧？」小阿姨又恢復了八卦本色。

「沒興趣。」哥哥冷冷的說。

「幸鴻啊，你該不會跟人家在搞什麼同性戀吧？」小阿姨問：「那個不好欸，那個會得愛滋病。」

「我拜託妳有一點醫學常識好不好，愛滋病是只有同性戀會得嗎？妳管好妳老公，不用來為我哥操心啦！」我怒嗆回去。

「喂喂喂，我又不是同性戀！」哥哥哀嚎著，卻沒有人理會。

成功讓小阿姨惱羞成怒的離去後，我們才總算得以平靜的吃一餐飯，至於男女感情之事什麼的，也跟著小阿姨而去，離開了餐桌上的話題。

11.

徐伯伯的身體狀況似乎已經來到了臨界點。

為此鬧心不停的方韋哥總是夜裡喝著酒，我們之間的對話變得很少，只剩下非常家常的對白，多數時間他待在自己的老家中陪著徐伯伯，偶邇來也只把我家當成過夜的地方。

愛是講求體諒的，我知道他正在等待那一天，這過程相當折磨人。

只是幾乎半個月了，他沒有一通電話，我傳的任何訊息也都未讀。我思量著該不該動身去找他，但又怕唐突，雖然他的家人都知道我們的關係，但從未進過他的家門仍讓我有些忐忑。

沒想到先來的，是他弟媳的電話。

「嗯……姿儀，我想還是跟妳說一聲，」她在電話裡說：「我公公過世了。」

我心一驚。

「那……方韋哥他還好嗎？」

「二伯他很憔悴，雖然他嘴上不說，但我很怕他會崩潰。」

「我……方便過去嗎？」

「我也不知道，接下來辦喪事肯定很多人會來來去去，」她語氣中充滿不確定：「我想至少妳來看個一趟好了。」

當天晚上，我猶豫著該不該打電話過去。

人難逃一死，但若以為人能隨著年歲增長而學會離別，實在太過天真。這時候對我來說，真正的困難是如何拿捏，我要怎麼做才能讓方韋哥好過一些，而不至於傷了他的自尊心。

為了不讓八卦二人組再傳什麼閒言，我刻意跟佳珍到院區外討論。有些難以想像，過去拒絕在職場上建立超過工作以外人際關係的我，竟然無形間跟佳珍漸漸成了知己，我把所有困惑都說了出來，雖然問題仍然沒有解決，卻有種釋放的感覺。

佳珍隔天上班時，特別到我身旁咬耳根，勸我去徐家一趟。

於是我向主任排了後天的假。

12.

我搭著計程車到了徐家，門口已經搭起了棚子。

我下了車，看到外頭一對夫婦爭執不休，想來應該是方韋哥的大哥與大嫂，但這尷尬的狀況下也不好打什麼招呼，我於是低著頭走進屋內。

靈堂周邊聚集著徐家親友們，看來當中有不少人是方韋哥以前法院的同事，佛號的機子不停複誦著，眾人的沉默更讓此時的氣氛陷入哀戚。

方韋哥的弟媳一眼便認出我來，手頭上忙著的她，用眼神提示著我方韋哥的位置。我順著她指出的方向看過去，方韋哥看上去蒼老了許多，而他一旁站著與我年紀相去不遠的馬尾男子，我猜應該就是方韋哥的兒子。

他們父子二人安靜沉默守在靈柩旁。

我上前一步時，方韋哥注意到了我，先是愣了一會。方韋哥的弟弟引領我準備上香致意，方韋哥帶著兒子上前來，看著我們片刻。

「這是我……朋友，」他說：「叫阿姨。」

朋友二字的出現刺痛了我。

「阿姨。」他兒子點了點頭，一臉疑惑。

我點了點頭回應，沒有多說話，默默的從包包裡拿出奠儀交給方韋哥，但他拒絕收下，我也不好在這與他爭辯什麼，只得順從。

接著我默默的上了香。

儘管靈堂內都是焚香的氣味，我還是聞到了方韋哥身上濃厚的酒味，本來應該向徐伯伯別離的心思不禁移轉到對方韋哥的擔憂上。

我鞠著躬，看著徐伯伯的遺照，想著他曾是自己照顧的對象。

雖然沒有天真的幻想過能跟方韋哥走入婚姻來拜見徐伯伯，但仍然有些遺憾不能在他生前與他更親近些。

致意過後，方韋哥拉著我的衣角，要我在庭院陪他抽菸。

「姿儀阿……我真的很對不起……」

「方韋哥，別說了，我都能體諒。」

「我……我……」情緒潰堤的他已經難以言語。

「酒別再喝了，你會把自己弄垮的。」我說。

「不行！我需要……我……真的……需要！」他說完，又燃起一根菸。

接著，他像是傾瀉而出一樣說著自己對父親的愧歉，說著自己多麼自責，說著整個家今天這樣都是因為他不夠努力，在所有的負面情緒中無盡輪迴，他表達對自己的澈底失望。

我沒有打斷他，只是聽。

聽著他用言語刑求自己，在生命的苦海中想奮力游上可以歇息的孤島，看著他抽完手上的菸又燃起一支。

「你是我見過最可靠的人，所以我相信你能撐過去，」我說：「陪你抽完這最後一支菸，我就回去上班，等你需要我的時候，只需要打電話。」

我們進入一片沉默中，在徐家的庭院裡，我依約陪他抽著最後一根菸，兩人無語。

13.

離開徐家後，我回到家中洗了澡，反覆的告訴自己，這是我所能做的全部。

躺在床上，我沒有吃晚餐的心情。

拿起電話打給媽媽聊了半小時，翻閱幾頁佳珍借我的奇幻小說《霜焰之詩》，滑了滑臉書，自個開了罐啤酒來喝。

非典型的無聊狀態在此刻成為我的寫照。

人好像在空轉，就停在這一處，沒有下一站，沒有飢餓感所以不去找東西吃，沒有目標所以不出門，什麼都沒有。只有空蕩蕩的自己在空盪盪的空間裡。

不知道什麼時候，總之我睡著了，而且睡得很深。

當突如其來的電話擾醒我時，夜已近乎終了，太陽已經為了升起在暖身。

「喂？」我連睜開眼看是誰打來的動力都沒有，懶散地接起電話。

「姿儀……」我一聽，原來是方韋哥的聲音。

那一瞬間我就醒了，全身被電流刺激著，感官同步啟動，大腦的意識清晰無比。

「方韋哥，怎麼了？」我問。

他沒有回話，背景的聲音乒乒乓乓的，不一會兒電話就斷了。

回撥給他竟然直接轉進了語音信箱。

這著實嚇到了我。

我立刻找出他弟媳的電話回撥，一問才知道剛才喝很醉的方韋哥跟兒子打了一架，兒子一氣之下奪門而出，而方韋哥則被兄弟二人拉回自己房間。

我起身換上衣服出門攔計程車，直接往徐家去。

車資與里程此刻都無關我的痛癢，我必須馬上見到方韋哥，我知道這時候必須待在他的身邊。

像是心有靈犀一樣，弟媳替我開了門，我直往方韋哥的房裡頭去。

那幾乎是一團亂，滿地的空酒瓶、一房間的煙灰，不知道方韋哥多久沒有正常洗澡吃飯了。

他癱倒在地，手機解體在他的身旁。

我趕緊傳了簡訊給佳珍，請她替我跟主任說一聲我可能無法上班。

還好職業訓練基礎紮實，清好床面後我便把方韋哥半抱半扶的弄上床，讓他可以平躺。在弟媳的協助之下，費了番功夫終於把混亂不堪的房間整理得像樣了些，善解人意的弟媳在收拾完後便留我們二人在房內。

「姿儀阿……」方韋哥嘴邊念著：「……是妳嗎？」

「是我。」我撫摸著他的側臉。

他嚎啕大哭了起來。

我抱著他，讓他可以安全的盡情哭泣。

直到他哭夠了，才拉著我要我陪他到庭院去抽菸。

他說起整個衝突的來龍去脈，原來方韋哥是在起身上廁所時撞見兒子在看A片自慰，一時怒火攻心，理智被酒精瓦解，才會對兒子一陣拳打腳踢，父子兩人打到驚動全家人。

「他爺爺剛死，就做出這種荒淫之事……一個大學給我念到延畢……整天就知道玩他媽的社團……人生跟工作完全沒有規劃……還想逃兵役……」他咬牙切齒的對空數落著兒子。

我看見怒火背後的怨悔與憤恨，也看見酒精如何掏空一個男人。

還有恐懼，他恐懼著自己與父親的關係被複製到自己跟兒子的身上。

卻因為怨悔過了頭反而留下更多的怨悔，因為充滿了憤恨而製造更多的憤恨，因為太過恐懼使得恐懼之事成真。

那一夜他崩潰的澈底，他甚至不是崩潰到入睡，而是昏了過去。

14.

毫不意外的是，還沒中午主任就打電話來罵了我一頓，他怒斥我最近老是臨時請假，並言明這是最後一次機會，只要再發生類似的狀況就要我走人。

我沒什麼好多說的，只是表明我會請個長假，好好的道歉，好好的掛斷電話。

趁著方韋哥還沒醒來，我找了附近最近的民宿，訂了三天的房。這個特別時期已經夠複雜的了，沒必要再因為我添任何亂子，這是我能做的事。

往後這三天，我基本上就是在方韋哥與弟媳二人身邊穿梭，一邊看著方韋哥別讓他再傷害自己，一邊替著方韋哥盡可能分攤家中的治喪事務。還好徐家一家人都很接納我，也對於我來幫忙表達著謝意，儘管如此，我知道大家心中真正掛念的是方韋哥與他兒子之間的關係。

本來還期待他兒子氣消了就會回家來，父子可以修補，未料那天之後，全家再也沒見過他兒子。

當徐伯伯的葬禮圓滿辦完後，我跟方韋哥長談了一番，多數是我在叮囑他的生活大小事。接著，我向徐家人道了別，便搭車回家，趕在中午之前回到安養院區內，不再讓主任有機會找藉口開除我。

弟媳隔了兩天，傳了訊息給我，告知徐家裡頭漸漸的恢復了平靜，我也就安心了不少。

大概是出於對工作的愧歉感，返回的接連幾天我幾乎是卯起來完成所有工作，遠比當初實習時更充滿熱情，只希望用這種方式來償還向工作借去的時間。

中午在用餐區跟佳珍一起吃飯時，正好雅婷跟怡君坐在我們身後那桌。

「欸妳有看今天報紙的廣告欄嗎？」我依稀聽見雅婷的聲音。

「幹嘛？妳要換工作喔？」怡君回道。

「最好趕快換。」佳珍冷冷的碎嘴了句。

「不是啦！」雅婷說：「那個徐法官他兒子啊……」

我擱下了碗筷，腦中滿是不安的情緒。

「登報宣布跟徐法官斷絕一切關係欸！」雅婷說。

我跟佳珍同時瞪大了眼看著彼此。

「真的假的？怎麼會這樣？」怡君誇張的問。

「聽說是他不把爸爸的遺產分給兒子，好奇怪欸，爺爺都說要給孫子了他是在不肯什麼？」雅婷補充道。

「我……」我擱下碗筷，拿起手機起身說道。

「快去。」佳珍說。

拿著手機，我奔到院區外，立刻撥了電話給方韋哥。

連打三通，全都進了語音信箱。

所有不好的念頭在我腦海裡閃過，我害怕了起來，怕他尋短傷害自己……

正當我一心焦慮要回頭找佳珍求助時，他回撥回來了。

「喂？方韋哥，你在幹嘛？」我激動的問。

「我沒事，不要這麼緊張，我只是手機剛沒電。」他說。

「我……我……」我腦中千言萬語，卻不知哪句該先說出口。

「妳看到了吧？」他說，電話另一端傳來打火機摩擦的聲音。

「嗯，我看到了……」

「唉，這孩子就是這副德性，」他長嘆了一口氣：「我無話可說了。」

我不知道自己該回什麼話。

「妳還記得我那件中山裝嗎？」他問。

「記得啊，」我說，突然間開始擔心他是不是要交代後事：「你問這幹嘛？」

「我不會做傻事啦，」他說：「我只是想到，那件中山裝我兒子一直說很好看，其實我是準備要留給他的。」

我突然一陣鼻酸。

「斷絕關係欸，」他嘆著氣：「我其實也在想，會不會……其實是我錯了？」

「唉唷，兩個人都有錯啦……」我開了頭，卻不知道後面該說什麼。

「我今天去接你下班吧。」他說。

我一時間思緒跟不上來，只傻傻的說著好。

「快回去工作吧，」他說：「這段時間真是麻煩妳了。」

15.

那天方韋哥來接我下班之後，我們一起試著回到原先的生活步調中。

過了幾天後，我們在晚餐後深談了起來。

「我這父親當到好像只剩下提款機的功能了，呵呵，不過現在不讓他領了，他應該很快就會認錯了吧。」方韋哥抽著菸說。

「親愛的，你也要想想自己有沒有責任啦。」我說。

「想想啊想想，最近腦子不好使了，記憶力好像在衰退了。」他拍了拍腦門嘆氣說。

「哪有啊？不然你怎麼記得這麼多的抱怨？」我笑著逗他：「你跟你兒子的事喔，不會只有一種解決方法啦，就看你們誰能夠先想通。」

「奇怪，啊都斷絕關係了，到底為什麼我仍然心裡頭有著壓力啊？」他說。

「我倒覺得這段時間你可以找些朋友或以前的同事，大家聚聚喝酒，讓你牢騷發個夠，解一解心中的苦悶，」我說：「面對壓力，人多勢眾也是管用的方法。」

「到了這歲數，沒想到面對自己的兒子，還是這麼挫折。」他嘆了口氣，點起了菸。

「親愛的，或許是你一直以來太苛求自己了，」我揉了揉他的肩：「你有沒有試著讓自己倒地裝死一陣子？」

「倒下去了，怎麼振作起來？」

「不躺著休息一會兒，又哪有體力振作呢？」

他默默的抽了幾口，又開始東扯西扯的抱怨著許多事，我告訴自己不要對號入座，讓他好好的把心裡頭的垃圾倒出來，期間聽到了什麼有問題的地方，也不急著指出，畢竟這時候還硬梆梆的跟他理論事情的是非對錯對我們一起走下去沒有幫助。

我邊聽邊整理著家中的雜物，忍住不對他的突發奇想澆冷水，也不對他的壞習慣叨叨唸，偶爾用讚美包裝幾句鼓勵他改變的話來回應。

中年對人來說，或許真的是巨大的生命轉捩點。

他的寡言不單是過去我們相處時累積的經驗，從他身邊的同事與朋友那聽來也是如此，如今卻這樣滔滔江水、話說不停，也證明了他生命處境與心思的轉變。

我看著牆上的掛鐘，夜已深了，退休或許也改變對於時間的觀念，但我終究是要上班的人。趁他回憶往事說到一個段落，我語氣和緩的說：「親愛的，我們該睡覺了，明天下班繼續聽你說，好嗎？」

他雖有些不甘，卻還是微笑著點頭。

大概是一整晚話說累了，他一上床倒頭就睡；我看著他的釋放，感受到不少踏實的心安。洗好澡後的我，在寂靜中數完面膜，躺進被窩裡頭，很快的也睡去。

16.

隔天一如往常的，我準時上了班，張羅著替每一位伯伯、爺爺更換衣物、按摩搥背、陪同散步。

主任叫住我時，許多擔憂閃過我的腦海中，努力回想這段時間到底又做錯了什麼。

「姿儀啊，」主任走到我身旁：「你這層今天會有一位新同學來報到。」

「是新進的同事嗎？」我疑惑的問，心裡暗自鬆了口氣。

「不是啦，是需要住進來的患者。」主任解釋。

我點了點頭。

「好好表現啊。」主任說完便調頭離去。

突然間，我的手機響起，幸好主任已經走遠，不然我著實尷尬。從口袋裡拿出來才發現，打來的是方韋哥，我於是找了個角落接起電話。

「姿儀啊……我剛剛……」

「怎麼了？」我有些緊張：「你剛剛怎麼了？」

「我剛醒，」他說：「我夢到……自己死掉了。」

「沒事沒事，」我安撫著：「我們現在還講著電話啊，你好好的。」

「我為什麼會夢到死亡啊？」他依然緊張著：「是不是我快死了？」

「親愛的，你不要擔心，」我心平氣和的說：「夢到死亡不一定是壞事啦，說不定只是有些事物可能結束，而另一件事才要開始。」

「嗯……」

「人家說關了一扇門，另一扇才會開，」我說：「你去盥洗一下，好好放鬆，等我下班回家。」

他才安心的掛斷了電話。

幸好曾經念過一些關於夢境的解釋，特別有讀熟關於夢到死亡的意涵，否則突如其來這通電話，說不定我也感到不安，甚至被嚇壞。

中午跟佳珍一起吃完排骨飯後，我準時回到院區，主任口中的新同學在院長的陪同下完成「報到」。

我帶著他安頓好了一切。

有些意外，這位新同學年紀看起來比其他的「老同學」都還輕，可能才跟方韋哥不相上下，不知道為什麼會住進來。本著專業，我向他自我介紹，希望建立好基礎的信任關係。

「您好，我叫姿儀。」

「我姓郭，叫我阿元就好。」他說：「妳願意的話，我有很多故事可以說喔！」

對於初次見面認識的人來說，阿元有些聒噪，但他談起過去的事卻引起我很大的興趣。於是，我先是向他說明整個院區的空間，然後表明我要先巡過整層，安頓好潘爺爺、蔣伯伯他們，才能回來聽他說故事。

離開阿元的房間後，八卦二人組沒有讓人失望的依然碎嘴著，也不知道哪來的消息，第一天報到的人就被他們掌握了那麼多。手裡做著事，閒著的耳朵全拿去聽她們嘰嘰喳喳的談話內容。

「欸怡君，那個新搬進來的郭嘉元感覺有點智障智障的。」

「會嗎？我聽說他是流浪漢，之前是教會收留他的。」

「教會根本撿破爛啊！」雅婷嘖了聲。

「他們這種人好像都會去菜市場要沒賣完的蔬菜、水果。」

「他有睡過公園嗎？」雅婷問。

「應該有吧，那就是流浪漢該待的地方啊。」怡君不屑的說。

「拜託不要出現在我家的公園，誰知道會不會對我們亂來？」雅婷擺出被驚嚇的樣子。

我萬分後悔自己去聽那沒營養的對話，白眼跟著翻到後腦勺去。

安頓好整層之後，我回到阿元的房內，坐在他的床邊聽他說著故事。

那個「台灣錢淹腳目」的時代，當黑手的阿元曾經月入六、七萬，但因為長年的菸癮壞了身體，中風後不但失業，連老婆也跟他離婚。就這樣獨身一人的他離開故鄉北上流浪，後來有一天他在公園睡覺被社工發現，才因此被安排到公辦的收容中心住了快三年，原本因為法律規定收留無家者兩年為限，但收容中心因為阿元當時的身體狀況，多寬限他一段時間。最後礙於政府的壓力，社工委託地方教會收留阿元，雖然莫可奈何，但到了教會的阿元很快融入裡頭的生活，也分攤起教會一些雜務工作，直到他的身體不堪勞動，才被轉來我們院區安置。

我聽著他輕描淡寫的說，眼淚不自覺得流了下來。

阿元用食指沾著我眼窩的淚水，突然抹向我的眉毛說：「不哭不哭，眼淚是為了要拿去潤眉。」

我被他逗笑了。

「我其實運氣不錯啦，很多人對我伸出援手，只可惜我現在沒有能力去幫助有需要的人了。」阿元笑著說。

「阿元，我都沒聽你說到家人欸……」我試探性的問。

「有啦，」他說：「我生病的時候弟弟跟妹妹都有來探望，兒子也曾經接我回南部住，但……我實在不想給人添麻煩。」

「那你住進來我們這邊，不是要通知家人嗎？」我問。

「通知單我收到包包裡了，」他靜靜的說：「家都沒有了，哪來的家人？」

我凝視著平靜的他，看著他將自己視為「沒有家的人」，體會到「居住處」與「家」的天攘之別；眼前的阿元所缺乏的不只是一個地址，而是提供他心靈支持的地方，那個總有人等著他回去、能承接自己脆弱的地方。

人為什麼會流浪呢？

有太多的理由了。

但無可否認的是，與親人的人際關係斷裂往往是陷入無家可歸的最後一根稻草，人與血親僅存的關係承受各種殘酷現實的考驗與傷害，那是平常人肉眼無法察覺的傷口。

17.

一轉眼阿原來到安養院半年了。

這半年對我來說最大的進展，就是跟方韋哥之間的生活，雖然沒有到戶政事務所登記結婚，卻如同婚後一般，我們偶爾也以夫妻相稱。方韋哥也不再避諱來到安養院找我，同事之間因為一切的檯面化也大大失去了可以八卦的內容，主任甚至笑說方韋哥根本是本院的志工。

有幾回，他還來找阿元下棋，兩個天南地北的男人意外的有話聊。

我怎麼樣也沒料到黃昊禹突然來電。

有些被嚇到的我完全不想理會，為了省去所有跟這人有關的麻煩事，我索性直接把他設為黑名單，從此一勞永逸。

關閉手機前，我瞄到手機上記錄生理期的Ａｐｐ，想了想發現自己好像遲了一段時間，點開來看才發現月經已經遲了一個月半。我開始回想著自己這一個月半的生活，冰也沒多吃、作息正常，人也沒有什麼太大的壓力，怎麼會慢呢？

於是我找了佳珍問，想知道她有沒有類似的經驗。

「遲一個月半？」她有些疑惑：「最近吃很多冰嗎？」

「沒有，都秋天了。」

「生活作息？」

「正常。」

「有沒有什麼事給妳壓力？」

「沒有啊，」我說：「只有剛剛人渣前男友來電嚇到我。」

「只剩一個可能了，」她說：「妳驗了嗎？」

「驗什麼？」我不解的問。

「月經沒來，只有一個東西要驗。」她說。

我似乎明白了她的意思。

「不可能啊！」我回過神說：「他都……有年紀了。」

佳珍沒有回話，只是挑著眉看我。

「不會吧……怎麼可能？」我極力想找出合理的說法：「一定只是偶發狀況！」說完，連我自己都覺得難以說服。

「乖女孩，最好去驗。」她說。

18.

我拖了整整三天，滿腦子拒絕承認佳珍的說法可能是對的。卻越來越頻繁的摸起自己的肚子，開始思考裡頭會不會有一個小生命的可能性，在這種未知結果的狀態中，開始感受到折磨。

為了讓自己不要抓狂，趁午餐空檔時間，我到對街的康是美買了驗孕棒。回到院區後，我走進女廁，對著驗孕棒思量許久。這大概是被折磨的臨界點，上頭保證百分之九九點九九準的標語更讓我莫名的感到畏懼，我甚至不知道自己有沒有能力承受驗出來的結果，或者我該抱持什麼樣的心情。

跟自己僵持了許久，我最終拿心一橫。

已滲濕的驗孕棒被我套回封蓋平放著，我的內心無比忐忑。

漸漸的，顯示窗轉紅，對照線與檢測線都顯了色，尤其檢測線清晰無比。兩條線。

我不敢置信的看著驗孕棒，立刻拿起包裝盒確認，看到上頭寫著「兩條線即為懷孕」，又不死心的拿出手機查詢各種可能導致「假陽性」的成因。
偏偏沒有任何一項符合。
一定是產品瑕疵，我告訴自己。
我超後悔去詢問佳珍，超後悔聽了佳珍的話，不知道為什麼。

19.

那天看到兩條線後，我面對著方韋哥，一直不知道該如何說出口。天轉涼之後，方韋哥咳得比以前厲害，半夜甚至咳醒過來。在許多他目光未及的空檔，我泡在所有關於懷孕與驗孕的網路資料中，下意識的一直在組織著合理的理由來說服自己不必想太多；但結果卻恰好相反，這樣做只是讓自己更加深陷其中。
我越來越頻繁地不自覺的摸著肚子。
心情也經常反覆的一百八十度轉。
有時很開心，覺得肚子裡有著意外的驚喜，有著我們兩人愛的結晶，會開始幻想要給孩子起什麼名字、叫什麼綽號，會開始思考如何安排孩子的人生，偶爾想如果是男孩會如何，偶爾又想到若是女孩會怎樣。
但更多時候卻是憂愁，意外來的驚未必就是喜，對我而言更像是驚嚇，在毫無準備的情況下面對人生中第一次懷孕，懷疑自己是否夠格為人母，懷疑自己要如何教養孩子，懷疑自己還能不能擁有自己的人生。

快被自己搞瘋了。

方韋哥咳完好陣子後又睡去，我卻在床上輾轉反側難以入睡，再也耐不住焦慮，我開始查詢起鄰近所有婦產科診所的評價，決定盡快找醫生驗個清楚。

20.

好不容易熬過了天亮，熬過了白天的班，熬過了漫長的等候時間，護理師叫了我進到診間裡。我表明自己的生理期遲了快兩個月，也說了驗孕的結果，醫生先是例行性的詢問生活作息的細節，然後才要我再一次用尿液檢驗。

「程小姐，結果出來了。」護理師對我說。

「是……？」我有些緊張的問。

「恭喜妳，確定懷孕了。」她說：「請到診間來，醫師還會跟妳說明。」

我隨著護理師進到診間，醫師開始向我說明懷孕的各種注意事項，也照了張超音波，比劃著孩子的位置。

漸漸的，那種不安的感覺沒了。

說不上為什麼，我開始有些期待，彷彿先前那些焦慮的事都不存在了一樣。

走出診所的那刻，我感覺到釋放，原來這就是懷了孕的感覺。一個小生命在我的身體裡頭，是我跟方韋哥共同創造的生命，想到這我就充滿喜悅。腦袋停不下所有對孩子未來的想像，幻想著未來教他走路、帶他買衣服、載他去上學……

「媽媽」從這一刻起，成為我的新身分。
我深呼吸著，開始思考怎麼告訴方韋哥這個好消息。
一路上從診所到家中，我調整好情緒後拿起電話撥了他的號碼。
「喂？」他接起了電話。
「親愛的，我有一件很重要的事要跟你說，」我忍不住興奮：「你趕快過來！」
「喔好。」他說完，便掛斷電話。
等待他開車回家的時間，我還在思索著該怎麼起頭最好，我們即將一起踏入人生的下一個階段，準備開始共同養育孩子，這是多麼美好的一件事，這時我眼看四周都覺得繽紛了起來。
該向彼此許下諾言了。我心想。
他到家的剎那，我開心的鋪了上去，喜孜孜地把診所的牛皮紙袋遞給他。
他瞄到了一眼，然後我拿出裡頭的文件，第一張正是超音波照片。
「恭喜你，」我開心的說：「你又當爸爸了！」
沒想到他愣了會兒，臉完全垮下去了。
整個人就這樣杵在那裡沒有任何反應，我看得出來他正在思考，卻不知道他在思考些什麼事情。
「怎麼了？」我輕聲的問。
「拿掉。」他冷冷的說。
「為什麼？」我大吃一驚的問。
「聽我的，拿掉。」他依然冰冷。
我瞬間哭了起來。

面前的這個男人完全不是我認識的徐方韋，他是如此的陌生，他的冷酷殺死了那個對生命懷抱熱情的自己，他的無情吞噬了曾經擁有過信念的自己，他的醜惡粉碎了存在過原則的自己。

他完全不是他。

我以為眼淚能夠爭到一丁點轉圜的餘地，也以為哭喊能夠換來一絲絲討論的空間，但他的淡漠充分的說明了這一切都不存在。

我哭著，嚎啕大哭著，他卻只是靜靜的看著我哭。

21.

我放棄掙扎了。

傍晚時哭累癱軟的我，被他扶上了車，回到了婦產科也安排好了手術。他幾乎處理好一切，而我只是像個行屍走肉一樣，等待著被他寫好的命運碾碎靈魂，我不知道該怎麼承受。

第一次走進這裡時我得知自己孕育了生命，但怎麼也沒想到再走進來便是為了終結他。

他一直在我身旁待著，但那比起陪伴來說，更像是監視。

「真的要拿掉嗎？」我小聲的問。

他卻不再回話，一整天無論我怎麼討價還價他都不理會，我們之間的一切都彷彿被冰凍起來，而我的心在這層冰的包覆下逐漸裂開，然後粉碎。

我真的放棄了。

在他繳納完手術費後，護理師收走了我的身分證及印章，詢問著我有無特殊疾病及藥物過敏，並確認我已經禁食超過八小時，接著便扶著我準備進入手術房內。

我回頭望向他，他卻沒看我一眼，只是把自己的臉埋進雙手間。

我的意識像是浸泡在最深層的海水裡一樣，停止一切掙扎的我放任命運無情的宰割著自己，那支靜脈麻醉的針不只穿過我的皮層，更直入我的靈魂。

在我漸漸失去意識的過程中，我想起醫師曾經說明的流程，先是窺管，接著是擴張器，然後是抽吸導管。

在我身體裡的另外一個心跳，另外一組身軀，骨骼還來不及健全，即將被導管分成塊狀，吸出我的生命之外，我的子宮將被掏空，而醫師保證會用刮匙把碎塊與胎盤都刮乾淨。

會痛嗎？

不重要，我已失去意識，心也碎了一地。

22.

我漸漸感受到稀微的意識回到身上。

像是整個人被吸乾了一樣，我沒有多少力氣可以支撐自己的軀體，只能靠著牆邊扶邊走。

他看到我走出手術房，便立刻上前攙扶我到椅子上坐。

「這張是術後注意事項，再麻煩你回去幫程小姐多留意，噁心、嘔吐是麻醉藥的副作用，記得按時服用藥物，然後依照預約日期回診檢查恢復狀況，如果有發燒、大量出血、持續性的腹痛或劇烈腹痛就請直接回診。」護理師對他交代著。

「還有嗎？」他冷冷的問。

「這樣就可以了。」護理師說。

他替我拿著所有個人物品，並伸手攙扶著我直到上車，開車回家的路上我們完全沒有任何交談，沉默幾乎是我們所能做的一切。

我無法再思考什麼，腦子著實昏沉。

依稀的看見家門，他攙扶我到房內，開始整理著房間，手術消耗過多的我，癱躺在床上很快就睡著了。

23.

下腹部一陣輕微疼痛後，我醒了過來。

瞄了一眼手機，才知道自己足足睡了十八個小時。環看四周一圈，發現他把整個環境都整理的相當乾淨，卻有一種說不出的怪異感，偏偏這時仍然頭暈昏沉難以思考，我只能本能的叫著。

「老……公……」我用盡力氣。

客廳傳來腳步聲，顯然是聽見了我的呼喊。

沒想到打開門的並不是他，而是他的弟媳。

我一臉狐疑的看著她。

「姿儀……那個二伯不在這，妳需要什麼嗎？」她有些緊張的問。

「不……不用了，我只是……想找他。」我努力把話擠出來。

「醫師說手術後都需要臥床一天的，妳講話都沒什麼力氣了，先休息吧，」她說：「其他的事我們等妳醒來再說。」

我微微的點了點頭，便再度睡去。

24.

第二覺睡醒後感覺人的元氣恢復了不少。

我下了床，緩緩的走進了廁所，一陣些微的腹痛後，我看到馬桶上有細微的血絲在漂浮。上完廁所後，我慢慢的淋著浴，讓自己的意識更加清醒。

離開浴室時，我看見床邊平躺著的信封，上頭正是方韋哥工整的字跡。

面對那封信，我猶豫了一會兒才鼓起勇氣拆開。

姿儀：

言語無法訴說我對妳的愧歉。

遇見妳的那一天，對我來說是生命裡最美的轉折點；與妳相處的時光，讓我擁有第二人生的希望。

但終究我敗壞了這一切。

所有的美好都被我這無價值的生命給破壞，我不敢奢求妳會原諒我無情而無恥的決定，不配奢求妳能原諒我的自私。

妳的人生正值花樣年華，不值得為我這樣的人渣枉費青春。

我必須離開，離開所有愛我的人，讓妳們能夠離開我的傷害。

我走了，也帶走了我汙穢的一切。

妳台銀、合庫與郵局各有十萬，請妳無論如何都要收下，請允許我再自私的要求妳最後一回。

我已經拜託弟媳陪在妳身邊照顧妳，直到妳康復。

忘了我吧，如果可以的話。

我就是這樣一個人渣，煎熬而傷害著每一個愛我的人。

對不起。

對不起。

對不起。

我破碎的靈魂就這樣隨著他的一字一句與離去被碾壓成粉末，兩頰早已泣淚直落，滴下的淚珠灑在地板上頭。

身體裡那個洩氣閥就這樣被打開了，我失去所有站著的力氣，應聲倒下。

大概是聽到我跌落的聲響，弟媳很快的衝了進來。

她眼前的場景應該足夠讓她明白一切。

這多說無益的一切。

我們沒有多說什麼，我任憑她將我扶回床上，在我們之間的情緒是那樣複雜。她的眼裡滿滿不是加害者的愧疚，我的雙眸充斥著不是她的受害人的仇恨。

她離開了我的房間，而我靜靜的看著天花板，甚至不知道自己此時還能想些什麼。

不一會兒，她回到了房內，提著一個小鐵鍋進來。

「姿儀，先吃點益母草吧，」她邊弄邊說：「中醫師說這能活血調經、利水消腫，幫助子宮復原。」

我沒有拒絕。

「妳這段時間都不要太勞累，也不要提重物，我都在這邊陪妳。」她含著淚說。

我點了點頭。

我們之間對於不存在的愛恨達成了和解。

在接下來的一個月半裡頭，她為我準備了維生素B12、維生素C，還有麻油雞、腰子杜仲湯、生化湯、四物湯，滿是補品的飲食讓我的體力恢復不少，腰痠的症狀也減緩了許多，感覺起來筋骨也舒坦些。

然後，我的月經來了。

25.

在弟媳陪我度過手術後第一個生理期後，我告訴她不用再費心張羅我的起居。

儘管有些愧疚與擔憂，但她明白必須尊重我的選擇，也就離開我這回到她家去。

她走了之後，我的情緒終於得以好好的崩潰。

從驗孕那天起，我跟整個世界失去了聯繫，主任在某一天曾連打一百六十二通電話來，看起來安養院的工作八成是砸了，反而家人倒沒有注意到什麼異狀。

週圍的環境讓過去這段時光裡的美好歷歷在目，現在格外刺目。

方韋哥的訣別信像是一根芒刺插在我的靈魂深處。

我要逃離這裡。我告訴自己。

我打了電話給媽媽，告訴她，我將去北部生活一段時間當作進修。

我跑了趟台銀，領了大半的現金出來。

我去了趟房東的家，一口氣繳足半年房租。

我傳了訊息給佳珍，請她吃頂級燒肉、看華納威秀；她不斷追問我這幾個月怎麼了，我只是反覆的說著：「我被外星人抓走了。」

就這樣，我放下了所有牽掛，帶好了所有隨身行李，完全沒有任何計畫的搭車北上流浪。

車身在軌道上穿越了半個台灣，在黃昏來臨時把我帶到了全台灣最繁忙的車站。

離開車站的我，攔了輛計程車。

「小姐，要去哪邊？」運將大哥問。

「前面三個路口左轉。」我隨意的說。

「小姐，那邊禁止左轉欸。」

「喔，我是說右轉。」

他照開了一段路。

「然後呢？」

「往前過八個紅綠燈。」

「小姐，妳到底是要去哪邊？」

「你開就對了。」

他雖然疑惑，卻還是照開。

「然後呢？」過了八個紅綠燈後，他有些不耐煩的問。

「前面第三個街口右轉，過四個街口再左轉。」

他開始碎碎念了起來。

我沒有理會，只是盯著車窗外看。

「到了。」

「最近的捷運站，二號出口。」

再怎麼不耐煩的他，開到二號出口時收了錢，還是心滿意足的答謝著。

這裡是哪裡，我根本也沒有概念，飢餓指引著我走向天橋下的麵攤。

附近都是剛放學的高中生四處竄動。

我扔下行李，拉張椅子就坐下。

「要什麼？」老闆娘望著我吆喝著。

「陽春麵。」我隨口說，連菜單都沒看。

坐在我隔壁桌的是一個穿著制服的男學生，我注意到他的書包上用奇異筆寫著「上帝的失手，惡魔的傑作」十個大字，一旁還用立可白為字畫著光芒。本以為會是個染金毛的傢伙，沒想到他剃著一個乾淨的小平頭，除了鬍渣沒有刮乾淨之外，還挺像個人的。

老闆娘把麵端上桌的瞬間，我的注意力就回到了自己的桌上。

「七十塊。」她說。

這一刻就讓我感受到了南北差異，不過我沒什麼好多說的，默默的便把錢掏出來給她。

我用筷子翻攪著麵，接著先喝了口湯。

老闆娘果然節儉，看來是連味精都捨不得放。

我拿起醬油與胡椒鹽，分別灑在麵碗裡，餘光瞥見隔壁桌的男學生右拳間青筋浮現，一個失神不小心就把醬油灑到桌上。我趕緊拿起衛生紙，不讓醬油擴散，然後再次翻攪，吃了口麵。

麵，沒有熟。

我翻了個白眼，內心燃起一把火來。

忍不住便起了身，拿著麵到老闆娘面前冷冷的說了句沒熟。

老闆娘倒是率性，一把便把麵倒掉，然後重煮了一碗給我。

回到座位上，那男同學已經離去，桌上卻留下一張撕的破碎的考卷紙。

長大你就懂了，不過是考試而已，人生還有更難的。我心想。

老闆娘重新上桌的麵是熟了，味道卻沒有一絲改變。

我苦笑著看眼前這碗麵，也許這就是我現在的人生吧。

26.

城市的陌生讓我感受到了親切。

每個人、每個狀態，其實都是一組數字，只要妳的數字比對方大，就能擺平所有遭遇的問題。

新的住處不算大，也沒有簽約，反正我自己也說不出來可能什麼時候離去。

我躺在小床上，望向天花板，想著我無緣的孩子，不知道如果我不曾發現你，你是否能夠活下來。

再次徹夜流淚，再次看到天亮，再次吃過早餐才睡。

我就這樣變成了夜貓。

夜店裡隨機舌吻已成為我的日常，濃妝低胸成為我出門的前提，只要有戴套就能上我是現在唯一的原則。

有個男生約我去他家看貓，然後我們做了愛。

在公園看到一個單親爸爸在溜兒子，我們聊了一陣子，然後我們做了愛。

臉書上發文說沒車能買宵夜，一個臉友便買到住處來給我，然後我們做了愛。

微信上放了自拍照，一個陌生人寄了屌照來，然後我們做了愛。

夜店裡幫一個男生撿到手機，然後我們做了愛。

髮廊裡有個帥哥逗著我笑，然後我們做了愛。

大學時期認識的男生打給我說他失戀，然後我們做了愛。

捷運站女廁裡發現偷拍我的人，然後我們做了愛。

某天經過十字路口遇見一個身穿藏青藍西裝的男子，然後我們做了愛。
實習單位裡的主管Line我抱怨性生活，然後我們做了愛。
在牛郎店裡找到一個看上眼的，然後我們做了愛。
遇到一位追求者也認識了他的工作夥伴，追求者有一天出差留我跟他的工作夥伴在他家，然後我們做了愛。
去吃百貨公司美食街時見到高中學弟，然後我們做了愛。
有個男生在我無名小站上隨手亂拍的街景文下留言，然後我們做了愛。
新房東她兒子來敲門問我房租還要遲交多久，然後我們做了愛。
拒絕騎腳踏車的他對我傳教，然後我們做了愛。
喝到半醉時吧檯突然有人吻我，然後我們做了愛。
垃圾前男友黃昊禹打電話約我見面，然後我們做了愛。

27.

大概是新房東她兒子認為上次做得愛抵掉的房租額度已經用光了，新房東上門來討房租，我以薪水還沒下來為由拖了過去。
也這樣過了半年了。
像是達成某種跟自己的制約一樣，我很快的收拾好行李，搭上末班車南下。
再次回到自己的城市，再次回到自己家中，都讓我感到恍如隔世。

所有與徐方韋一起生活的片段都回到了我的腦海。

但恐懼少了許多。

憤怒、失望與苦痛也少了許多。

那些曾經擁有過的甜蜜與溫存都像回甘一樣湧現。

洗過澡，我睡上了久違的、踏實的一覺。

醒來後，我開始大掃除，把家裡所有積累的灰塵都掃除乾淨。

接連幾天，我開始運動，調整自己的作息。

一切上了常軌後，我打了電話給主任致歉，經過院長兩次面談後，我重新的回到安養院的工作崗位上。

主任下個月便要退休了，佳珍將接下主任的工作，然後阿元失蹤了、潘爺爺過世了，蔣伯伯則被子女接回家中，唯一不變的就是雅婷跟怡君。

我開始想念起方韋哥在身邊的點點滴滴。

28.

儘管恢復了生活原本的樣貌，我卻始終感覺空著一塊。

姓徐名方韋的那塊。

默默的，我幾度去到他家，卻始終沒有跨進門內。

這樣子整整過了一年，他依然音訊全無。

一年來，拒絕了幾個追求，都不是因為對方不夠好，只因為不是我等待的人。

某天媽媽打了電話過來，說她聯絡不上哥哥，整個人像是人間蒸發一樣，我還想著怎麼男人都愛玩失蹤這一招，結果隔天看新聞才發現原來我哥哥是個人渣，真正的人渣。

理論上我應該為哥哥的狀況擔憂，但也許是經歷了這段歲月的洗鍊，我其實心如止水的看待一切，內心的感受與觀看新聞的人們無異。

佳珍接下主任之後，做了不少調整，把雅婷跟怡君拆開了之後，院區裡更少了許多八卦與糾紛。

一次朋友聚會中偶然聽到黃昊禹因為宜蓁劈腿而鬧自殺，卻因為沒有勇氣反倒成了朋友圈的笑話。

院區對面的鴻一便當盤了出去，改了兩次名之後換成一鍋一燒，但還是經營不下去，最終掛著出租告示至今。

阿元寄了一張明信片到院區給我，要我別擔心他，文末也關心著我與方韋哥之間的狀況，幸好沒有寄件地址，不然我也不知道該從何回起。

我們之間經歷了傷，巨大的創傷，但真的不能再走下去嗎？這點我是懷疑的。但愛情的世界裡，終究一個巴掌拍不響，不是妹有情了郎就會有意。

可是我希望還能有機會聽到他說一句我願意。

29.

距離手術後的兩年半，我接到了方韋哥弟媳的來電。

「姿儀，我是……」

「我知道。」

「妳現在方便講電話嗎？」

「等我一下。」

我揮著手，跟佳珍主任指著我的電話，她點了點頭，示意我可以暫離崗位。

「怎麼了？最近還好嗎？」我問。

「嗯，有不少事要跟妳說，」她說：「希望妳做好準備。」

「嗯。」我有些疑惑，不知道都經歷過那些狀態，我還會需要準備什麼。

「妳驗孕的那天，二伯他其實去醫院做了檢查，」她說：「醫生在他心臟後方發現有一顆腫瘤，他那時檢查出來已經是癌症第二期了……」

我心一沉，這我還真的完全沒有準備。

「姿儀？姿儀？」弟媳在電話另一端呼喊著，我才意識到自己愣了一會。

宛若連續劇裡劇情的急轉直下，許多缺漏的拼圖都漸漸拼湊了起來。

「他為什麼不跟我說？為什麼不讓我把孩子生下來？」我的眼淚瞬間潰堤，太多的問題想問。

「唉，對他來說孩子有不得，他怕孩子還沒出生爸爸就死了。」

「那他現在呢？」我急著問。

「離開了大概一年之後就回來了，」她說：「我想你們也應該把握時間談談，他身體狀況沒有說很好了。」

掛斷電話之後，我的腦袋被太多超載的資訊灌到不堪負荷。

30.

思考了幾天，頭緒漸漸理清之後，我決定鼓起勇氣打電話給他。卻轉接到了語音信箱。

不知道是不是他換了號碼，或者換了手機不知道來電者是誰，管不了那麼多的我把所有心裡最想說的濃縮成一句話傳簡訊給他。

You can't deny what's between us.

在盛夏的炎熱衷，等待格外的漫長。

在等待中，我睡了一覺，又上了一天的班，開始害怕起石沉大海。

躺在床上，我翻來覆去，手機滑了幾次仍睡不著。

對著天花板瞪大著眼，思考著明天下班該不該直接去一趟徐家。

結果簡訊就來了。

姿儀，

抱歉這麼久才回妳，我花了一天才鼓起勇氣。

不知道妳是否一切都好，雖然我可能沒有立場這樣問。

前幾天我收到兒子的信，後天會北上去找他一趟。

對著手機的螢幕，我的眼淚再度奪眶而出。

方韋哥，

我能跟著北上去見你嗎？

我打著字，用力的向曾經碾碎我的命運許願。

過了五分鐘後，他回了簡訊，沒有說見或不見，只是傳了一組地址給我。

一時間，我喜極而泣。

31.

一早我搭著車北上，內心無比的激動。

所有的結，他們父子之間的、我們兩人之間的，今天都該化解開。

車窗反射出我的樣貌，我才驚覺自己的肌膚上出現了細微的歲月痕跡。

再次回到全台灣最繁忙的車站，我懷抱著完全不同的心情。

再次攔了計程車，沒有惡整運將，直接報了目的地。

車窗外的人們依然繁忙，陽光透過車窗照灑進來，我的內心充滿了力量。

距離目的地只剩一個街口時，我收到了他的簡訊，看來他已經到了路口；計程車司機在我的拜託之下超了兩次車，讓我能趕在他們父子會面前抵達。

下了車，十字路口上龐大人群湧動著。

我看見對街留了長髮的徐又森正在四處張望，雙眼開始在人群中找尋著方韋哥的身影，但川流不息的人群增加了許多困難。

綠燈轉黃，人們加速移動著，我緩下心來，等待人群靜下。

突然間，我聽見熟悉的聲音吆喝著：「又森啊！」

順著聲音的方向，我看見他們父子兩人向彼此揮著手，方韋哥還是穿著中山裝外套與他的皮拖鞋，那模樣逗笑了我。

紅燈轉綠的剎那，兩向的人潮開始湧動，徐又森顯然注意到方韋哥步調比以前慢了些，也朝著方韋哥走去。

我快步上前，想與他們同時會合。

人群如沙丁魚群一樣擁擠。

我撥開了迎面而來的幾個路人，終於貼近方韋哥的後邊。

突然間四周的人群放聲尖叫了起來，整個繁忙的十字路口瞬間失去一切秩序，我望向方韋哥與徐又森的位置，卻發現方韋哥已經癱倒在地。

就在我還來不及反應過來時，那張似曾相識的臉，對我露出了此生見過最邪惡的笑。

Ch.5 考卷

01.

二〇一二年五月。

南下列車上。

母親節是我們家年度聚會的盛事。

搭車南下準備回家的路上，心有點煩；一想到又要面對小阿姨那張嘴，就直恨著老天怎麼不多給她幾隻屌塞住。真希望老妹能夠帶她男人回家，這樣話題就能打轉在她們身上，我也不用忍受一成不變的疲勞轟炸。

還好老爸早就掛了，如果回家還要看他擺出一副我是你老子的臉，我寧願去吃屎，我說真的。

車上睡得睡，看報章雜誌的也看著，一整個就是無聊。

還有四十分鐘的車程才到站，我的屁股已經待得不耐煩了。

丟著不知道哪個女孩送的背包，我走進車間的廁所內，脫下我的褲子，開始在腦海裡篩選著女孩堆。

嗯，采穎好了，上課都在給我化妝，就在她臉上添點保養品吧。

我常幻想的劇情有幾個套路，課堂上的調教、操場的雜交、扮演健康教育老師親身教學，都是熱門的選項。

我閉著眼，看著采穎走上講台，當著全班的面拜託我把屌掏出來餵她，我要求她下次要在我的國文課上讓男同學輪流體驗「品玉」，她嬌羞的點著頭，繼續撒著嬌哀求著。

采穎的舌頭應該很靈活吧，我猜，畢竟還沒用過就只能想想。

人生中最幹的就是要射的時候手機不爭氣的響了起來。

射歪了，給我濺出洗手台外，幹。

難得台鐵沒有誤點的好心情都沒了，雖然打電話來的是個美女，卻是自己同血緣的妹妹，一點意思也沒有。不過她的電話中，倒是多了幾分無奈，原來是「徐桑」不願意跟她一起回老家吃飯，無論她如何好說歹勸，他總是用「再過一段時間，等我準備好」為由拒絕。

家族聚會本來該是美好的，分隔各地的家人齊聚一堂，彼此更新著近況、給對方祝福，曾幾何時變成人生的估價大會，事業高低有個價、伴侶有無好壞也有個價，加減在一起好像就是一個人的價格。

我長嘆了口氣，此時列車終於到站。

不再多想任何事，順手攔了計程車就直往家的方向，街景一幕幕轉場越發的熟悉，沒想到這時候出現了火車上沒有處理完的後遺症，射完沒尿尿的後果就是膀胱炸裂。

拿過運將大哥的找零後，我推開家門奔向廁所，來不及跟任何人打招呼。

人生有三大樂事，睡女學生、領薪水跟大小便。今天至少滿足了一樣。

洗手的時候，外頭傳來熱鬧轟轟的聲音，我猜是妹妹回來了。走出廁所，我看了她一眼，那一身淑女打扮果然是為了讓媽媽滿意，我上前抱了抱她。老家頓時重現了難得的熱鬧，平常大家聚少離多，家裡已經把母親節大餐從中午一路吃到晚上當成了新傳統。

我繞過大家，把行李放回房間。

走下樓之際，就聽見媽媽忍不住開口問：「妹妹啊，那個徐桑沒有跟妳一起回來喔？」

妹妹搖了搖頭，只專注著跟剛回來的家人們打招呼。

「幸鴻，工作一切還順利吧？」媽媽一個轉頭問，家中話題的焦點又跑到我身上來，家人過度的關心其實讓我有些悶，任教快一年了還被當成新鮮事來談。

「還好，還好，順順的。」我總是這樣說著。

餐桌後方的祖先牌位，提醒著我身處在傳統家庭中，自己身為嫡長子的壓力。

「欸欸妹妹啊，那個徐桑不是跟妳差很多歲嗎？啊妳們還可以喔？」全家之中最討人厭的小阿姨竟又開了這惹人白眼的話題，她賊賊的笑著問：「晚上……還可以喔？」

「幹。」我忍不住脫口而出，還好音量壓的夠低。

「我不覺得年齡與世代的差異必然是負面的啊，」妹妹冷冷的回敬一句：「年齡相近的結了婚也未必圓滿啊。」

我心底直為她拍手叫好，完美的反擊。

氣氛自然有些尷尬了，畢竟，小姨丈外頭的風流事，整個鄰里根本無人不知啊。

我瞧見是時候插一刀，趕緊跳出來為妹妹說話：「啊年紀有差是又怎樣？男人比較成熟穩重本來就好啊！」

我笑了笑說：「看他上次農曆年送日本的水果禮盒那麼高級，說不定以後還有遺產欸。」

妹妹翻了白眼，拿這種沒水準的話來救火，她不會太爽，卻還是得謝我。

未料螳螂捕蟬，黃雀在後，媽媽反倒開口問我：「啊幸鴻你自己是有沒有對象啦？」靠北。

「再說啦！」我懶的回答，想隨口敷衍過去。

妹妹倒是逮到機會倒打我一把：「幹嘛？有對象就說阿！」

「你們一直逼問也沒用啊，講得好像找對象很容易。」我雙手一攤。

「總有還沒結婚的女同事吧？」小阿姨又恢復了八卦本色。

「沒興趣。」我冷冷的說。

有毛病啊，一堆滯銷的還找我來處理？我要這麼愛處理滯銷的，怎麼不去報效國家簽志願役？也不想想我為什麼要當老師，整個餐桌上的智商水平被拉低，根本對我就是一大羞辱。

「幸鴻啊，你該不會跟人家在搞什麼同性戀吧？」小阿姨一臉雞巴沾到屎的問：「那個不好欸，那個會得愛滋病。」

總有更白癡的，在我妹面前講到疾病，根本找死。

妹妹如我預期的大怒反嗆：「我拜託妳有一點醫學常識好不好，愛滋病是只有同性戀會得嗎？妳管好妳老公，不用來為我哥操心啦！」

我刻意裝作哀嚎：「喂喂喂，我又不是同性戀！」

最棒的是，小阿姨聽到小姨丈被直接點名，立刻惱羞成怒的離去。

到此，我們才總算得以平靜的吃一餐飯，至於男女感情之事什麼的，也跟著小阿姨而去，離開了餐桌上的話題。

02.

帶資優班的好處，就是班會課基本上可以在講台上無所事事的度過。

我望著這幫非富即貴的孩子，其他班級總是對我們二年一班充滿崇敬、羨慕，但說穿了他們資質未必好過其他同儕，不過就是投胎的好，就像人家說的，生而在世「三分靠作弊，七分靠背景」，那個努力就有回報的年代根本就是神話傳說。

我不是那種會跟學生刻意打成一片、互稱朋友的老師，別人認為那是我有原則，殊不知我的原則就是不給自己找麻煩，只要班親會、運動會這些會見到家長的日子前把每個人找來聊聊，能夠混過家長那關才是真的。

把老子的「無為而治」掛在嘴邊，套上幾句「相信學生自己的能力，老師不要過度介入，應該從旁輔導」這些美好的說帖泡在一起講成自己的任教理念，幾乎各方都滿足。

跟學生們「互利共生」，才是王道。

班會沒什麼要討論的，基本上二年一班的師生都得到了一節課的自由時間。我之所以掃視台下的學生，並不是為了善盡什麼管理、監督之責，純粹在想要吃哪一個。

全校最夯的曾心緹不用說，小社團裡沒人不羨慕校花在我班上。

黃宜庭是典型的「男人婆」，下課就想找男生去鬥牛。

蔡品妍、吳詠晴、范欣瑜、蘇靜玟這幾個都是無聲的存在。

李詩涵則是讓人頭痛的「媽寶」，那種愛獻的心態，整天比鞋子、比文具什麼都要比。

葉淑芬就好多了，根本是「好好女孩」。

陸采穎依然故我的在座位上電著頭髮、化著妝，八成有個明星夢。

唐羽婷替我爭氣不少，「班聯會主席」的頭銜讓我在教職員間更顯威風。

至於呂詩敏，大概是所有人學生時期都會遇到那種討人厭型的，愛告狀、上課睡覺又偷吃東西，跟「裝熟魔人」郝德是班對。

男生就簡單的多，翁柏鈞被叫睡仙，郭嘉祥是個自以為超級賽亞人的自閉怪胎，愛耍屌的張志偉是活寶一枚，王冠廷整天狂玩社團，劉承恩是全班的工具人，而林家豪則是獨來獨往的邊緣人，呂健敏則是怪裡怪氣的孩子。

正處在傷春悲秋的青春歲月，他們對校園外世界的一知半解，根本不足以應付他們進入社會。但我只是個拿死薪水的菜鳥老師，可沒打算為誰的人生負責，以後他們誰是人中龍鳳我不敢居功，他們誰大奸大惡也不干我的事。

說到底了，我為什麼要當老師呢?我想在所有穩定的工作裡，只有這裡有著源源不絕的新鮮女孩，而且各個對你言聽計從，哪裡需要生得有錢長得帥。

當男老師不睡女學生，會遭天譴的。

03.

當老師唯一疲勞的，就要日常的備課工作。

我把講《赤壁賦》的資料整理出來，也包括蘇軾的一些生平，這個過程其實跟大學時期在生報告沒什麼兩樣，拼拼湊湊、剪剪貼貼，弄得煞有介事就好，是不是一回事不重要，看起來像回事就好。

元豐五年秋冬，因「烏臺詩案」被宋神宗貶謫到黃州的蘇軾，在與客人泛舟赤壁時談起赤壁之戰，一口氣扯到天地人生的心路歷程，所以寫下了這篇作品。從背景出發，就要先把蘇軾的一生簡介，我拿出了以前的筆記。

唐宋散文八大家、字子瞻，號東坡居士，北宋眉山人。這些要講的好像很重要，因為說白了就是學測跟指考會考到，但知道這些對學生有什麼幫助，我就不清楚。

接著，要講蘇軾有多厲害，學識淵博、多才多藝，在書法、繪畫、詩詞、散文各方面都有很高造詣，從這裡去談他跟哪些人「並列」，書法與蔡襄、黃庭堅、米芾合稱「宋四家」、散文與歐陽修齊名、詩歌與黃庭堅齊名、豪放派詞人與南宋辛棄疾並稱「蘇辛」；一樣的對學生有什麼幫助我不清楚，但是學測跟指考會考到。

再來，課堂上點人起來念近六百五十字的全文，大概可以點三組，並讓同學們互相評價誰念的好壞，美其名叫文學賞析，骨子裡就是爭取一點時間讓我放空。

最後，去談全文用韻有多巧妙、文學修辭的使用多麼高深，再去談此文何以成為蘇軾本人的代表作、何以被認為是國文學中評價最高的作品，還有為什麼被認為是蘇軾思想境界逐漸趨於三教合一的徵兆，此文對辭賦體的發展與突破又作出了什麼巨大的貢獻。

這大概就夠撐一個星期的課量。

中間再穿插個隨堂考，讓學生互相改考卷，真的撐不住了就叫他們回去寫「仿作」練習，寫完一樣互改、一樣「文學賞析」。

我沒有任何道德感的壓力，因為這一點也沒有不道德，那些自認為嚴厲的老師什麼都親力親為，給學生過大的壓力，無助學習就算了，課程也很無趣，重點是領薪水時連一毛都不會多。

倒是我的方法，學生互動感強、課程也不枯燥、師生壓力都小，我薪水也是照拿。這樣說來，我才是真正作育英才的人，無怪乎家長那麼愛我，雖然我一張嘴是油溜溜的。

第四節下課的鐘聲響起後，我離開了導師室，走回教室。

因為第一次班會課時全班一致達成共識，教室布置要走「極簡風」，基本上我們沒有任何更動，到現在學期快尾聲了，每班都在頭痛自己教室布置要重黏、重剪貼，我們根本沒有這困擾。

我總待在教室跟同學一起午餐，這樣就免了跟其他老師無趣的社交互動，還能博得「用心陪學生」的美名。

劉承恩見我進了教室，便把呂詩敏、郝德、李詩涵、郭嘉祥跟自己的週記交了上來，轉過身準備去福利社幫范欣瑜、黃宜庭買飲料。真棒，這孩子一輩子打雜會打出前途的，我深深相信。

四個孩子沒去添飯菜，翁柏鈞忙著睡，王冠廷已經溜去社團，陸采穎、吳詠晴似乎是相約減肥中。

「老師，我們班聯會今天午休要開會，我就先過去了。」唐羽婷到講台前跟我打招呼，我點了點頭微笑應允。

趁著教室裡大家邊吃飯邊聊天的吵雜中，蔡品妍端著碗到講台前，把所有不吃的菜都刮進我的碗裡。

「挑食。」我挑著眉看她。

「放學之後，老師可以餵我嗎？」她刻意用只有我們聽得到的音量問。

我笑而不答。

腦海裡沒有被蔡品妍勾起多少慾念，因為我正在計畫著畢業前要怎麼樣吃曾心緹，這朵校花看起來是可口的很。

04.

到其他班級講課的時間總是格外漫長。

雖然當了老師，我不曾忘記學生時代的心情，下課鐘響我從不多留在台上，第四節更會提早五分鐘放人，好讓大家搶飯菜不會落後。

昨天蔡品妍來撩我，像是鬧鐘一樣提醒我該陪伴「女朋友」的義務，我的原則一向是這樣，每個想染的女同學總要排時程表，一段時間原則上只染一個，好讓我能完全掌握，這個不足二八年華的年紀總喜歡占有，所以我能給她們的就是一個祕密的女朋友身分。

別相信我的甜言蜜語啊傻女孩們，何況我是文組出身的。

講歸講，又有哪個懷春少女能逃過被男老師沾染的誘惑呢？

這禮拜校園最熱門的話題，就是「四大天王」之首的老爸過世，這四大天王在我們學校可以說無人不知、無人不曉，他們都是「留級生」，原本大我們班一屆現在卻都成了同屆生，但一直有個未解之謎就是這四大天王到底是哪四個人。

資優班不會免於八卦之外。

張志偉跟蘇靜玟、葉淑芬、蔡品妍、呂健敏圍成了一圈，一旁的林家豪則是邊緣到快沒有存在感，他們七嘴八舌的討論著熱門話題。

「欸……那個宋少偉，他爸爸過世了欸。」張志偉起了個頭，手裡拿著吸管當筷子吃飯。

蘇靜玟歪著頭問：「聽說是黑道的樣子。」

郝德從他們身邊經過時，展現了裝熟魔人的本質：「我跟你們說啦，宋少偉他爸爸的公祭占了整條馬路，一堆名人都到了欸。」

葉淑芬問：「宋少偉是二班的那個嗎？」

「當然啊，拜託還有誰不知道？」郝德一臉驚訝，隨即開始炫耀：「四大天王我都很熟啦，不知道都可以問我。」

蘇靜玟抓著機會便問：「那……到底傳說中的四大天王，是哪四大？」

「拜託，大家都知道啊，二班的至尊王宋少偉、四班的幹架王朱維凱還有絡人王楊建宏、七班的吵架王馮念宇跟十三班的唬爛王白哲賢啊！」郝德洋洋得意的豎起五指。

葉淑芬有些困惑：「這是五個人啊！」

「哎呀，你們不懂啦！」郝德揮了揮手，彷彿無法溝通一樣的起身離去。

我注意到呂健敏完全不參與四大天王的討論，一副事不關己的樣子，直到話題聊回日常生活，他才講起話來。

但我沒法多留意他，因為蔡品妍迎面走來，趁沒人注意的機會摳了我的掌心。

05.

舊大樓的觀光科實習教室是個好地方。

自從觀光事業科廢除後，校方基本上閒置著這空間，而裡頭的實習飯店算的上是我的地盤，這也是為什麼公共空間認領時我會為我們班挑這裡。為了讓學生擁有最好的實習空間，實習飯店跟外頭的旅館沒有任何差異，這正是我最喜歡的一點，根本一應俱全。

午餐結束後，我默默的溜到了舊大樓，把一路會經過的門鎖都打開來。

不一會兒，蔡品妍就出現在我面前。

「欸Baby，我……最近運氣不太好。」我刻意討她歡心。

她流露著真情，上前撫摸我的頭問：「為什麼呢Baby？」

「嗯……因為……」我刻意拖拍：「我把好運都用到遇到妳身上啦！」

她嬌羞一笑。

我站起身，彼此間的身高差肯定又讓她少女心洋溢，我在她耳邊輕聲的問：「可以給我一個幸運之吻嗎？」

她用行動來回應我。

我們四唇交疊，我的手繞過她的肩，解開了她的內衣，一層一層把她剝落，直到她全身只剩一件內褲時，我刻意的定格在空中。她意識到我暫停了動作，不解的望著我，正當她要開口時，我搶先問了句：「剛剛是不是地震？」

她皺著眉直說：「沒有啊！」

「啊，是我的心，」我笑著說：「為妳地震了。」

「那……你要跟我震動一下嗎？」這孩子學壞了，真好。

品妍的口交技術還有待加強，不過當她像個牛仔女孩在奔馳時，沒有話講，澈底展現著青春有多美好。

享受歡愉到一段時間後，我打斷了她的騎乘，伸手撈褲子想拿出保險套。

「射裡面啦！」她求著我。

「Baby不行，要乖。」我說。

別誤會，我也不喜歡保險套，但我的人生有個堅定不移的信仰，就是「真愛內射理論」，沒有要結婚生子共度一生的，我絕對不冒險內射。

「老師……拜託你，射人家裡面好不好？」她加強了攻勢。

我拿出溫柔的哄騙手腕，撫摸著她說：「不能不戴，老師是為了保護妳。」

她這才溫順的妥協下來，讓我可以戴好保險套，做為補償，我讓她一路騎乘直達終點。

貼心的品妍沒有枉費我獨厚她這麼長一段時間，做完愛總是會替我整理乾淨，我幾乎可以當個廢人癱在床上，尤其她總是為了證明自己整理多乾淨，擦拭過後還會用嘴舔舐一番。

就像運動一樣，做愛也是要收操的。

兩人衣著回到完好的樣子後，依然躺在方才激戰的床上。品妍小鳥依人的躲在我的懷裡，似乎有些話想說，卻還不知道該如何開口；但身為導師，學生的動向我豈會不知，也是時候我們該各自有新旅程了。

「老師……這學期，快結束了耶。」她說。

「怎麼了？」我問著，儘管我已知道答案。

「我，要轉學了。」她說。

我沉默著，看似深思，實際上是想辦法擠出眼窩一些濕潤，好讓別離可以滑順。抓準時機，我嘆了一口氣，不疾不徐的撫摸著她好陣子，接著才開口：「能擁有過妳，是件美妙的事。」

她哭了，淺淺的那種，幸好沒有鬧。

「老師如果有遇到喜歡的人，不用顧慮我，我希望你開心。」她說。

「此時此刻，我開心的，是有我喜歡的妳相伴。」此話一出，我都佩服自己。

我們沉默了片刻。

美好的沉默，讓小女孩有時間調適好自己的第一次分手，收在漂亮之處。

接續下去的話題，是聊起數學老師魏方旭的家暴八卦，這傢伙打老婆不是新聞，但打到老婆沒辦法來學校任教，讓一堆學生沒有英文老師，倒還是第一次。我想起他平常囂張跋扈的樣子，以為數學就是全世界，還到處羞辱成績差的學生，如今敗德的醜聞證明了他的本質，再會算也算不出自己人生倒頭來就是個悲劇。

想想，我倒還有點正義感呢。

06.

週五收回全班週記時，我看到了頭痛的一大篇。

讓我訝異的是作者竟然是「睡仙」翁柏鈞，這孩子洋洋灑灑的把全班過去一週發生的大小衝突都寫了下來，害我有些頭痛。說實話，他要是來打個小報告，一切都還好處理，沒有寫成文字之前都還能粉飾太平，現在攤在週記上頭，要是置之不理到時候家長肯定沒完沒了。

這班的背景雄厚成這樣，我毫無本錢得罪。

於是，我先打了電話給翁柏鈞的爸爸，起先稱讚了幾句孩子見義勇為、直言不諱，特別強調誠實的美德，接著把事情淡化成小朋友鬥嘴，好好消毒一番。

說白了，不過是「爭風吃醋」的破事，可要沒處理好丟工作的人就會是我。想到還有好多學生沒疼愛到，我就捨不得離開教職，還有我那不錯的薪水，怎樣我都不能虧待自己。

透過電話，把李詩涵、吳詠晴、郝德、林家豪、王冠廷、范欣瑜、呂詩敏這幾個孩子及他們的家長都約週日到校面談。刻意跳過曾心緹，就知道我有多疼愛這孩子了，怎麼樣也捨不得她被捲入破事之中。

犧牲一個下午的假期去換來未來一年半的穩定，我告訴自己這是划算的。

週日所有關係人到齊後，經過一個半小時的各自表述，事件的原貌漸漸清晰了起來，才知道原來整個爭風吃醋的來龍去脈是因為郝德多嘴的一句話。

李詩涵跟吳詠晴都喜歡上七班的「吵架王」馮念宇，什麼都愛比較的李詩涵因為聽到自稱是「馮念宇麻吉」的郝德說一句「馮念宇應該有喜歡的人」，就跑去砸了吳詠晴的座位，這一砸還波及到邊緣人林家豪。

范欣瑜看不慣郝德那一對到處製造事端，忍不住就嗆呂詩敏「愛告狀卻不敢去告狀」，還好尚未釀成更大的衝突。尷尬的是，跟馮念宇同社團的王冠廷說，馮念宇喜歡的其實是曾心緹。

我面帶微笑的維持討論的秩序，內心卻翻了不知道幾個白眼。

這種時候，各打五十大板就是最好的收尾，稱讚學生面對自己的情感是人生珍貴的學習、強調仗義直言的心態是正確的人生觀，同時批評溝通的方式不正確。沒有家長敢在這種丟臉的情境中擺架子，說幾句「學校跟家庭都會一起努力陪伴孩子成長」的屁話，大家就都有台階下。

最重要的是把人情做足，強調不會記過處分任何人，只要大家回去寫悔過書。

李詩涵的媽媽在會後特別向吳詠晴、林家豪的家長道歉，讓局面圓滿。過場走到這，送走了所有家長與孩子，校長才起身拍了拍我的肩，對我的智慧讚譽有加，我笑著回說是受校長治校理念薰陶才有的、不敢居功。

徹底的假面，這就是我們成年人的世界。有時候想想，像這些血氣方剛的孩子一樣，反而還多了一點生而為人的自由，敢愛敢恨而不是趨炎附勢，不過我早已沒有那樣的熱情與勇氣。

07.

內部衝突的解決手段中，外部壓力總是最好的方法。

運動會登場的時間太剛好，接續著班級內戰後的一週，讓大家都忘卻了衝突，一心為班級榮譽這種虛幻不切實際的想法奮戰。

趣味競賽時，藉著大家那種「期待老師跟我們一起玩」的心態，我跟吳詠晴被排上最後一棒，用點小技巧兩人就可以剛好摔到在地，扶她的過程先驗了驗她的身，那柔軟的奶子將來前途是不可限量的。

誰會在乎呢？吳詠晴自己都樂在其中。

總成績結算時，我們班拿到全年級第二名，大家開心的不得了，我也是，想到家長們會在這之後贊助多少吃喝禮物而且老師都有一份，真是太美好了。

運動會總是提早放學，讓我能早早回家洗個舒服的澡，沒想到吹頭髮時，接到張國森老師的電話，我才想起我們「俱樂部」今天有個很重要的約。好久沒有出現這樣的喜悅，在離開學校後必須返回的路上，頭一回這樣滿心歡喜的。

大概是半年前，一場我難得參加的同事聚會中，教物理的鐘老師、教體育的張老師拖著我去續攤，教化學的溫老師後來也加入我們，才發現我們當老師的初衷是多麼的一致，那時我們就決定組成一個俱樂部，來共享彼此的嗜好、在作育英才的路上互相勉勵。

張國森是女學生眼中那種大男孩型的老師，陽光又有活力，這次他主辦這個溫馨的聚會，顯然是要展現魅力之所在。

我到了俱樂部約定的位置，搭著溫豫炤老師的車，沿路接到鐘尹吾老師後便直往汽車旅館。在車上，鐘老師問我們：「快暑假了欸，挑好哪一個陪你過暑假了沒？」

「我正在計畫。」我笑著說，難得我能在同事面前真心展笑顏。

「嗯……我最近在想，會不會有一天這一切穿幫之後，我們被告誘姦？」溫老師邊開著車，邊說出他的擔憂。

「算誘姦嗎？我想就推給師生戀就好了啊！」鐘老師聳著肩說：「你們應該都是用女朋友在稱呼她們吧？」

「在她們面前是。」我說。

「那就好了啊！」鐘老師拍了拍我的肩：「別忘記，學測前都是最好出手的一個暑假！」

「欸欸，我放後面有一個牛皮紙袋，要跟你們分享的。」溫老師轉過身，指著我身旁的紙袋。

鐘老師一聽有些興奮，趕緊拿出紙袋裡那一疊照片。

「這是炫耀吧？」我笑著說。

看樣子，溫老師把自己班上的班花給吃了，還用相機記錄下每一個美好的片段，怪不得急著要我們聞香。我們話題的走向，回到了中學年代男生評論女生的樣貌，只是更加粗暴、邪淫。

到了汽車旅館，溫老師停好車後我們陸續上樓。

張老師與身穿校服的女孩並肩而坐，貼心而溫柔的問著她會不會緊張之類的問題，藉此消除她心中的壓力。她是八班的歐陽甯，滿清純的一個女孩，看起來還有些稚嫩，想必很新鮮。

「小甯，今天四個老師幫妳課外輔導，妳想一起上課，還是輪流上課？」張老師手搭著她的肩，極度的柔情。

「老師決定就好。」她甜甜的笑著。

「那我們先去洗澡吧。」溫老師牽起歐陽甯的手，直往浴室走去。

就這樣，好孩子歐陽甯幫我們四人都洗過了澡，也把自己洗得乾乾淨淨，然後一絲不掛的躺在軟綿的床上。

「大家戴套吧，才不會沾到彼此的。」我笑著提醒，其實就是一種自我保護。

大器的張老師自願排最後一棒，飢餓的溫老師於是搶了頭香，跟鐘老師一起上倒成了我人生中第一次的經驗，還好歐陽甯已經在張老師調教下事先上夠多的「體育課」，即使我跟鐘老師一上一下她也伺候的好好的。

溫老師完事後，回到車上拿了相機開始記錄聚會的點點滴滴。

08.

那天聚會時鐘尹吾老師的提醒影響了我。

全班在寫著學測模擬考的考卷時，我開始思考自己的暑假計畫，這是該對曾心緹出手的時候了，但理想上來說應該先挑一個暖暖身，於是我掃視著講台下的每一個學生。

就像剛從丈夫手上拿過菜錢進到市場的主婦，每樣食材都想買來嘗嘗，終究還是得排個先後。隨著做題時間過去，考卷收齊繳了上來後，台下看我靜靜的，放膽的吵了起來，郭嘉祥跟張志偉圍在翁柏鈞的座位旁，討論著校貓的虐殺案。

「幹，整顆頭砍下來放飲水機旁，超變態！」劉承恩驚訝的說。

「你們有看健敏無名上的照片嗎？」郭嘉祥擺出誇張的動作：「這應該是拿刀砍的吧？」

「超噁！」張志偉作勢想吐。

林家豪探起頭來試圖插話：「是說，健敏怎麼會拍到那些照片？」

可惜邊緣人還沒爭取到注意，王冠廷起身走向男孩群時就成了聚焦的所在：「貓屍體被丟在我們社辦，現在我們全社都被一一抓去問話了。」

「去看看誰有刀就能查了阿，兇器都是最好的線索，電影都這樣演。」張志偉顯得相當有自信。

「那切口看起來比較像用釣魚線割的。」呂健敏冷冷一句。

我聽得有些無聊，不過就是吃飽太閒的高中生惡作劇，眼看午餐時間快到了，我站起身來伸懶腰，然後叫全班同學提早去添飯菜。殺貓這種小事不要來煩我最好，我只是個老師，也不是幹偵探的料，想好要吃哪個學生才是重點。

「老師！」平常默默存在的范欣瑜突然叫住了我。

念頭瞬間閃過腦海，不如就把這送上面前的給吃了。

「怎麼啦？」我微笑的應聲。

「最近開始準備學測了，可是我國文很頭痛。」她說。

「頭痛什麼？」我耐心的問著，這是長久經驗告訴我的必勝之法。

「我寫了題庫，」她拿出手上的參考書說：「可是應用題我真的被難倒了。」

我接過她手中的參考書看了幾眼，這其實不過是裝模作樣，反正大學念的東西就是為了到時候敷衍幾句的台詞用。

「嗯……作文這樣寫不行，」我刻意裝作略帶擔憂的說：「修辭跟文體這兩塊，妳要多加強。」

她似懂非懂的點著頭，我溫柔的提醒她先去添飯菜。

看著魚兒慢慢上鉤，就知道暑假的獵物有著落了。

09.

范欣瑜找我求助的當天，我就宣布了隔週國文加強測驗的消息。

一步步按照計畫來走，班上的同學隔週考了兩堂的國文測驗，我刻意收回考卷來批改，過兩天之後范欣瑜收到了頗差的成績，以作育英才為志業的我很快的安排了她的課後輔導。

放學之後針對寫作開始輔導，很快的輔導延伸到了週末，我感覺到欣瑜漸漸要上軌道，我的軌道。

開始輔導的第二個週末，欣瑜顯得有些不耐煩了，闔起參考書試圖與我閒聊。

「欸老師……我可以問問八卦嗎？」

「我沒有什麼好八卦的啊，就是個單身男子。」

「不是你啦，是那個教生物的……洪老師。」

「呃……堅麟喔？」

「對對對！聽說他是同性戀，是真的嗎？」

我刻意淺淺一笑。

「嗯……妳要聽話保密，我才跟妳說。」

「好好好！」

「我其實也是聽溫老師他們理科辦公室說的，洪老師似乎是喜歡教數學的鍾君老師，可是應該是單戀……」我放慢語速，好抓住她的期待感：「洪老師告白之後，鍾君老師不但拒絕，很快就跟學務處黃馨菱老師結婚，洪老師一氣之下把鍾君老師送他的手錶砸爛在桌上還給他，後來好像還跑去刮黃老師的車。」

「哇靠！」她驚訝著。

得到這種老師間的八卦情報幾乎是女學生之間可以掛在嘴邊炫耀的特權，而老師的行情則在她們違背承諾開始散播八卦的過程中水漲船高，這就是建構在人性本質上面的互利關係。

她用著賴皮的眼神看我，秋波之中已經洩了底牌。

「老師，今天能不能念到這裡就好，我覺得好累。」

我脫下眼鏡，抹了抹臉，再把書給闔起，對著她說：「也好，人生苦短，何不及時行樂？」

接著，我站起身，伸出手對她說：「不如一起去看U2，我請客。」

這種對頻率的感覺難形諸文字，就是一種默契，走出咖啡館的我們牽著手，往最近的U2去。還好我娘生了張娃娃臉給我，她也沒有揹書包，對我身分的保障是妥妥的。

我們挑的片子是《決戰異世界》。

哪一集我也不清楚，我們只花了十五秒就挑好，如同電影究竟演了什麼我們兩人恐怕也不清楚，她的第一顆扣子接續著店員關起門時解下。

果然知人知面不知心。

平常在班上安安靜靜，也不參與任何吵鬧的欣瑜，此時搖身一變，熟練到讓我有些訝異，當然無損我的享受。少女的唇總是溫柔美好的，她從脖子、胸膛一路到腰際，主動的讓我很滿意。

「原來，是個壞女孩啊？」我露出了壞壞的笑，看著她把手握在我的褲檔間。

「媽媽說，好女孩只能有一個，但壞女孩……」她拉開了我的內褲，吸吮了起來，來回幾口後才抬起頭接著說：「可以吃到很多個。」

「媽媽原來是老江湖。」我笑著說，一邊享受著。

在她換姿勢跨騎上來之前，她從我的牛仔褲裡拿出了保險套，並用嘴幫我戴上。

「唉唷，妳怎麼知道？」

「愛品妍的，不只你一個唷！」

她這話說的我又驚訝了回，瞧見我有些困惑，她於是解釋著：「我跟品妍也是偶爾會做愛的好朋友，她跟你分手之後我們有次做愛聊起，我自己不小心說溜嘴說我很想上你，她就大方的鼓勵我。」

「原來被獵捕的是我呀？」我笑了，澈底的。

「可惜品妍要開始忙搬家，不然我好想約她一起來。」

「哈哈哈，對我這麼好！」

「想太多，你是給我們用的性玩具。」

這話完全激起我的雄性荷爾蒙炸裂。

我摀住她的嘴，放下了所有溫柔，猛烈的發起攻勢，讓她知道誰才是性玩具。

一番雲雨過後，她用嘴替我卸下保險套，還溫柔的清潔了一番。順手拿起桌上的奶茶漱了幾回口後，她竊笑著問我：「老實說，我跟品妍誰的嘴厲害？」

我隨口就說了她，但這話就像but前面的句子一樣，射精之後，都沒有意義。

10.

欣瑜的過分成熟讓她成為我的歷史記載中獨特的存在。

不用刻意哄騙、無須安撫照料，除了幾次去范家打打招呼讓家長安心女兒沒有交男朋友、都在用心讀書之外，沒有任何過場戲要演。

美好的暑假我們就一次次的延長著「課後輔導」。

我們開始嘗試著各種荒淫，甚至跑到外縣市去野戰幾回，只可惜這一切的美好都隨著暑假中期那場意外而終止，我可以說是損失慘重。

導師原則上暑假是可以完全避見任何學生的，除非重大事件。那天傍晚接到教官電話通知，我趕到了醫院去，遠遠就聽到一位家長痛哭失聲，過個轉角就看到四家的家長與教官、校長齊聚著。

我有些丈二金剛摸不著頭緒。

「程老師，貴班四位同學無照駕駛機車，在學校附近遭遇了車禍，剛剛曾心緹宣告不治了。」

瞬間就讓我落下淚來。

幹，我都還沒吃到欸，極品留這麼久到底是為了什麼。

我與欣瑜對望著，而她的父母就在身邊，儘管看得出來她嚇壞了，我卻也沒能多說什麼。哭倒在地的是曾心緹的媽媽，校長在一旁攙扶著。

教官把來龍去脈給我說了一遍。

原來是四個女孩相約，一起去吃學校附近新開的店，黃宜庭提議偷騎摩托車，約了欣瑜、曾心緹與唐羽婷一起，會騎車的黃宜庭跟唐羽婷分別載著曾心緹與欣瑜，結果還沒去到目的地，就遇到搶黃燈的大貨車，這一撞幾乎就在現場帶走了曾心緹。

意外的是，對於噩耗，我極度的麻木，近乎事不關己，頂多感嘆曾心緹，還有頭痛善後。

唐羽婷的家長拼了命求情，希望校長出面擺平，別讓孩子生涯留下汙點、影響升學；黃宜庭的父母態度不太一致，媽媽不斷向曾心緹的媽媽道歉，爸爸卻強調每個孩子都有責任。

比起來，欣瑜的父母專注的安慰著她，反而讓我感覺正常些。

校長自然了解唐羽婷家長的心思，好不容易弄到班聯會主席，也一直配合校務，為的終究是成就這孩子，校長自己也盤算著事情曝光讓人知道他治校之下有學生無照駕駛還車禍身亡，他以後也別想往上爬了。

於是，曾心緹屍骨都還未寒，事件如何收尾的雛形早已湧現；到她的告別式時，校長早已窮盡一切把圓仔湯搓的漂漂亮亮的，運用各種管道讓大貨車所屬的公司賠了一個數字，把整件事封了起來，學校裡也沒幾個人知道細節，這大概是事發在暑假的少數好處。

算來算去，災損最重的是什麼也沒做的我，欣瑜始終不忘當天我未與她說上隻字片語的安慰，那個成熟的女孩退回原形，終究有那不講道理、不明是非的一面，而我只能任她離去，為這段短命而美好的性關係畫下句點。

真正痛苦的，是那吃不到曾心緹的遺憾啊……

11.

萬幸暑假所剩不長。很快的，開學了。

本以為學生們升上高三，應該花邊事件會大幅減少，沒想到這是一連串失控的開端。開學的第一週就爆發了打架的事件，還牽連不少學生在裡頭，而且事情的起點根本就是「外患」。

四班的「幹架王」朱維凱，在補習班日久生情的喜歡上了我們班的好好女孩葉淑芬，於是找了本班的工具人劉承恩幫忙傳情書，準備為告白暖身。

好巧不巧，這個交代傳情書的過程正好被喜歡著朱維凱的陸采穎撞見，一心吃醋的她想了一計，找了喜歡自己的活寶張志偉去幫忙偷情書，承諾如果能偷到情書就陪他吃飯。

見色忘友的張志偉怎麼樣也要抓住這個機會。

藉著下課請劉承恩去幫忙買飲料的空檔，從劉承恩的書包把情書摸走，直接送達陸采穎的手上。

以為一切妥當的朱維凱，在校門口佈好了陣，迎接放學路過的葉淑芬。

尷尬的是，從來就沒收到情書的葉淑芬，被朱維凱一問三不知，還被大陣仗給嚇到，一哭拔腿就跑，留下被眾人圍觀的朱維凱。血氣方剛的歲月中，這些平日吸取同儕崇拜維生的傢伙，無論如何也嚥不下氣，惱羞成怒是種必然。

倒楣的劉承恩成了出氣對象，朱維凱一口咬定就是劉承恩搞鬼出賣他，甚至編織著劉承恩也暗戀葉淑芬的想法，在我們班門口就打了起來；自以為是超級賽亞人的郭嘉祥打算變身來阻止這一切，下場就是被打得比劉承恩還慘許多。

直到教官包圍上來，陸采穎驚覺闖下大禍，才叫張志偉出來背黑鍋，說是自己無聊惡作劇。

兩個男教官費盡一切力氣才總算把殺紅眼的朱維凱從張志偉身上拉開。

就這樣，劉承恩、張志偉進了保健室，郭嘉祥進了醫院，陸采穎跟朱維凱進了教官室。教官的「處分」卻讓陸采穎大大叫好，因為她接下來一個月都要跟朱維凱一起做愛校服務。

善後好一切的我面無表情的走在長廊上，正巧遇見從圖書館離開的蘇靜玟。

一陣噓寒問暖意外的撫慰了我，從沒想過還能在女學生身上找到情慾以外的滿足，話匣子開到自己都驚訝，從學校一路聊到路邊攤，爸媽出差的靜玟還主動約了我打撞球，在毫無規劃的情況下展開了第一場約會。

跟許多同學早已是失戀老手不同，靜玟完全沒有戀愛經驗。

內心深處有一塊不曾觸動的，被她的點開了。

12.

我的爪子還沒張開，自己也不知道為什麼。

那天跟靜玟聊完後，開始了每週三放學她來我家聊天、課輔的例行公事，我們之間就是純純的對話著，她也開始成為我治理班級的重要幕僚，越來越多的情報是從她的打聽而來。

期中考後有一回，教公民的女老師氣哭不上課，我完全被蒙在鼓裡。

「前天到底發生什麼事？」我問著靜玟。

「就那個白目的張志偉啊，不知道是不是上次被打開腦洞，最近猛開黃腔。」

「他開老師黃腔?上課的時候？」

「對啊，他就直接問說『老師喜歡吃鵝肉嗎？』，老師就點點頭，他就指著自己下體大喊『我鳥肉』，結果老師就氣哭出來了。」

我有些傻眼。

都當到老師的人了，應該沒這麼脆弱吧。

閒聊這些班上的五四三，讓我們之間建立起紮實的情感基礎，有別我的過往，另一方面也讓我很快的處理好不少問題，在狀況惡化之前就擺平。

當然，我從沒有忽略她身體的訊號，慢慢的我們觸碰對方，慢慢的我們會擁抱。

我的話語也開始放肆了起來。

「靜玟，妳屬什麼？」我偶爾就會突來這樣的一問。

「我？我屬狗啊！」她說：「那……老師呢？」

「我，屬於你。」我笑著。

有哪個女同學逃得過呢？我想。

13.

就這樣，平穩順利的，也一如預期的，靜玟開口提了交往的事。

不知怎的，我卻興起玩了欲擒故縱的遊戲，告訴她我需要考慮，而她竟也耐心的等待著，十足可愛。

我怕玩火過頭，隔了幾天就曖昧的告訴她，我要玩交換禮物的遊戲。

傻女孩很天真可愛的買了領帶給我，我刻意板起臉要她退掉，她被逗得快哭了，一直問她該送什麼才好，完全沒注意到我根本兩手空空。

「小乖，停！」我打斷了她的追問：「妳真的不知道我要什麼？」

她眼眶泛著淚，點著頭。

我上前把她摟入懷中，在她耳邊輕聲的說：「妳就是我的，我就要妳。」

她突然捶起我的胸膛喊著討厭。

我們一陣擁吻，深深的擁吻著，我知道她的初吻已經到手了，心裡的慾念很快的把過去兩個多月建立起來的純情給攻破，那種享受玩物的激情又回到了我的身上，粉紅泡泡很快的就會隨著她流血而被蝕破。

「老師，我可以跟你做嗎？」她問。

我沒有回答。

並不是考慮什麼高深的情感與倫理，而是單純認為我那扭曲的慾望已經無法被單純的做愛滿足，於是我深呼吸了一口氣，問她：「妳想跟我做？」

她點了點頭，說：「我想試試看。」

「這樣吧，讓我想想，妳也想想，下週如果妳還想做，我們就做吧。」我說。

她笑得樂不可支。

送走她回家後，我聯絡了俱樂部的大家來到我家幫忙，我們在廁所、房間都架好了隱藏式的鏡頭，大夥費了番功夫才搞定。

在這過後的一週，我們一如往常，在學校裡也謹守著分際。

日期每翻過一天，我內心巨大的淫慾就洶湧一番，八成是太久太久沒吃這種第一次的，有種耶誕節拆襪子裡禮物的期待。

14.

終於來到了這一天。

靜玟來到了我的住處，我們促膝長談了許久，她談了不少浪漫的想像，答案其實沒有出口也明確了。

我點著頭，等待著她一步步放鬆自己。

隨著我允諾她的交往要求，她緩緩的躺了下來，我們相擁深吻在一起，她的嬌羞讓一股滿滿的惡淫之慾灌滿了我的身心。儘管如此，我不是摧花之人，總是憐香惜玉的溫柔拆解她一絲絲的包裝，這麼好的禮物我不忍弄壞。

一個女人即將從女孩的身體裡被解放出來。

她光了身的那一剎那，我的右手探進了她的腿間，指尖沾染上一層初洩的濕潤，在我反覆游移之下不斷湧現。

我移開了手，俯視著她與我平行的身軀，兩人的唇交疊纏綿，她略帶試探的伸了舌頭，我輕快的舔過她舌尖的每一吋，然後緩緩的挺身上前，緩緩的進入她。

那一瞬，她鬆開了唇，瞇起了眼，嬌嗔的作著聲。

「會有一點點痛，不舒服要跟我說。」我在她耳邊賣弄著情人的溫柔。

她點了點頭，雙手環抱住我的腰際，將我朝她拉進。

我感覺到了溫熱，那如新芽萌出、羞花漸開的悸動，她流下了此生最珍貴的血，落紅在我們兩人腿間暈了開來。

我瞇眼笑看著她，讓她知道這是美好的。

這樣反覆來回了好些時候，我拉起了她的身子，接著躺了下身，這是重要的使命，作為女孩轉大人的引路人，是該讓她知道幾個基本的姿勢，人說「師者授業傳道」，我自然不能辜負天命。

騎乘在我身上的她，讓我感覺到了青春的美好，儘管動作有些生澀，卻能感覺到年輕那種誠懇的心，她努力的想滿足著我，而在這過程中她獲得了更大的滿足，作為人師能讓她明白「施比受更有福」，我也問心無愧每個月從學校領走的薪水了。

當我感覺到她的腿間有些使不上力時，我抽離了她，輕柔的引導著她轉趴過身，而她抱著枕頭、拱起雙臀，等待著我的疼愛。

那宛若天籟的喘息與呻吟，讓人感受著她如此的害羞，此時在她心中、在她身上，那種種堆疊、交織起來的觸動，就是小女孩逐漸遠去、女人從此誕生的過程。再次面對著她時，我擺盪著下身，張嘴便開始吸吮她的乳房。

這一切都太鮮甜了。

青春而動人，在這綻放著花苞，空氣中都有了花香的錯覺。我靈魂深處開始召喚著我，要施灑更多的養分，讓女人從她生命裡解放出來，不一會兒我再次抽離了她的身體，灑下了道別女孩時該有的潔白祝福。

她喘著，也叫著，早些時刻那種種殘留的矜持早已消散。

我輕吻著她，祝賀著她，歡迎著女人來到這個世界。

七情六慾橫流的美好世界。

摟著她溫存了許久，我才開口問：「一起洗澡吧？」

她沒有回話，而是起了身牽住我的手，一同走向浴室。

靜玟把第一次給了我，而這一切都被四面八方的鏡頭完整記錄下來。

當我們洗完澡，再次回到床上共枕時，她說起了班上最近的狀況。

「郝德昨天跟五班、六班的在籃球場起了衝突。」她說。

「什麼衝突？打架嗎？」

「沒有打架，只是郝德撂話說要絡人去扁五班、六班的人。」

「是發生什麼事？」

「說起來很白癡，根本就是郝德自己對號入座，」她說：「混班打球的時候，六班有個同學拒絕傳球給正在要球的五班同學，結果失手；五班的同學就要求下一球要由他來主導，這時六班那個就隨口說了句『好的，你去吃屎比較快』，結果被呂詩敏聽到，她就去跟郝德說人家在罵他。」

「這種誤會不難化解吧？」

「郝德就跑去找人家理論啊，拜託誰不知道『好的』是口語，何況男生打籃球就喜歡碎嘴幾句，跟他無瓜無葛的怎麼會跑去罵他。」

「大概是這孩子知道自己有多討人厭吧。」

她又驚又笑的看著我。

「欸欸，千萬別跟人家講說我這樣講過喔！」

我們逗著彼此笑，讓靜玟的第一次美美的收尾。

15.

可惜再美好的餘溫都還是散去，我只是不甘散的這麼快。

本想著郝德這孩子就出一張嘴，整天跟人裝熟，哪可能真的認識誰，萬萬料不到他還真的絡到人幫他幹架。

放學時，「絡人王」楊建宏發揮了本領，就像立法院各黨甲級動員那樣，許多小痞子都齊聚在五、六班的走廊前，加上不少來一睹「四大天王」風采的同學，整個走廊根本水洩不通。

「吵架王」馮念宇一到就走上前指著兩個被郝德指控的同學臭罵，「唬爛王」白哲賢在一旁開始叫囂說不道歉就等著他找四海幫、竹聯幫的人每天去給他們家人問安，而「絡人王」楊建宏擺出最有義氣的姿態直挺挺的站在郝德身旁。

「至尊王」宋少偉在一旁默默的看著，一語不發。

但兩位同學無視眼前的壓力，拒絕向郝德道歉，再三強調是郝德自己對號入座。

「幹架王」朱維凱等的不耐煩了，上前一個打兩個，我帶著教官趕到現場時，兩個同學都已經處在被朱維凱打著玩的狀態。圍觀的同學見到教官來，馬上收起錄影的手機與相機，轉眼就鳥獸散，連郝德也開溜，四大天王五個人倒是站的直挺挺的。

事情鬧的大傳的也快，不一會兒全校的教官都來了，一人分別押走了一個天王，主任教官則與我一起攙扶兩位受傷的同學。

後續的事大概就一如所有處理此類事件的標準流程，「絡人王」楊建宏、「幹架王」朱維凱都被退學，「吵架王」馮念宇、「唬爛王」白哲賢各被記兩次大過，郝德被要求在全校面前向兩位同學道歉同時罰愛校服務一〇〇小時。

週末跟靜玟約會時，聊起了這件事。

「我開始想，會不會是學測快到了，孩子們壓力都大了起來？」我喃喃自語著。

「還好吧，我就沒什麼壓力啊！」她說。

「妳正在幸福之中啊小乖。」

「連人家雅雯都說看得出來，我真的有這麼明顯嗎？」

我心一驚，擔心她把我們之間的事跟閨蜜說，那往往是惹禍的開端。

「妳跟陳雅雯說了？我們的事？」我嚴肅的看著她。

「沒有啦！」她拍了拍我的胸口：「只是說我最近有喜歡的人，沒有說是誰！」

她這一說讓我安了心。

很快的，我們身體力行的重溫了「第一次」的美好。

16.

靜玟月經來的那天，我本以為兩人之間會熄火，未料是我錯估了女人對性的好奇與渴望。

在我那不大的小套房裡，已經成為獨處的愛窩，換好衛生棉的她除了內褲之外全身一絲不掛，朝我走了過來。

我的褲檔脹了起來。

她伸手握住了我，上前吸吮著我的唇，嫵媚的對我說：「我想吃。」

「真的嗎？」

她點了點頭。

「那我應該幫妳拍下來，這是珍貴的紀錄，」我笑著說：「我們甜蜜的回憶。」

她頓了片刻，還是點了點頭。

我坐起身來，而她跪了下去，開始解開我的褲襠。

鏡頭也開始特寫著她，跟著她移動，她先是輕吻著。

「鹹鹹的。」她抬起頭望著我說，我隔著小小的螢幕看著她。

我感覺到她牙齒的尷尬嬌羞，在我大腿兩側來回摩擦的肩膀與髮梢都錄進了相機裡頭，漸漸的，她似乎懂了怎麼口交。

以第一次來說，上手的速度不算慢，我看著她心想，蘇靜玟妳是個有天分的孩子。

全身最敏感的位置被她包覆與浸泡著，我也觸碰到她喉間的溫暖。

感覺有些來了。

「小乖，我快了，妳要吃嗎？」

她抬起頭，笑得燦爛，大聲說要。

就這句話，讓我可以安心的、放膽的，射她。

小小的嘴似乎有些超載，她的表情可愛的又驚又喜著。我下意識的想找垃圾桶給她吐掉，她卻瞇起眼，一口吞了下去。

「妳吞了啊？」我驚訝的問。
她微微點頭。
在我沒有任何預期之下，她成了第一個吞我的女孩。
「有點澀。」她吐著舌說。
「何止有點？我覺得超色的！」我笑得燦爛。
這影片拍的不是普通的好啊。

17.

高中生有意義的倒數第二個段考就這樣結束了，只剩下畢業考還有點意思，他們全都進入以模擬考為主的狀態。

身為導師，其實只要確保這段時間他們都在大學衝刺的軌道上，不會特別有什麼壓力。這幾天考試日俱樂部依慣例約好打麻將，這次正好輪到來我家，沒想到東家並沒有特別福星高照，結算時我竟是輸最多的一方，於是我必須弄點寶物來跟他們分享，這是輸家的懲罰。鐘尹吾則洋洋得意，這傢伙已經連贏兩次段考，他說他會保留跟我要獎的權利。

散攤了之後，我懶的收拾，反正麻將桌擺在那也不影響我的生活起居。我開始檢視前兩天替靜玟安排好的讀書計畫，這可是未來我每週可以享有她的額度的實際保障。

順著她認為交往越來越密切，考後提早放學的下午，我便要她拿一些衣服來放我這。學生嘛，想的單純，我就說這放著以備不時之需，事實上是為了俱樂部的大家有東西玩來著想，這樣我也不需要再去為了「償還賭債」而尋寶。
「剛剛班上同學一起午餐，你錯過有點可惜。」她說。
「讓大家好好吃飯啊，不然老師在一旁，那壓力多大。」我說。
「班長又在那邊開玩笑，說著他各種瘋狂的殺人計畫。」她說。
「健敏喔？」我想了想：「這孩子我看人緣不錯，八成就是青春期男生那種出一張嘴的問題，何況爸媽都這個優渥，他大概也只能在同學面前耍壞。」
「他的殺人計畫都很奇怪，還說要去路上隨機殺人，」她似乎有些害怕：「他崇拜的人也很怪，什麼曼森、奧姆什麼教的。」
「原來是害怕啊，還說什麼可惜咧！」我伸手摟住她，拍著背安撫：「別想太多啦，不過就是血氣方剛的歲月裡需要一切荷爾蒙發洩的出口，跟會吠的狗不咬人道理是一樣的。」
她有些沉默。
「唉呀，又不像我這麼幸福，我的荷爾蒙都有美好的發洩出口啊！」我吻著她，把她推倒在床。
這段時間裡，我們身體的交流已經大幅度的取代言語的對話。
我脫下了她的內褲，手嘴並行，放肆的前戲再次瓦解了她所有的防備，看著她盪漾的表情，我順手從麻將桌上拿了張九筒，開始逗弄她的私處，她沒有任何抗拒，放任我玩弄著她。
當感覺到濕潤充足的時候，那張九筒被我往裡面塞了進去。
她夾緊好一會兒，再把九筒推了出來。
「它是全世界最幸福的麻將了。」我說。
一絲嫣紅閃過她的臉上。

接著的流程如過往，雲雨一番後她累到睡著，我抓住了機會脫下了她的內褲，上頭還正好沾染不少分泌物。

用夾鍊袋裝起密封後，我把她的內褲收在了我的外套口袋裡。

設定好鬧鐘後，我鑽進被窩裡抱著她小睡了片刻。

晚餐時間一到，鬧鐘響起，我刻意的等著她也被吵醒，才緩緩的起身關掉鬧鐘。

「我的內褲呢？」她問著。

我當然裝死，還趕緊佯裝著幫她四處找。

兩人瞎忙了好些會兒後，她有些懊惱的從我衣櫃裡拿自己帶來備用的內褲換上，然後我們出門一起吃了晚餐。

送她回家過後，我到溫豫炤家跟俱樂部的大家會合。

從口袋裡拿出夾鏈袋與他們分享。

「唉，輸家的代價。」

「這是誰的？」張國森問。

「蘇靜玟啊！」我說。

溫豫炤接過夾鏈袋端詳了一番：「她讓你帶過來？」

「沒，我偷的。」我有些得意。

「幹，偷的好啊！」張國森笑著比讚。

18.

年底悄悄的來了，為了避免國文應用題掌握不好，我刻意在學測前安排了一系列的練習與考試給全班。

作文是最多人摔落的坑，真正的原因恐怕是因為作文題目經常是太過日常的，反倒讓他們有些不知道該如何下手，甚至下筆前花太多時間去揣測閱卷者的偏好。

我從題庫裡翻出了作文題目，寫在黑板上。

「我的志願」。

收卷之後，我讓全班自習讀書，逐一的看著每個人的作答。

黃宜庭的志願是希望能打職業籃球比賽，寫了不少運動對人生的幫助。

郝德的志願是當律師，無關正義，而是為了這個職業代表的價值。

吳詠晴的志願是成為公務員，在乏善可陳的未來願景中扯了些支撐社會運作的空話。

翁柏鈞想成為外科醫師，談了搶救生命的可貴，我卻有點擔心這孩子認真這麼想。

范欣瑜希望把自己打造成「企業愛用人才」，人生志願是「我選公司，而非公司選我」。

郭嘉祥立志要成為「特級廚師」，把打倒黑暗料理界當作人生目標。

蘇靜玟想當教師，因為她這段時間體會到老師是多棒的職業，我會心一笑。

張志偉目標明確，要拿奧斯卡小金人，成為演員只是他人生的起點。

李詩涵的規劃，是讓自己能成為大老闆的妻子，為此她願意學一切嫁入豪門必須擁有的技能。

王冠廷讓我有些意外，他想成為一名房仲。

葉淑芬期待自己有朝一日能當上護理長。
劉承恩立志選上里長，服務社會。
陸采穎打算進軍演藝圈。
林家豪的志願是成為工程師，與機械為伍是他的夢想。
陳雅雯想進入非政府組織工作，在世界的角落伸張正義、實踐人道。
呂詩敏希望能出國留學，未來想談跨文化戀愛。我噗哧一笑，也為她的自知之明感到開心，至少她知道自己在台灣的市場只有郝德這種貨色會買單。
唐羽婷的志願是從政，規劃寫得頗詳盡，研究所畢業之後先當幾年上班族在社會打滾，之後再看政治局勢去思考。
最讓我費解的是呂健敏，他破題寫了句「想要被記得」，內文全在扯什麼芸芸眾生總是平凡過一生，在宇宙裡沒有存在的痕跡等等，還自稱是「上帝的失手，惡魔的傑作」，說他的志願就是永遠不被世界遺忘。
我莫名的感覺到光火，這文章也太亂來了，根本無從改起。
一氣之下，在下課時間的空檔我把他叫來了導師室，那張鬍渣沒有刮乾淨的臉，頂著乾淨的小平頭直直的看著我。
「你說你寫這是什麼？」我問。
「我的志願啊。」他答。
「你知道這是模擬考的練習嗎？你應該寫清楚自己人生的規劃、職業選擇或理想，不是這種抽象的東西。」

「你不懂我。」

「懂不懂不重要，我是為了你好。」我說。

「做什麼都是手段，關鍵是為什麼，」他憤恨的說：「那些想當醫生、律師的，真的就知道自己要什麼嗎？」

我被他過度的反應弄得有些不解。

「人生在世只有多久，能被世人記得的人還有多少，這就是為什麼我立志要成為能永遠被記得的人。」他音量越發的大。

「夠了，虧你還是班長，少幼稚了！」我忍不住動怒：「寫這種亂七八糟的東西，就等著去念野雞大學、當個廢人吧！」

他突然沉默了。

我靜靜的看著他，開始告訴自己不必要跟他多說，反正一年之內他順利畢業就再與我無瓜葛，這時爭論也沒有什麼意義。他從我手中搶過考卷，撕爛後揉成一團，握在手中便奪門而出。

19.

我坐在位置上沉澱著自己，不太想再去管呂健敏的事。

鐘尹吾突然從背後拍了我一下，我猛一回頭看見他咧著嘴在笑。

「我想到我要什麼了。」他說。

我挑著眉看著他。

「你的蘇靜玟。」他笑著。
我翻了個白眼。
「這得想個辦法。」我說。
「怎麼？搞不定啊？」他有些鄙夷的問。
「小心駛得萬年船啊。」
「你就跟她說，『尹吾老師最近很差，妳可以幫個忙嗎？幫我安慰他、陪他、聽他的一切』，這樣不就好了。」
「你這樣風險太高了。」
他有些不滿。
我思考了片刻，問他：「如果遮著她的眼，用偷的，你能接受嗎？」
「哈哈哈，我是個現實的人。」他說完便離去。
到放學之前，我把整個過場該怎麼走都澈底的想了一回，確保計畫能夠萬無一失，接著才聯絡鐘尹吾約晚上的時間。
靜玟吃過晚餐後準時出現在我家，言不及義的跟她聊了好些會後，鐘尹吾來了訊息告知他已到我家外頭，我才開口提問。
「小乖，我今天想要來個刺激的。」我說。
「怎麼樣的刺激？」她天真的問著。
「我想把妳綁起來，罩著妳的臉。」我說。
「這個……」她似乎有些遲疑：「這個好……害羞喔。」

「有什麼好害羞的啊？我們……都這麼熟了！」我上前摟著她，企圖消滅她心中那些顧慮。

她這才點了頭放行。

我於是拿出準備好的繩索，把她的雙手綁緊，也拿出眼罩來遮住她的雙眼。

接著，我開了門，讓鐘尹吾進到房內。

我回到床邊，開始親吻著靜玟，她也熱情的回應著，而在我身後的鐘尹吾已經脫得一乾二淨，擺明要上陣。

緩緩離開她的雙唇，我作勢朝下退去，鐘尹吾便在此時貼上了她的胯下，開始舔弄著。

我比著手勢要鐘尹吾千萬別講話，並拿著保險套示意他戴上。

接過保險套的他沒有馬上拆封，反倒爬起身湊到靜玟的嘴邊，顯然是想再享受一番；直到靜玟說了句嘴巴痠了，他才鑽下身去，開始享受他在牌桌上贏來的獎勵品。

想起來也是悶，我沒事輸什麼麻將，白白浪費了一次的額度。

看著鐘尹吾用我慣用的幾個姿勢壓在靜玟身上，我竟興起一股歪斜淫念與滿足感，尤其聽著她渾然不知狀況下的放浪吟叫，弄得我褲子跟著腫脹難耐。

還好鐘尹吾這傢伙也沒有折騰靜玟太久，完事的他很愉快的離開了我家。

我把身上的衣服都脫了之後，才緩緩的解開靜玟手上的綁繩，拿下她臉上的眼罩。

「老師，喜歡嗎？」她嬌嗔的問著我。

我微微笑著，心頭苦啊，我什麼也沒享受到。

還在思量著該怎麼拐弄她再戰一回，無奈她的手機應聲響起，越逼近學測的時程家長催回家的頻率就越發的高。

我只能扼腕的送走她。

鐘尹吾這傢伙像是算準了時間一樣，沒多久就打了電話過來，滿滿的讚不絕口。陪笑一番之後，我帶著淡淡的憂愁，癱躺回床上擁抱我內心的遺憾。

20.

有些頭痛的訊號開始浮現。

我把跟靜玟之間的關係看成短暫幾季的旅程，而她卻認為這將是白頭偕老的美夢，彼此認知的落差讓我們開始繁複的進入相同的對話，連帶的也讓她越來越希望能夠讓這段關係檯面化，似乎是想透過這樣來宣示主權。

跨年那天的傍晚我們出去散步時，她緊抓著我的手，偏偏我看到迎面而來的是幾位數理科的同事，我只能趕緊把她的手甩開，擺出不那麼認識的樣子。為了這件事，她哭鬧了快三天，在那之後，她的占有慾如燎原之火一樣更加熊烈。

「我想嫁你。」放學後的晚餐上，她說。

妳想嫁我？我才不要咧。看看我這年紀，根本還沒玩夠，傻傻的。我心想。

我深呼吸了一口氣，對著她說：「小乖，謝謝妳愛我，但婚姻這件事妳不能莽撞，我們要想好怎麼面對各自的家庭，這都還需要時間。」

「You complete me.」她說：「不能嫁你，我不知道自己活著幹嘛。」

「不是不能，只是要想想現在的時間、我們的身分，」我試著緩下她的情緒：「妳也會希望婚禮是幸福美好、被大家恭賀祝福包圍的，不是嗎？」

她點了點頭。

幸好我在她落淚之前把這話給端了出來。

「我是不是，該準備認識你的家人了？」

又把我給嚇著了這孩子。

「好好準備考試，妳現在不要想這些。」我說。

「如果我們要有未來，就應該要認識彼此的家人啊！」

「如果要有未來，就不能搞砸現在。」我緊握她的手，對她說。

她總算不鬧。

而我開始思考是不是該想好退場的機制。

21.

學測的時程像是倒數計時的炸彈。

隨著滴答滴答的聲響，瀰漫在我身邊的各種煙硝火藥氣味都加倍刺鼻，靜玟吵著想見家長的狀況越來越頻繁的出現，而我能做的就是用各式各樣的藉口不斷拒絕，一開始還能夠理性溝通說服，到了後來幾乎就是爭吵收場。

她開始在學校會刻意擺眼色給我看。

乖學生都當了兩年多，這時的靜玟卻成了班上的噪音來源。

私底下，閃避與我幽會的時間；在班上，公開跟我作對、處處挑釁。

忍無可忍的我，終於在期末考前一週的週五放學拉住了她，試圖把底線劃清楚。

「小乖，脾氣鬧夠了沒？」我一臉不悅：「我以為妳是個成熟懂事的女人，但這段時間妳這樣鬧，太不可理喻，甚至讓我覺得妳把婚嫁當成兒戲。」

「你才把我們之間當成兒戲吧？」她回擊著。

「妳到底想怎麼樣？」

「帶我去見你爸媽，跟他們說你要娶我。」她哭著說。

「妳知道現在都還不是時候。」

「我不管啦！」她哭鬧著，把我辦公桌上的東西都砸了。

我失去了忍耐的底線。

「妳再這樣，就不要怪我無情！」我嚴厲的說。

「你能怎樣？記我大過嗎？退我學嗎？」她叫喊著：「我以後不會再讓你幹了，你這廢物，沒有資格當老師啦！」

叫完她轉身就跑出導師室，留我一人。

我的拳頭緊握到指甲滲入掌心間，幾度深呼吸之後才開始收拾現場，不讓我幹可以，羞辱我這件事我無法原諒，這女人必須被制裁，最嚴厲的。

帶著滿腔的怒火，我回到家中，把她的所有雜物都收進紙箱裡，接著我打開電腦，開始把這段時間拍她的所有照片、影片逐一的去除掉自己，然後全都上傳到各個我可以張貼的色情網站。

直到全都上傳完成，我心中的憤怒才漸漸的消散去。

22.

隔天放學時，我讓同學把密封的紙箱轉交給蘇靜玟，讓她帶回家。非常爽快的結束了這一切。

直到一週過後，某個我熟睡的夜晚，她打了電話過來。

「程幸鴻，你還有沒有一點良知啊？」她劈頭就罵，顫抖的語氣透露出恐懼。

「沒有。」我冷冷的回，比這座城市入冬後的體感溫度還冷。

我掛斷了電話。

這還會怎麼發展呢？太好猜了。她能做的就是拚命否認，否認影片跟自己有關，否認影片裡那個替我口交、在我身上放浪呻吟的女人是自己，我們之間的事她完全沒有任何機會訴說，我能想像那般安靜多讓自己滿意。

好心情就這樣持續著。

為了遠離這些，寒假前這一週我刻意請其他國文老師協助到考場提供考生服務的事，打算提早回家去，好好享受假期，也讓我操勞整年的身體能夠好好休息一番，就不打算替女同學「授業、解惑」了。

休業式那天，我留下一句祝大家考試順利、金榜題名後，就準備回導師室收雜物。

正當我拉開椅子時，桌下躲著的陳雅雯比手勢示意我不要出聲，我有些疑惑的看著她，不知道這孩子變什麼把戲。

我坐了下來，她把我的外套扔到我身上，要我遮蓋住她。

我下意識的環顧四周，幸好沒有任何老師在。
外套底下的她解開了我的皮帶，拉下了拉鍊。
送到嘴邊的肉，不吃，會遭天譴。我告訴自己。
陳雅雯感覺起來也沒那麼熟練，不過還是很認真的，我也給了她我豐厚的回報。
離開導師室後，我們一前一後的上了我的車，一路開回我家。
我感覺到自己特別青春，已經好久沒有這樣，一天連續好幾次。
戰到筋疲力盡的我，最終在入夜時癱軟睡去，陳雅雯小鳥依人的倒在我的懷中。

23.

難得久違的舒壓，讓我睡到了自然醒。
幾乎是人間大樂事。
過了好些會兒我才意識到，昨晚摟著睡的陳雅雯人已經不見蹤影。也許是女孩自己知道該回家，這也不錯，看起來不是個會惹麻煩的玩具。
我瞄了手機一眼，時間有些尷尬，早餐太晚，午餐還不是時候。
索性起身先收拾著準備回家的行李。
打開電視，我想就讓報新聞的聲音填補一下家裡的空蕩。
沒什麼太意外的事，總有粗心大意的人出了車禍，總有年關過不去的失業者走上街頭，高舉家庭價值的政客夜裡還是上錯了床，大老闆們依然在尾牙上施著小惠來交換未來一年對員工的壓榨。

一切正常，台灣無恙。

我笑著，邊摺著衣服，想著午餐要吃什麼。

沒想到接著播報的新聞，卻讓我懷疑了許久。

主播念到我的名字至少三次，我所任職的學校也被點名兩次，內容是女學生舉發我拐騙上床，我瞪大眼看著裡頭的畫面，才弄懂了陳雅雯消失的真相。要命的事是，她還說衣服上沾染到我的精液，媒體也用鐵證如山來形容。

我坐在床上想了一分鐘多。

接著，我站起身，把所有自己要的東西全收進了行李箱，用最快的速度攔了計程車，先後把郵局與台灣銀行裡的所有存款都領出，然後請運匠大哥直接載我到桃園國際機場。

跑。

這是我唯一能想到的。

在計程車上，我拿出紙筆，火速的寫下辭呈，一到機場就找郵局把辭呈給寄了。

拎著所有身家，我走向飛機起降的廣播牆前，找尋著最近的一班飛機。

買好機票、兌換好外幣，我要在最短的時間之內，逃出中華民國法律能追溯到我的邊界。

剩的，都等降落再想吧。

Ch.6 救生圈

01.

二〇一四年九月。

溫拿公關總公司辦公室。

我紮起了頭髮。

隨著各地候選人都完成登記作業，公司的業務量開始直線上升，尤其是我們負責廣告庶務的這一組。

我愛慘了選舉，這是最讓人充滿鬥志的時刻，也是讓荷包填滿最好的機會。

感謝這些四年都不知道自己在幹嘛的政客，每到這時候就只好乖乖來找我們求助，這種情況下價格自然是隨我們開的。

「文琳，綁這頭不錯唷！」郁翰貼了上來，偷偷吻了我的頸子。

「你女友知道了還得了。」我說。

「妳會讓她知道嗎？親愛的。」他總是這樣。

一把年紀還煩惱這些說來有點可笑，花心的郁翰是我的前男友，之所以是「前」男友是因為他把我甩了，卻總是對我說著「妳是最棒的女人」，沒多久跟個女軍官在一起，還跑來找我問感情事。

姊姊總是唸我，要我別跟郁翰藕斷絲連。

但我心裡總有不捨，每次看到他就會想起當時他落魄的樣貌，我幾乎費盡了人生的所有力量才把他從自我毀滅的邊緣救回來，還想辦法在辦公室裡給他喬了份工作。

沒想到這傢伙過兩季之後，就說什麼「不願意被人當作吃軟飯的」，跟我提了分手，那段時間到處跟我身邊的同事說著我的不是，版本也多的誇張，有時說我都花他辛苦賺的錢，有時說跟主管交往壓力太大，有時又說我不夠花心思在他身上。

直到上個月，這傢伙才跟我坦承，說跟我在一起時感覺到我給了他百分之百的愛，他卻依然感覺不夠。

「親愛的，你太貪心了。」那時我說。

老二癢還沒種承認，那時我心想。

但我終究不是個會傷害人的人，重感情更讓我傷別離，這也是我們至今糾纏的原因。加上他現任女友多數時間都在軍中，我們晚上幾乎是輪流在彼此的家過夜，我其實也挺享受這狀況的。能分散我在感情上頭糾葛的，始終是工作。

「欸郁翰，你記得要先跟設計師談好價，我要報給客戶。」我說。

「好啊。」他依然嘻皮笑臉，還邊玩著手機遊戲。

「拜託，在工作欸。」我盯著他。

「吼唷，人家的小魚兒都不會盯這麼兇。」他吐著舌頭。

「湯玉芙有本事養你還是給你工作的話，你就去啊，」我翻了白眼：「不然你就給我皮繃緊、老實點工作。」

這才讓他放下手機，心不甘情不願的拿起電話打給設計師。

02.

我狼狽的奔跑著。

在我自己不清楚具體位置的古城門上，戴著天狗面具的人不斷追著我，他的身影閃來閃去，不是正常人能做到的。

在他靠到我面前那一刻，我嚇醒了過來。

最近不知道為什麼犯了這毛病，一個人睡總會做奇怪的夢。

本想拿起電話打給郁翰，但這傢伙下了班就展開他為期五天的假期，要去跟他的「小魚兒」玉芙相親相愛，這時間應該已經帶玉芙見過家長了。我心想，話說回來，就算郁翰在我身邊，我說了夢境的恐懼，這傢伙也只會說自己不懂怎麼安慰人，擺出爛人臉給我看，也是白搭。

我看了手機一眼，天再過一會兒就亮了。

於是我洗了個熱水澡，開始瀏覽著各大報的新聞，關注著我們每個客戶的市場評價，這已經是我的習慣。

想了幾分鐘，決定放棄自己做早餐的念頭，換好衣服就走往對街的東方美。

冰奶茶的封膜上寫了句，「如果不再年輕，請善待自己」，意外的觸動了我。何其真實的一句話啊，這些年來，總是為了滿足顧客的所有需求，去壓抑著、榨取著自己，給老闆好的業績、給顧客好的成績，又給了自己什麼？

我於是多點了一份鐵板麵，還加了蛋，蛋還是我最愛的半熟。

生在人世，不能窮盡一生只為了存在，卻沒有活過。

開心的結完帳後，走離早餐店的我，繞道去了公司隔壁街區的老廟，找了師父替我解夢。

「文琳啊，人會夢到被追逐，就代表即將面臨自己極力想避免的衝突，或許是不知道如何處理的事情，也可能是妳一直試圖逃離的情況。」師父對著我說。

「這⋯⋯」我有些困惑。

「別擔心，如果妳勇敢面對，就會覺得心理壓力減輕了不少。」師父說。

「那會是哪方面呢？工作嗎？還是感情？」我追問著師父。

「想想什麼是妳最抗拒的，只有妳知道答案。」

我雙手合十謝過師父，帶著那些指點走往公司裡頭。

工作上出狀況，我不至於太擔心，老手總還能夠補救、挽回；感情現在也放下不少，抱持一切隨緣的態度。

到底是什麼呢？

我還沒能想清楚，工作就堆在我面前，業務組的郝帛書遞了檔案夾過來給我。

「抓到對手失言，要下攻擊廣告，希望趕下午一點上架。」他說。

「預算呢？」

「王議員說隨我們開，但他自己要圖檔備份，要上他自己的粉絲團。」

「圖檔就送給他，案子我來處理。」我接下工作。

轉過身，我開始指揮著整個部門處理新進的急件。

我真的太愛選舉季了。

03.

等待我的寶貝姪女的時間空檔，我在餐廳裡划著手機。

正好看到郁翰的媽媽轉貼了一篇文章，上頭短評寫著，「婚姻的真相就是妳很愛他，有時又想一槍斃了他」，文章標題是《再幸福的婚姻，也有過一百次想離婚的念頭》。

我沒有點開來看，直接就在下方留言寫到，「親密關係的本質就是修行，當代速食愛情的觀念，扼殺了人們對修行的耐心，往往在能夠修煉的青春歲月中失去成長的機會，到了青春回不去的時候才發現所學不多，在進入婚姻關係時就往往產生悲劇」。

愛就是互相傷害啊。我想起我對郁翰說過的話。

餐廳的門被推開，我寶貝姪女挽著個帥哥走了進來。

「姨，他就是家誠！」欒凡說。

「阿姨好，我是家誠。」這孩子很有禮貌的打了招呼。

「別說那麼多，先看要吃什麼，我們今天可以慢慢聊。」我笑著看兩個年輕人。

一個不小心，我們三人就點了一整桌。

「姨，妳還記得那年碧利斯颱風嗎？斷電的時候我人在廁所，超可怕的！」欒凡說。

「我怎麼忘的了啊，我們三人當時相依為命欸！」我笑著說。

「不過吃泡麵才是最棒的回憶，哈哈！」欒凡笑著。

「難怪今年幾個颱風要來之前，妳都拖我去買泡麵來堆。」家誠笑著看樂凡。多棒的青春，年輕真的很好。

「是說，我怎麼好久沒看到心慈來找妳，妳們還好嗎？」我關心的問著寶貝姪女。

家誠的臉上閃過一絲令我費解的表情。

樂凡馬上變臉說道：「姨，我不想提到她，我們換個話題好不好？」

「好……不然我們來聊結婚好了！」我說。

寶貝姪女的臉上馬上閃回笑容，而且還更加燦爛。

「我跟家誠有在討論……」她說：「但是先不要讓媽媽知道，因為我們還在討論。」

「放心，姨永遠都在替妳守祕密。」我摸了摸她的頭。

「我們有打算過幾年要結婚，不過還是要先把現實的基礎打好。」樂凡說。

「一起努力是最棒的！」家誠也笑得燦爛。

「是說姨，提到結婚，妳最近有對象嗎？」樂凡問著我。

「嗯……沒有欸，妳那無緣的姨丈……嗯……就是沒對象。」我說。

有些尷尬，突然之間。

「啊還是妳要介紹小鮮肉給我？」我刻意緩解著。

「我只認識書呆子，最好的那個我挑走了妳不能搶！」她挽著家誠的手，兩面撒著嬌。

我們就這樣天南地北的聊著，轉眼三小時過去，桌上的食物還剩三分之一。

「不然打包回去吃吧，別浪費。」我對樂凡說。

她點了點頭，家誠於是揮手招來服務生。

沒想到打包飲料時鬧了插曲，服務生手滑把奶茶潑灑到隔壁桌身穿藏青藍西裝男子身上。家誠趕緊站起身來向對方道歉，對方倒也紳士，微笑的擦拭著，不停說著沒事。

我結了帳，送走了可愛的兩個孩子，走出餐廳外時收到郁翰媽媽傳給我的訊息。

「我還是喜歡妳，希望妳還有機會成為我的媳婦。」

我嘆了口氣。

「我也希望。我從來沒有選擇離開，事到如今未來也不是我能決定的。但無論未來如何，我都珍惜我們之間的一切。」我回她。

去問妳兒子啊。我心想。

04.

選舉的時間總是過得特別快。

開票夜除了所有候選人之外，公關公司算是最期待的一群，我們自然也不例外。溫拿在業界崛起的算快，幾乎是網路時代，或者該說「臉書世代」才進場的，傳統的威肯、戰國策都是一方之霸。不過從今天晚上的結果來看，我們的身價又要往上翻一層了。

晚餐時段，整間公司沒有半個人外出吃飯，全都守在大小螢幕前，關心著自己的客戶。直到開票作業的尾聲，大勢幾乎底定，我們的紀總經理很快的拿到了統整的報表。

「各位，我們的業績有了漂亮的成長，不只上壘人數大幅度增加，溫拿現在在業界的勝率也提高了！」紀總經理開心的向大家宣布。

依慣例，這是各單位主管要請吃宵夜的時候。

我樂的帶整個廣告部門一起去吃大家最愛的羊肉爐，要大家放膽的點菜，全由我買單；比起能拿到的獎金，請同仁吃一餐好料的，算不上什麼。

酒過三巡之後，已經聊得天花亂墜。

「我們廣告部門會強……其實關鍵就是，我們像一家人一樣。」我舉著酒杯，向同仁們致意。

「章姊，為了選舉大家都耗了半年，我們可不可以放長假？」子華問著我。

「我是有個想法，明年春季會有立委補選，因為幾個立委選上首長了，」我頓了片刻：「所以年初的時候我想帶大家出去團體旅遊。」

大家反應有些不一，但多數是贊成的。

「唉呀，難得有機會整個部門大家一起出去玩，拜託大家把行程推掉，一起來啦！」我笑著說。

經過一番熱烈討論，大家的意見才漸漸趨於一致，我們開始接續討論著要去哪裡。

勝利的滋味，就是這麼美好。

05.

當主管，我的原則就是「人性化管理」。

週六宵夜吃的晚，我乾脆要大家週一中午再來上班，也讓自己睡個久違的長覺。

週一午餐時間，部門裡的同仁陸續來到辦公室，我召集大家進到會議室內，討論最重要的提案：「團體旅遊去哪玩」。

平常散散的郁翰這時候意見最多了。
環島啦、東南亞啊、東北亞啊、歐洲啊，隨他一張嘴說的都快要環遊世界了。
多數人都希望我來決定就好，顯然是選舉期間已經燒腦過度，大家都懶得再去想這些瑣事。
子華提議去小琉球，他的老家，由他來作東。
郁翰嫌棄了一番，似乎沒有出國不太甘心，但當子華說可以開他家的遊艇去時，郁翰又馬上誇下海口說自己會開遊艇，可以來當駕駛。
見大家也沒有太排斥，我們於是就此定案。
為了錯開補選期間可能接到的案子，出遊的時程刻意提早到半個月後，趁這段工作的空檔，也趁著總經理還在好心情中，我們盡全力得抓住難得的假期。
習慣分工合作是整個部門的優點，大家馬上分頭去進行所有準備作業，我幾乎只需要為大家難決定的事拍板，此外只需要等待。
「章姊，剛剛統計過，部門有九個人要去，兩個人問能否攜伴？」負責統計的鑒霖到我身旁來咬耳朵問。
「可以啊，都帶另一半來吧！」我笑著說。
「啊抱歉，是十個人。」鑒霖看了手上的名單，對我說。
「剛剛少算誰？」我問。
「我自己！」他搔了搔自己的頭。
我笑著輕拍他的腦門，果然是被選舉操到累壞了。
直到下班前夕，整體的旅遊方案已經規劃出來，該預約、訂位的也都處理好了。這樣的效率始終讓我驕傲，特別是在公司裡面對著各部門。

「大家今天提早下班吧！」我開心的宣布著。

郁翰在大家漸漸離去時，走到我面前來說：「欸我餓了。」

「要吃什麼？」我幾乎是反射動作的問。

「不知道。」這傢伙鼓起臉，裝著可愛。

「小火鍋？排骨飯？麻辣滷味？還是炸雞？」我腦海跑著我們平常習慣吃的幾家店。

「吃……麻辣滷味好了。」他說。

「真的吃不膩欸你。」我白眼著他。

他笑得燦爛，像孩子一樣。

直視著他的雙眼，我腦中反覆出現他媽媽傳給我的訊息，又想起這人與我分手之後成天來管我跟哪個男的走得近，而我不知道為什麼還總是順著他的脾氣在安撫，這些事要是被我姊知道肯定又要罵到臭頭。

我在心裡默默的嘆了口氣。

06.

又是那座古城門。

我靜止不動著，處在恐懼的情緒中，不知道威脅從何而來，於是不停左顧右盼著，想找尋到壓迫的來源。

突然之間，戴著天狗面具的人就出現在我面前，幾乎是零距離的，我還來不及有什麼驚嚇的反應，就被他一把推下古城門。

我正在墜落。

那種背脊發涼的懸置感，把我從夢境裡拉回現實。

我驚嚇的彈起身來，一旁的郁翰仍在呼呼大睡。在這個只有兩人的空間裡，我不再需要平日在公司裡那些威嚴，默默的我抱住他，藉此補充著方才大量流失的安全感，直到我跟他的呼吸節奏漸漸同步。

我才又緩緩的平躺著。

郁翰的套房是新的，在他跟我分手之後，就堅持著他要搬出去住，我又是不願意面對重新適應生活的空虛感又是擔心這傢伙沒錢付房租，但從來講不過他，無論我多會講。

天秤座那種過分照顧人的心態，遇到摩羯座這種永遠只為自己著想的人，才會知道什麼叫「相欠債」。

有段時間，我那租來的公寓總顯得空蕩，又因為選舉業務不斷增加，遲遲沒能好好整理。反而郁翰幸運的遇到處女座的湯玉芙，有著完美要求的女人在替他打理一切，要不是她軍官的身分，換作是家庭主婦這家肯定一塵不染。

兩個月前，郁翰搞砸一個合作案，惹怒總經理被扣薪，當時這傢伙賴著我要我養他，我反問怎麼不叫湯玉芙來養，沒想到這傢伙賴著臉皮跟我說他們還沒那麼熟。

這些要是讓我姊知道了，她肯定罵我犯賤。

她總是拿星座書給我看，告訴我天秤與摩羯有多不適合，而我幾乎無法反駁，儘管我自認不算太迷信星座的人，卻無法否認有太多的描述符合我跟郁翰之間的狀態，典型的天秤、典型的摩羯，可能也是典型的悲劇。

在遇到郁翰之前，我曾經與射手男愛情長跑六年，兩人也已論及婚嫁，但最終他在國外的艷遇把他帶走了，靈魂受到重創的我就在那情境中遇見了失魂落魄的郁翰，他的狼狽激起了我救人於水火的母愛，我自己清楚得很。

說我治療郁翰，某種程度上，這個搶救他的過程是我的自我救贖。

但他是個太幼稚的人，缺乏同理心，更缺乏對人的信任。在一起的那段時間，他總要我把射手男的一切都封鎖、丟棄、刪除，我試著解釋我對射手男沒有任何感情，留著這些純粹是因為這是我生命的一部分。

不是我還留戀，我的回憶裡那些破碎不堪的畫面，意味著人生的完整。

他無法容忍，也經常自己幻想著各式各樣的劇情，然後百般質疑。但另一方面，他每天都沉溺在手機遊戲與線上遊戲裡，成天也跟裡頭的女孩子「老婆、老婆」的叫，有次我下班逮個正著時，他還一副理所當然無須大驚小怪的樣子。

「要我不玩遊戲，不可能，我做不到，這就是我。」這句話每次爭吵時他總掛在嘴邊；如果他今天只是個學生，還不需要對人生負什麼責任，我不會多苛責什麼，但在我面前的他是個成年人，這樣的態度也讓我恐懼與他有未來。

我的靈魂就是天秤的形狀，一端是理性，一端是感性，把「互相」視為人與人關係的前提，追求著內心的平衡。但遇到郁翰，這樣自私的、不負責任的人，我放任秤子歪斜，忍耐著不平等的關係，讓他予取予求。

而且我始終在原諒始終在說謊的他。

太多的事，我心裡清楚得很，只是不說；可能是職業的訓練，也可能是人生的歷練，我早已習慣默默地承受一切，就算生氣也會為對方找各種合適的理由，想辦法去原諒。

就算自己受傷，也不要去傷害別人，這是我的靈魂永遠堅持的善良。老姊說我自討苦吃，我也常覺得確實如此，尤其分手之後看著他又掉回深淵之中，跟湯玉芙的交往也充滿偷吃，還去拈了暱稱叫「伊迪絲」的女警察在那裡傳著曖昧訊息，讓我開始認真思考是不是應該從此離開。

想著這些，我又長嘆了一口氣。

沒想到天已經亮了。

我搖了搖郁翰，本想找他一起吃早餐，但這傢伙一如過去一般難以叫醒。我起身換好了衣服，收拾好自己的東西後便下樓開車離去。

人是習慣的動物。

自己家裡附近的早餐店，一樣大杯冰奶茶配鐵板麵加不熟的蛋，可惜冰奶茶封膜上的笑話爛到我想不起來，也笑不出來。吃過早餐後，我想起清晨的夢，於是再去老廟一趟，先拜了拜大樹公。

「師父，我夢到那個戴天狗面具的人把我推下古城門，在墜落中我醒了過來……這是什麼意思呢？」我再次請求師父替我解夢。

「文琳啊，妳要注意了，」師父對著我說：「墜落的夢，是在告訴妳，生活中『某個東西』將碎落一地。」

「啊？」我困惑著。

「如果妳夢到墜落，」師父說：「代表妳的工作、生活或感情的某個部分可能正在走下坡，妳需要盡快處理好。」

我點了點頭，雙手合十謝過師父。

走出老廟，我打了電話給姊姊，想跟她約個時間吃飯。

07.

姊姊是全世界最疼愛我的人。

接到我電話約吃飯後，聽出我有心事的她，當晚就搭高鐵北上來找我晚餐。

姊姊在外頭不太像獅子座，只有面對我的時候，母獅子才會跑出來。

她陪著我去吃最接近家鄉味的肉圓，我竟有點想哭的感覺，我想起討厭吃肉圓的郁翰每一次都阻止我去吃，那張開口成天就想損人的嘴連食物都不放過，而我卻總是依著他，去吃那貴死人的痲辣滷味，還總是掏錢結帳。

「還是妳對我最好。」我對姊姊撒著嬌，有些老情人的味道。

「那妳知道誰對妳最壞嗎？」姊姊問著我。

「該不會又要說是郁翰吧？」我嘆著氣。

「不是！」姊姊拍了我的肩：「是妳自己，妳總是在欺負我最疼的妹妹。」

我哭了起來。

小時候那個原諒長輩偏疼我的姊姊，以前那個三不五時就會傳即時通訊息來鼓勵我的姊姊，即使到了今天她是章總經理而我是章組長，她依舊是那個肩膀讓我靠、懷裡讓我躺的姊姊。

「傻女孩，不要哭了。」她伸手拭去我眼角的淚。

「我們回家吧，我今天有好多垃圾要跟妳倒！」我對著她說。

我們挽著手，一路散步回到我的公寓裡。

我把我跟郁翰的狀況跟姊姊說了一遍，從頭到尾。

「妳自己要想清楚，我認為這對妳自己很傷。」她說。

「唉，連他媽都看得清楚，為什麼他看不清楚呢？」我疑惑的問著。

「貪婪是永無止盡的，也是盲目的。」姊姊總是那麼有智慧。

「是說，妳跟理查德最近還有聯絡嗎？」我想到姊姊都聽了我說那麼多，是該聊聊她自己。

「還有啊。」姊姊一貫雲淡風輕。

「所以妳們到底是什麼關係啊？」我問得有些八卦。

「就是很特別的關係，」她說：「去雪梨看個奧運開幕認識，到現在都還會聯絡，這種關係。」

「妳不會覺得困惑嗎？搞不清楚彼此的關係？」

「拜託，這話從搞不清楚史蒂芬‧索德柏跟史蒂芬‧史匹柏的人口中說出，很沒說服力欸。」她挖苦著我，而且還是翻出陳年往事。

突然，我的手機響起，是郁翰傳來的訊息。

姊姊一臉不悅，用行動來表達希望我不要再跟他糾纏的訴求。

但我還是打開了訊息來看。

「伊迪絲後天要從外島飛來找我，想跟妳借車帶她出去走走，這是我跟她第一次見面。」他的訊息如此寫著。

我嘆了口氣。

「說什麼來著?」姊姊問我。

「跟我借車。」我說，邊把手機遞給姊姊看。

姊姊看過一眼就把手機還給了我，幽幽的說：「我說什麼也沒用啦，妳還是會借他的。」

我不敢回話。

過了好些會兒後，她才說道：「我認為妳們團體旅遊回來之後，妳就要自己跟他處理乾淨了。」

08.

等待出遊的一週上起班來，意外的不算漫長。

許多選舉期間的款項逐一的核下來，基本上就是處理收尾作業，大概是大家都期待出遊，這一週可以說是將士用命，不遜於選舉期間。

終於到了出遊之日，鑒霖替我召集了所有成員，租了台小巴從公司門口直接載我們到港邊。一路上，郁翰都拿著麥克風，雖然不否認他的歌聲很好，但這傢伙總是嗨起來了就不管旁人的感受。

幸好，大家都很包容，反倒我還有點不好意思。

子華前一天就把遊艇開到了港邊等我們。

有點夢幻，沒想到我的團隊裡也是臥虎藏龍，居然還有人能弄到船。

看到遊艇時，眾人都像是回到國小準備郊遊的孩子，平常給客戶看的那專業、嚴肅的一面全都消失不見。

子華開著遊艇，載著我們。

我開始想，究竟多久沒有看過海了，實在想不起來了。

兩次解夢師父的話，這時出現在我腦中，被追逐的夢提醒著我必須面對自己逃避的東西，而墜落的夢又意味著生活中『某個東西』將碎落一地；但到底是什麼東西呢？夢境為什麼不能在清晰一些，師父口中給出的天機為什麼不能再多一些？

郁翰開始吵著子華讓他開船，天花亂墜的又說起自己過去多會開船。

我太了解他了，那些他自我膨脹的，沒幾分真。本想開口要他別吵子華，但子華已先一步讓出了駕駛位，而我看著郁翰，又想起了夢境、想起了師父的話，還有姊姊的話。

團體旅遊回來之後，妳就要自己跟他處理乾淨了。姊姊是這樣說的。

能做到嗎？我一直在想，對於我們天秤座來說，恨人真的好難。

我試著去想，為了在與我分手前到處勾搭女人，他四處說我愛亂花錢，但實際上都是他在花我的錢；這時腦中跑出的聲音，要我別忘了他來自什麼樣的家庭，他的童年太苦……至少他跟我說的是這樣。

我又試著去想，為了避免跟我分手後失去交友圈，他到處說我工作帶給他太大的壓力，上司跟下屬的戀愛很辛苦，但實際上他的工作多半是我在做；這時腦中又跑出了聲音，要我別忽略他當時處在精神疾病的困擾，他生病了……至少他跟我說的是這樣。

我再試著去想，為了創造分手的正當性，他不停指控著我跟男人之間的關係，尤其是射手男，但實際上所有往來的異性都只是因為工作，而射手男更完全沒有任何接觸聯繫，反而是他自己整天在遊戲世界、交友軟體上勾搭女人，也睡了好幾個去；這時腦中還是跑出聲音，要我體諒他不懂得怎麼面對親密關係……至少他跟我說的是這樣。

我努力試著去想，他很沒家教、不負責任、滿口惡言、說謊成性、生活懶散、好吃懶做……但我知道他的家庭本來就很多問題；他整天把「愛會膩」掛在嘴邊，卻又無法容忍我有自由時間。

我怎麼能放任病人發病，而見死不救？

妳可以，因為妳是人，而且不是搞慈善事業的。姊姊的話反覆在我腦海中。

正當我被這些內在對話裡的自我矛盾拉扯糾結時，一陣濃濃的黑煙襲捲過來，我還沒能來得及了解發生了什麼事，只聽見大家驚慌的大叫著。這時子華從我右手側邊靠了上來，把一件救生衣往我身上硬套著，順手還拉了充氣。

突然間，船隻就爆炸了。

而我在第一時間就被推到海中，當下就失去了意識。

09.

我的頭痛得很厲害。

耳邊嗡嗡的聲音像是人們在對話，我卻聽不出來在說什麼，只覺得很暈很累。

好些陣子後，我才算恢復了意識。

姊姊立刻上前來握住我的手，不停叫著我的名字。

我吃力的點著頭，環看著周圍的環境。

原來我在醫院的病房內。

「姊……發生了什麼事？」我傻呼呼的問著。
「妳們遇到船難了。」姊姊吃力的說著，顯然她已哭了很久。
「怎麼會……其他人呢？」我問著，心急如焚。
姊姊卻不停搖著頭。
這太不真實的一切讓我好難消化，我到底遇到什麼，現在是什麼情況，我渾然不知，也沒有任何概念。
接著，醫生進到病房內，巡視了我一番，然後跟姊姊交頭接耳後又離去。
隨後兩位警察與一位海巡跟著進到我的病房內。
其中一位員警看著我問：「章文琳小姐對嗎？」
我點了點頭。
「等您意識更清醒後，我們會需要您提供筆錄。」員警說。
「船……怎麼了？其他人怎麼了？」我希望員警或海巡可以給我答案。
海巡走上前來，看著我說：「船因為人為操作不當起火後爆炸，現在正在進行相關的打撈作業，而船上的乘客……除了您之外，全數罹難。」
全數罹難。
八位同事，還有兩位他們的伴侶，鑒霖……子華……還有……郁翰？都……死了？
我再度昏了過去。

10.

經過一週的靜養後，醫生為我辦理出院。

據醫院說，我非常的幸運，我卻不這麼覺得。他們都死了，只剩我；他們都死了，只因為我。如果我沒有分心去胡思亂想，當下阻止了郁翰開船，也許他們就不會死了；如果一開始我讓大家放假，而不是提出愚蠢的旅遊計畫，他們根本就不會死了。

我好恨自己。

為什麼死的不是我？

為什麼？

出院之後，姊姊趕回自己的公司，接著出國去開會，為了照料我她已經擱下人生太久，我很愧歉。像殭屍一樣的我，該死的我，回到了公司，跟紀總經理協調著公司如何慰問每一個罹難同仁的家屬，還有如何處理保險賠償。

看著我的團隊辦公室，空蕩蕩的，他們曾經都在這，他們本來就該在這，本來可以回到這，都因為我，他們回不來了，他們死了，都因為我。

全都是因為我。

打了每一通慰問電話，都被反過來慰問，他們的家人還要我堅強。

為什麼不是罵我？應該罵我啊，你們的至親摯愛因為我的愚蠢都死了，都因為我死了，你們為什麼不罵我？我反覆在內心裡咆哮著。

紀總經理替我出席了每個人的葬禮，除了郁翰的，他知道我應該在那。

郁翰死了？他怎麼就這樣死了？

在我們愛到都已經痛苦的時候，我曾想過他打電動打到暴斃，也曾想過他出門被車撞死，或是因為到處拈花惹草搞到遭遇橫禍。我無論如何也想不到，他會因我而死，為什麼他連死都纏繞著我。

南下抵達郁翰的老家門前，那靈堂搭建的讓我內心完全無法理解。

郁翰的媽媽看到我，便緊緊抱著，嘴邊反覆說：「郁翰這一生只有跟妳在一起這件事情做對。」

我很想阻止她重複下去。

但我沒有資格，也沒有能力。

靈堂上他的照片還是那樣迷人，好想恨他卻沒辦法，想再愛他也沒辦法了，我知道那些布棚底下就是他的棺材，棺材裡躺的就是他的遺體。

穿著一身軍服的湯玉芙在靈堂前放聲痛哭，沒想到我跟她第一次見面就是在郁翰的葬禮上，而等待被火化的是我們在世上曾經存在過的連結，那一刻我意識到自己失去了既有的優雅，我動彈不得。

告別式開始之前，郁翰的爸媽不斷拉著我要我跟他們一起家祭，把湯玉芙都晾在一旁，這畫面實在殘酷，但對傳統家庭裡的爸媽來說，一個兒子在遊戲事件裡認識交往沒多久的女孩子，是絕對沒資格當媳婦的。

我只能拼了命婉拒。

說白了我也無心參與家祭。

直到公祭完全結束，我盡力的安慰過郁翰的父母後，準備離去。讓我意外的是，這時一位女警察上來找我打了招呼，而湯玉芙始終被晾著，連公祭都沒唱到她的名字。

「我是『伊迪絲』，」女警對我說：「妳就是章姊吧？」

「我是，」我看了她一眼：「怎麼了嗎？」

「有件事我必須告訴妳，我……懷孕了。」她說。

我當下真想殺了郁翰，但我沒辦法，他已經死了，而這個一輩子不負責任的人，到死了都還可以這麼不負責任。

伊迪絲告訴我，她想把孩子生下來，我本想找湯玉芙一起來討論，但那女孩已經哭倒累癱，而且伊迪絲完全不知道湯玉芙這號人物的存在。

我心也茫然了。

也就在那一刻，我決定把所有存款都領了出來，交給了伊迪絲，讓她把郁翰的孩子生下來、好好照顧，也交代她還是要讓孩子認祖歸宗，回到郁家。

雖然郁翰生前揮霍著我的血汗錢，還到處造謠說我愛亂花錢，但若不是我犯的錯，這孩子怎麼會還沒出生就死了老爸，想想我擺脫不了責任，也從來就不想擺脫什麼責任。

我以為這樣做我會好一點，但效果顯然太有限。

11.

搭車北返的路上我收到了湯玉芙的訊息說她會整理好郁翰的家，要我不用費心。於是我直接回到了自己的公寓。

這一切還是太不真實了。

姊姊貼在我冰箱上的便條紙，像是一道命令，要我好好生活。

我打了電話給紀總經理請了長假。

呆坐在床邊許久，明明我在分手後開始學著習慣一個人，這一刻我還是空虛得很。

試圖開車出去晃晃，上了車看向無人的副駕駛座，再也沒有人會在我開車時吵著牽我的手，我於是又躲回了公寓裡頭。

拿出手機想划，卻想起那個我背最熟的號碼不會再來電了。

整個家就像是被闖空門一樣，什麼都沒丟掉，也什麼都不剩了。

如果牆壁有記憶，我很想讀取一些過往的噪音，爭吵的、哭泣的，認著錯、鬥著嘴，深情的吻、激情的性，沒有了。

我什麼都沒有了。

12.

接連這整整一週，我在失眠的狀態、焦慮的情緒中度過。

我的身體健康不算差，人卻很痛苦，火焰吞噬船身的殘酷情境、以前與同仁在工作時歡笑的場景，全都在我腦海裡頭折磨著我，久久無法揮散。

是我害的，我再清楚不過，活下來的人卻是我。

上帝的天秤失去了公義，罪孽的我竟沒有任何懲罰。讓我太困惑。

本來可以阻止郁翰，我沒能做到；本來不會出遊，我自作主張。

這些都讓我深深的內疚著。

我翻看著過去與他們在群組裡的對話，如今只剩下我一人還能收發訊息，他們的不幸全是我一手導致，一個個都是被我送上不歸路。

我越來越相信，自己就是害死他們的兇手。

我寧願與他們一起死去。

或者，我更願意死我一個就好。

也不知道過了多久，我開始不再有勇氣去回想在公司的記憶，索性把工作辭了；也開始不敢去想那天出遊的任何事，或是他們之中任何人，我試圖欺騙自己這一切的一切都不曾存在。

而現實給我的反挫，卻更加強烈。

我沒有資格過的好。

我其實沒有資格活著。

我把自己關在家中，囚禁我自己。

我開始斷食，希望能把自己餓死。

唯一進到我嘴裡的，是以前郁翰藏在我家的酒，當我餓到身體無法承受時，我失去理智的不停狂飲。

酒精讓我澈底失去理智。

我砸破了玻璃櫥，拿著玻璃碎片開始割去自己的頭髮，直到我體力不支倒下。

13.

那天我酒醒之後，我把所有還沒被砸壞的東西打包起來，全寄給了姊姊，連同我的手機也是。車子的鑰匙寄給了樂凡。

孑然一身。

我晃到街上，開始過起了新的生活。

轉眼這樣過了三個多月。

不知道自己已經多久沒有開口講話。

我就在街上遊蕩著，深夜就找可以平躺的地方睡覺，每個下雨把我淋濕的夜晚我的心就寬慰了些。

飢餓的時候，翻著垃圾桶的剩飯菜，或者有時候會有人施捨，偶爾會去搶流浪狗的食物。

曾經有個街友抓住我，對著我撒尿，本以為他會硬上我，沒想到他轉身就跑走。

大概是一個月前，在十字路口附近，有個身穿藏青藍西裝的男子曾想協助我去社會局尋找安置，我死命的拒絕，說不過我的他給了我他手上的麵包。

「我什麼都給不了妳，但願至少能讓妳吃飽。」他說。

又這樣過了不知道多久。

時間對於應該被世界拋棄的人來說，沒有任何意義。

我迴盪在繁忙到難以想像的十字路口，看著把握時間穿越斑馬線的行人，像極了以前的自己。

另一方向的黃燈轉紅。

我拖著步伐搖搖晃晃的走著，被兩向湧動的人潮吞沒，不知為何對街開始傳來人群放聲的尖叫，一瞬間讓我想起了船難那天的一切。

繁忙的十字路口澈底失去一切的秩序。

我看著眼前發生的一切，突然間再也不害怕，沒有任何一絲徬徨。

他迎面向我走來，那雙眼裡滿佈著血絲，我滿心期待的迎接著他，而他沒有讓我失望。

當他貼上我身時，我感覺到所有的悔恨、自責、內疚都從胸腔被釋放出來，源源不絕的釋放，我的身體感覺到無比的溫暖。一個久違的微笑重返了我的臉上，再也沒有任何遺憾，我終於知道我需要的是什麼。

我用盡最後一絲力氣扯下了他的耳機，看著他，對說了聲謝謝。

真心的謝謝。

他愣了一秒，撇開頭繼續前進。

而我倒下身，癱躺在地上，望著這座老愛哭泣的城市天空，擠著最後一句話。

郁翰，我這就要去照顧你了。

Ch.7 悠遊卡

01.

二〇〇〇年七月。
我家舊家。
故事，從這裡開始。
「媽媽，人都會死嗎？」我問著母親。
「都會。」
「沒有人不會死嗎？」我追問著。
「這跟你剛剛問的是同一個問題。」母親顯得有些不耐煩。
「那人可以活多久？」我依然好奇著。
「大概都是七、八十歲，也有人活到一百三十歲，也有人活不過三十歲。」母親邊想邊回答道。
「那人死之後會去哪裡？」
「什麼去哪裡？死了就死了，就什麼都沒有了。」
「那人為什麼還要活著？」
「你趕快寫你的功課，不要問這些有的沒有的，不然我保證你明天會死得很難看。」

我不是很懂為什麼大人這麼不喜歡討論到跟死有關的事情，既然人都會死、死了什麼都沒有了，知道為什麼要活著不就是最重要的事嗎？

但我也習慣了，大人總是不會給我有用的答案。

母親最近越來越常抱怨家裡太小，跟父親吵了幾次，我曾經想要許願，讓祖先可以保佑他們趕快找到新房子，不要整天吵吵鬧鬧干擾到我，但是母親每次都回答我人死了什麼就都沒了，看來祖先根本就不存在。

雖然這樣，每天母親都還是要我放學之後去頂樓燒香。

又要拿錢去買燒起來一點都不香的香，拜幾塊木頭，還要喃喃自語，我覺得這些都是大人拿來騙人的東西。

找新家的問題，是到了某一天，父親看到一則廣告知後，才解決的。

下了班的父親，拿著報紙打著大哥大。

「您好，有聽說您手上有一戶要賣，我們一家正想住公寓大樓。」父親說。

頓了一會。

「那等下下週的週一方便嗎？我老婆說趁孩子放暑假，要一起去看。」

又頓了一會。

「好的。」父親這才放下大哥大，然後開始脫下他的西裝。

「健敏啊，」父親叫著我：「去燒香跟祖先說，請祖先保佑找到我們要的房子。」

我點了點頭。

不照做，就是被打，我沒有那麼笨。

02.

不知道從什麼時候開始，我感覺我的心跳是比別人慢的。

就連那種同學玩鬼抓人時突然出現，我也不太會被嚇到，可能跟別人不一樣的地方還很多，就像卡通裡面小動物死掉了總是一堆同學在哭，我就很難理解到底為什麼。

父親跟母親自從決定要去看房子之後，就沒有再吵過架，為什麼會這樣呢？可惜我不會去問，可能我永遠也不會知道答案。

出門時，鄰居的狗跑了過來聞我，我一直覺得牠會想吃掉我，所以趁牠還在那裡聞的時候，我朝著牠的頭狠狠的踹了一腳，還因為太大力而摔倒。

父親立刻賞了我巴掌，連忙向目睹這一切的鄰居道歉。

我不知道為什麼被打，只覺得很痛。

結果接下來一整路上，父親開著車，嘴都沒停過，他似乎很生氣。什麼要怎麼賠啊、我的臉都丟光了啊之類的，真的停不下來。我邊聽邊想，人怎麼能夠這樣一直說個不停，而且越來越用力，不知道父親的喉嚨是怎麼運作的。

想著想著，父親停車時我笑了出來。

「你過來，看著我的眼睛，你這一個禮拜都不准看漫畫，」父親拉了拉西裝的領子對我說：「送你去補習，你上課要好好聽講。」

我瞄到穿著西裝的阿姨走了過來，似乎盯著我看了一會兒。

「呂先生、呂太太嗎？」阿姨上前詢問。

「章文琪小姐嗎？」父親反問著。

阿姨點了點頭就跟父親握著手，然後拿了一個資料夾給他。

當父親在翻資料夾的時候，母親拉著我說：「下回剪頭髮的時候，這個鬢角要剪短一點，不是爸媽要嘮叨，是你老沒弄明白。」

說完，她撥了撥我的頭髮。

阿姨問：「是您們一家三口要住的嗎？」

「是的，我老公他剛升上了主管，想說我們該換個好點的地方住，孩子也五歲了，想讓他到這個學區來。」母親回答著阿姨。

「那我們先看屋吧，邊看邊說。」阿姨回答說。

「要看看新家了，會興奮嗎？」母親在我耳邊輕聲的問。

我搖了搖頭。

有什麼好興奮的嗎？不就是一間新的房子，除非是說他們不會再爭吵，可以安靜一點，不然我真的不知道我有什麼好興奮的。

我們一個接著一個走進屋子裡。

瞄到大房間裡有一張好大好大的床，我心想，這應該可以把我彈得很高，於是我立刻拔腿跑向大床，開始跳了起來。

我身後傳來母親大罵的聲音：「那個不行！不可以這樣跳！」

我不理她，繼續跳著笑著。

「我早就跟你說過不要吵！」母親打了我一耳光，罵道：「你為什麼總是講不聽？為什麼要這樣丟臉？」

我注意到阿姨又在瞄我。

為了避免再被打，我閉起嘴下了床。

阿姨開始帶著我們看過每一間房間、廚房與客廳。

我數了一數，一共三間房間，剛好分給我們三個人，於是問父親：「爸爸，三間房間是我們一人一間嗎？」

「你這麼想完全錯誤，爸媽應該睡同一間。」父親冷冷的答。

奇怪，我沒算錯啊，我快速的又數了一次，然後問：「那多一間房間怎麼辦？」

「你怎麼這麼笨啊，當然爸媽還會再生一個啊，」父親顯得不耐煩：「這很簡單也不會想？我怎麼會生出你這種小孩？」

我還是不能理解，於是追問著：「可是……」

父親打斷了我。

「給我閉嘴，」父親說：「不然你就一個人留在這裡。」

我不要留在這裡，不然我會餓肚子。我只好靜默下來。

母親蹲下身，對著我說：「聽話，爸爸媽媽才會喜歡你。」

不斷偷瞄我的阿姨，轉身問著父親：「還滿意嗎？」

「價格方面能不能再商量？」父親問。

「這樣吧，跟您老實說，這是最後一戶了，」阿姨說：「您願意的話，打九折直接成交，後面的手續我會一口氣辦好，不囉嗦。」

父親看了母親一眼，她點了點頭，接著阿姨就笑了起來。

阿姨拿出一本本子給父親簽名，然後又討論了一些事，大家才一起離開大樓。

阿姨向我們微笑點頭之後就離開了。

父親與母親開始罵著我。

「你讓我很失望」、「沒用的東西」、「可以多跟其他小朋友學學嗎」，這些句子一直重複，我看著阿姨的遠去，不知道為什麼突然很難過。

03.

在新家住了大概十年之後，我終於可以離開。

父親與母親沒有因為搬完家就停止吵架。

還好我已經練習到可以完全迴避他們，也藉著上高中的機會北上離開。

高中生涯有什麼好說的呢？同學就是一群奇怪的生物，老師則是一個油腔滑調的懶鬼。這讓我舒服不少，也多了很多觀察人的樂趣。

文字是很好的工具，能讓人知道很多事，當你擁有一對什麼事都回答不了你的白癡父母時，文字可以陪伴你認識整個世界。

這可能也是我特別喜歡語文科的原因。

遺憾的是，懶鬼班導正好是國文科任課老師，很長一段時間我以為他是研究道家哲學的人，因為他總是把老子的無為而治掛在嘴邊。而我的同學們，整天不是打球就是聊化妝品，也給不了我什麼。

像是最近，全校不知道為什麼都在聊宋少偉他那剛死的老爸，有一節課張志偉跟蘇靜玟、葉淑芬、蔡品妍在我身邊圍成了一圈，七嘴八舌的討論著。

「欸……那個，他爸爸過世了欸。」張志偉起了個頭，手裡拿著吸管當筷子吃飯。

蘇靜玟歪著頭問：「聽說是黑道的樣子。」

郝德從我們身邊經過時說了句：「我跟你們說啦，宋少偉他爸爸的公祭占了整條馬路，一堆名人都到了欸。」

葉淑芬問：「宋少偉是二班的那個嗎？」

「當然啊，拜託還有誰不知道？」郝德一臉驚訝，接著又笑著說：「四大天王我都很熟啦，不知道都可以問我。」

之後他們又開始聊四大天王是哪些人，我卻一直想著宋少偉他爸，小時候母親回答不了我的問題，彷彿開始有些答案；這世界是這樣的，有些人活著從來沒人知道也沒人在乎，有些人死了很久還能一直被人們提起。

像是坐在我旁邊的林家豪總像個隱形人一樣，我猜根本沒多少人知道他活著；可是宋少偉他爸，班上也沒幾個人看過，更不要說認識，大家竟然可以這麼認真的討論著。

如果人都有一死，為什麼要活著？也許活著，就是要留下一些什麼，好讓人們可以記得吧，我開始這樣想。

04.

宿舍上個學期開始出現老鼠，讓大家都討論著該怎麼辦。

在網路上查了很多資料後，我做了好幾個捕鼠器，在那時看著捕鼠器把老鼠弄死、困死，我再一次的思考死亡這件事，開始在捕鼠器抓到老鼠後盯著牠看，直到牠斷氣死亡。

死了，就什麼都沒了。母親說過。

我開始試著想怎麼殺死動物，或者該說，我想知道怎麼終結掉生命。

學測模擬考前一晚，我用釣魚線殺了學校的校貓，事後拍了幾張照片放在我的無名上面。我想大概就是寫日記的心情，一些自己存在過這世界的痕跡。

考試那天，班上的同學在繳卷後各做各的事，大概是看準老師不會管，聊天的音量就越來越大。

郭嘉祥跟張志偉圍在翁柏鈞的座位旁，討論著校貓被殺的事，我意外的感覺到一絲期待。

「幹，整顆頭砍下來放飲水機旁，超變態！」劉承恩驚訝的說。

看著劉承恩驚訝的臉，討論著我做的事，內心裡滿滿的刺激與快感。

「你們有看健敏無名上的照片嗎？」郭嘉祥擺出誇張的動作：「這應該是拿刀砍的吧？」

「超噁！」張志偉作勢想吐。

林家豪探起頭來試圖插話：「是說，健敏怎麼會拍到那些照片？」

你個白癡，就是為了跟你這種人不一樣，我活過，你沒有。我心想著。

沒有人在乎林家豪的問題，朝他們走來的王冠廷吸引了大家的注意，他說：「貓屍體被丟在我們社辦，現在我們全社都被一一抓去問話了。」

「去看看誰有刀就能查了阿，兇器都是最好的線索，電影都這樣演。」張志偉這話不知道是哪來自信。

我忍不住潑了冷水：「那切口看起來比較像用釣魚線割的。」

懶鬼老師沒有讓我失望，果然不會把殺貓當成什麼了不起的事，從頭到尾就在那聽我們說。

05.

高二暑假住宿生幾乎都沒有留在宿舍，大家似乎都想抓住上學測前最後一些玩樂的時光，我打了電話給母親說我想留宿舍自習，就這樣混騙過去。

有些人趁這個暑假談戀愛，有些人去環島，有些人去上衝刺班，也有些人偷偷去騎摩托車，在我看來都蠢到不行，不是什麼有意義的事，聽說有同學無照駕駛載曾心緹結果她被撞死了，我笑了很久。

這個暑假，我只做一件事，就是弄清楚自己生命的意義。

我想了很久，最有價值的人，肯定就是死後還會一直被記得、被提起、被討論的人，通常他們的一生都有至少一件值得反覆被提到的事，而且這事影響越多人越好；像是改良蒸汽機的瓦特、點亮世界的愛迪生、登上月球的阿姆斯壯、建立世界上最大帝國的成吉思汗、簽了無數張「槍決可也」的蔣介石，不然就是當過總統的人。

但是，我想自己沒有科學方面的天分，也大概沒有那樣的機運可以建立帝國或判人生死，當上總統更是遠遠不可能。

我想起一直以來思考生死的意義是我生命的中心，漸漸的我找起了許多資料。

> 十九世紀的夏秋，倫敦東區白教堂一帶，五名妓女被以殘忍手法連續殺害，兇手多次寄信到相關單位挑釁，卻始終未落入法網，現代的許多歌曲、影視作品甚至玩具都還出現他的標誌——開膛手傑克。

一個姓名不詳，只有外號的人，也是把「連環殺手」四個字發揚光大的人。

像是得到啟蒙一樣，整個暑假我開始研究起武器、人體結構以及殺人魔，人類終究是從動物演化來的，那種吞噬、獵殺同伴的原生力量，其實一直存在於我們的體內，只是各式各樣的理由把我們的本質壓抑住。

讀到明朝末年的歷史時，一段無法考證的野史特別吸引了我，那是明末大西軍首領張獻忠四川留下的碑石，上頭寫著「天生萬物以養人，人無一物以報天」，中間七個大字「殺殺殺殺殺殺殺」；一時間，我似乎略能體會張獻忠立碑的心境，在時空隔離如此遙遠之中，我們產生了強烈的共鳴。

而慢慢的，我把所有蒐集到的資料開始分類，依照案件的類別。

蓄意的，動機明確、對象明確；規律的，動機未必明確、對象或時間或空間或手法明確；還有隨機的，一切都不明確。

隨機的案子看起來，就是那麼突然，像是情愛文學裡那種不期而遇、一見鍾情的狀態，就是這麼自然的發生了，就這樣發生了。

在無盡的殺人歷史中，我找到了真正的典範，官方統計他至少殺了一百五十人，而他自稱大約殺了三百五十到六百人，他在法庭對自己行為的辯解讓我為之動容。

「我喜歡殺人就好像其他人喜歡散步罷了，只是嗜好不同；如果我需要獵物，我只需到街上去隨便找一個。」

亨利・李・盧卡斯，我的人生典範。

街上去隨便找一個，還能有什麼比這更美、更純粹的？我已經想不到了。看著他的故事，那些檔案，一句話突然從我腦中靈光一閃，當下我便拿起書包，用奇異筆寫在上頭：

「上帝的失手，惡魔的傑作」，寫下這十個大字後，看起來略顯單調，於是用立可白在一旁為字畫上光芒。

堪稱完美。

06.

車禍身亡這件事開學時沒有人討論，尤其當郭嘉祥、劉承恩跟張志偉他們三個被朱維凱痛打一頓之後，大家聊八卦的樣子對比開學時的若無其事，我反而有些替曾心緹難過，虧她活著的時候這麼多人在乎，死亡果然是人被評價與分類的重要時刻。

暑假時為了未來人生的準備，我養成了運動的習慣，於是當開學時被約打籃球，我便不再像過去那樣拒絕大家。

結果被捲進了件浪費時間又浪費生命的事。

混班打球的時候，六班的同學拒絕傳球給正在要球的五班同學，結果失手；五班的同學就要求下一球要由他來主導，沒想到六班的同學回了一句：「好的，你去吃屎比較快！」

這就是無聊的挑釁。

誰知道呂詩敏聽到這些，就跑去跟郝德說人家在罵他。

郝德一氣之下到了球場找六班的同學理論。

沒能討到自己想要的道歉，郝德拜託楊建宏絡了一堆人去堵五、六班的走廊，小痞子們把整個走廊堵到水洩不通。

馮念宇一到場就走上前指著兩個被郝德指控的同學臭罵。

在一旁的白哲賢開始叫囂說不道歉就等著他找四海幫、竹聯幫的人每天去給他們家人問安，而楊建宏則是站在郝德身旁。

讓大家意外的是，兩個同學都沒有道歉的打算，反而不斷強調是郝德自己對號入座。

結果不耐煩的朱維凱上前一個打兩個，還把他們打著玩。

所有圍觀的同學都拿出手機與相機錄影拍照，直到教官們跟懶鬼班導一起到場，才終止了這一切。

倒楣的是，我也被跟著找去問話，不斷要我還原現場經過。

我不知道教官們說教的意義在哪裡，人類的本質就是動物，動物的規則就是弱肉強食，要也是跟那兩個同學說教，要他們把自己變強壯，怎麼打贏的還要被處分，我實在搞不懂。

07.

忘了說我不明不白的當上了班長。

大概是同學們都在我身上找到與自己不同的成分吧，好幾次懶鬼班導給我的學期評價都是「人緣極佳」，說實話我也只是平常把自己所想的告訴好奇的同學，他們就會說我很酷。

最近出現一種奇怪的習慣，就是大家都圍在我身邊一起吃午餐，聽著我說自己想出來的各種殺人計畫。從他們的反應中，我逐漸累積起人們對於手法、場域、動機、對象的各種不同反應，看起來馬路上隨機殺人是反應最好的一個。

偶爾也會跟大家分享我當下研究的殺人魔故事。

有一天我講完麻原彰晃領導奧姆真理教的東京地鐵沙林毒氣事件後，跟大家聊起了偶像曼森，他不但很會殺人，還會唱歌、會寫詞，包括槍與玫瑰及瑪麗蓮・曼森這些知名的藝術家都引用過他的作品。大家聽了嘖嘖稱奇。

「真希望我有生之年能見到曼森一面。」我說。

我注意到一旁的蘇靜玟很害怕，不知道為什麼讓我感覺到胸腔滿滿的能量。

一次次跟所有同學講述著殺人計畫以及殺人魔介紹，讓我開始明白到那些被成為「邪教領袖」的人有什麼感受，這種關注，帶著一絲的好奇與恐懼，講完一次就像是手機充飽了電一樣。

08.

年底悄悄的來了，懶鬼班導安排了一系列國文應用題的練習與考試給全班。懶鬼班導從題庫裡翻出了作文題目，寫在黑板上：「我的志願」。同學們一陣哀嚎，我卻真心認為這題目出得太好。

我拿起筆，飛快的寫下：

想要被記得。

「想要被記得」，就是我的志願。

小時候我總是問母親，「媽媽，人都會死嗎？」母親說「人都會一死」，當我再問人死之後會去哪裡？母親說「死了就死了，就什麼都沒有了」，而人為什麼還要活著，母親總是無法給我答案；儘管如此，堅信人死了就什麼都沒有的母親，依舊會在初一十五的時候準備祖先們愛吃的飯菜，放置在貢桌上，然後焚香祈禱。

當時我並不明白，「香」為什麼從來就不香，而祖先為什麼會存在？如果人死了就什麼都沒有了。是長輩們的欺騙嗎？圖的又是什麼呢？或許不是，因為或許人死了之後並非什麼都沒有。

高二那年的暑假過後，班上沒有人討論暑假時車禍死亡的校花，但隔壁班同學父親盛大的葬禮卻一度是校園熱門話題；學校出現的殺貓案，同樣討論熱烈，卻有同學在討論中提問時被忽略，這是為什麼呢？

會舉辦「亡靈節」的墨西哥人有答案：

人有兩種死亡，一種是肉體的停止運作，古老的阿茲特克人認為死亡只是生命週期的一部分；而另一種死亡，就是被遺忘，甚至可以說被遺忘之時，才是真正的死去。墨西哥人以斑斕的色彩展現對生命的喜悅，以及對死去親人的敬愛，他們穿上怪裝參加遊行和派對，載歌載舞向亡者獻上祭品；對他們來說，悼念死者是不敬的行為，因為死去的人依然活在群體的記憶和精神中。

然而，芸芸眾生總是平凡過一生，死後還能記得自己的人太過稀少，本質上來說，多數人在宇宙裡沒有存在的痕跡。在看過身邊的人生離死別，我才明白死亡是人被評價與分類的重要時刻，這讓我弄清楚了自己生命的意義——如果人都有一死，為什麼要活著？也許活著，就是要留下一些什麼，好讓人們可以記得吧。

理解了這個真理，志願就無比清晰，我的志願就是永遠不被世界遺忘。

固然，人生是一場無止盡追求快樂與興奮的遊戲，但遊戲結束時，我希望人們能夠記得我的存在，在那個我心臟早已停止跳動的時間裡，人們提起我時依然會說他是「上帝的失手，惡魔的傑作」。

擱下筆，我反覆的看著自己此生最代表性的一篇文章，我的作品。

沒想到，隔一節下課時間，懶鬼班導把我叫到了導師室。

我直直的看著他。
「你說你寫這是什麼？」他問著。
「我的志願啊。」我答道。
「你知道這是模擬考的練習嗎？你應該寫清楚自己人生的規劃、職業選擇或理想，不是這種抽象的東西。」他大聲了起來。
「你不懂我。」我跟著拉大音量。
我其實無法理解他，我的文章寫得如此清楚，哪個字看不懂？
「懂不懂不重要，我是為了你好。」他嚴肅的說。
「做什麼都是手段，關鍵是為什麼，」我有些不滿被狀況外的人說教：「那些想當醫生、律師的，真的就知道自己要什麼嗎？」
他突然沉默著。
「人生在世只有多久，能被世人記得的人還有多少，這就是為什麼我立志要成為能永遠被記得的人。」我不自覺的拉大了音量。
「夠了，虧你還是班長，少幼稚了！」他拍著桌子：「寫這種亂七八糟的東西，就等著去念野雞大學、當個廢人吧！」
我不再答話。
純粹的憤怒在我腦海裡燃燒，被一個什麼都不懂的人說教，讓我感到被羞辱。一氣之下，我從他手中搶過考卷，撕爛後揉成一團，握在手中便奪門而出。
帶著所有的不甘願，回到教室的我揹起書包就一路走出校門外，在街上晃著的時候我開始思考該怎麼把自己的計畫好好實踐，讓這愚蠢的世界知道我有多認真；我邊想邊朝天橋走去，剛放學的同學們在我身旁流動著。

就這樣晃到了天橋下的麵攤。

我丟著書包，點了碗乾麵，邊吃邊想自己未來該如何。在那一刻，我知道為了精進自身的技能，我就必須受到最專業的訓練，於是決定將警察大學列為我的第一志願，並開始想著怎麼準備才能考上。

一個女的從計程車上下來，走到麵攤這一把就扔下行李，拉張椅子坐下。

「要什麼？」老闆娘對她吆喝著。

連菜單都沒看她就說：「陽春麵。」

突然間，我感覺到她正在瞄著我這，直到老闆娘把麵端上桌給她。

我握著拳，努力把憤怒轉換為奮鬥的力量。

那女的也不知怎麼搞的，加個醬油加到灑了整桌，狼狽的用衛生紙擦拭；沒多久又端著麵起身走向老闆娘，八成又是什麼無聊的事。

我擱下吃完的碗筷，臨走前，把撕得破碎的考卷留在桌上。我知道，那篇文章不再是我的代表作，我真正的代表作，必需要能夠襯得上我的存在。

09.

一番波折之後，我還是到了很普通的普通大學。

陰錯陽差之下，走回了父親期待的路。

轉到新學校之後，我其實懶得再跟人打交道，搬進寢室的那一天，認識了三個室友直覺他們大概不太會危害到我，就打定主意跟這些人往來就好。

「新同學你好，我是王彥志！」一個帶著眼鏡的胖子展現著他的熱情。

「嗨。」我給了他我能給的最多。

應該是我肢體語言散播的訊息夠清楚，他們三人沒有多打擾我，讓我默默的把行李都安頓在自己的位置上。

直到在桌上看到一隻貼著「洪之蔭」筆，我才問他們筆是誰的。

「洪之蔭的，不過他被退學了！」王彥志說。

嗯，退學，說不定又是個有前途的人。我想。

睡新寢室的那一晚，我做了一個奇怪的夢，夢到我全身癱瘓、整個人都陷入麻痺。醒來的我用手機查了查潛意識解析，得到了算滿意的答案：

> 夢到癱瘓、麻痺別害怕，雖然這個夢似乎有點嚇人，卻是隧道出口透出的亮光，這代表你很快就能掌握生活的主導權，人通常是在失去主導權的那段時間快結束時會做這種夢。

10.

實驗課的那天，認識了另一位新同學，是個滿可愛的女孩子，周瑜芳。

我原本有些頭疼的，雖不想再有什麼人際社交的行為，但實驗課這種一定要合作的課程，還是得要有基本互動的人才好拿分數。

幸好，遇到願意主動來認識我的周瑜芳。

就像人家說的天然呆，周瑜芳應該就是這一類的女生，看了幾眼覺得應該會是個可靠的隊友，當她說這學期實驗課想找我同組時，我欣然答應了。

「呃，健敏，」她有些緊張的問：「你之前念警大，怎麼會想轉過來？」

「我警大是被退學的。」我說。

她似乎有些錯愕，伴隨著點尷尬。

「別擔心，不過是退學。」我試著安撫她。

「怎麼會進我們系？」她顯然對我很好奇。

唉。好吧，既然妳問了，這可能也是我唯一一次對人說這件事。

「我是轉學考進來的，」我說：「我爸是念生化的，在我們家親戚的家族事業上班，所以也規劃我要走這條路。」

「這樣阿，那你自己呢？想走這條路嗎？」她認真問。

我有些鬱悶，她問到了重點。

這完全不是我的人生計畫啊，就算離開警大那個可以學習我最需要的技能的地方，我希望自己多少能像曼森一樣還會寫點東西，但這科系對我根本沒啥幫助。

「不想，我想念中文或外文，但是家裡反對。」我直截了當的說。

「還是可以試著溝通看看吧，畢竟是自己的爸媽，終究還是有機會轉圜的。」她仍試著鼓勵我，顯然是個樂觀的人。

「沒用啦，」我搖了搖頭說：「溝通有用早就有用了，我已經放棄了。」以前到現在就沒有什麼溝通有用的經驗，我實在也不需要欺騙自己。

「妳能罩我嗎?這門課。」我問了自己最關心的問題。

「呃，我成績沒有很好欸，不過可以試試看。」她似乎有些沒自信。

「沒關係，就靠你罩了，掛了也無所謂，」我笑著說：「期末請妳吃飯。」她微笑點著頭。

說完話的我，收拾東西就離開了實驗室。

我是該好好想想怎麼找回自己，絕不能淪為跟芸芸眾生一樣的人。

11.

室友就是智障大學生，王彥志則是最智障的那個。

知道對方是智障對自己來說是件好事，降低了期望值就不會出現失望的問題，人也不太會需要動怒，或許在他們心中已經出現「健敏是個脾氣很好的人」的錯覺。

那天離開實驗室後，我就不怎麼踏足教室了，那一晚翻閱學校的退學標準，算了算自己還有一年的時間，至少不用面對家人的干擾，以準備來說應該是充足的，應該好好的利用時間。
多數時間，我待在宿舍裡，外賣成為我最大的依賴，作息也跟其他三人漸漸錯開，進入一種「交替班」的狀態，少數與他們同時清醒的時刻，我多半躺在床上滑神魔或是待在電腦前打ＬＯＬ。
當他們呼呼大睡時，我總在電腦前寫著作品與計畫。
直到某一天他們聊起畢業之後的人生規劃，王彥志找我硬聊了幾句，我告訴他我「想要被記得」時，他一臉茫然。我笑著，辛苦他了，一個把大學時間拿來辦營隊，搞得自己忙到課業、活動兩頭燒卻不知道有什麼意義的人，怎麼會懂呢？
沒想到他鍥而不捨，居然還邀請我參加營隊，我本想直接拒絕，他說到營隊的主題時卻讓我特別有興趣。
「我們這次暑期營隊的主題是『最美好的十七歲』，會有來自二十五間的高中生來參加，你有興趣嗎？」
「最美好的十七歲？」我有些不屑的笑著：「我的十七歲不美好啊，滿滿的遺憾。」
「遺憾什麼？」王彥志看著我問。
「我十七歲的最後一天很後悔沒去殺人。」我告訴他。
「什麼啊？哈哈哈！」他大笑著。
我不特別理會他無知的笑，搭經濟艙的人永遠不會懂商務艙的人有什麼樣的旅程，但我答應了他加入營隊籌辦的邀約，多虧了曼森的幫忙，我想起了能成就一個家族的美好。

12.

人有計畫、有目標時，時間過得特別快。

這接近一年的時間裡，我把自己從以前到現在寫過的各種想法都看過一遍，那些食之無味棄之可惜的，都編整成幾篇小說或劇本，偶爾也嘗試寫寫歌詞，但不是那麼滿意。

幾個行動方案來回的比較，刪刪減減，輪廓從朦朧到清晰。

越是接近奮鬥的終點，心裡似乎越會有些麻木的滿覺，好像卻少了什麼，讓進度一直在百分之九十七到九十九之間緩慢攀升。

加上幫忙王彥志處理一些營隊的瑣事，我實在有些累壞了。

最後一次工作會議前兩天，我睡倒在寢室的桌上，竟然夢到我在學校的大草皮上一絲不掛，週圍所有人都在看著我。

睡醒之後，夢境一直殘留在我腦海裡。

我於是拿出手機來查解夢，而解夢網站說：

「一絲不掛會讓你覺得很脆弱，而事實是，做這個夢雖然可能會讓你覺得備受侮辱，但這其實是好的徵兆。

這種夢代表你將會得到很多關注，像是升遷、得到新的工作，或你的生活將受到大眾矚目。

雖然這些事情很棒，但你可能還是覺得有些脆弱，這就是為什麼你在夢中會一絲不掛。

這類型的夢通常在某人將要踏入新的事物或環境，但可能需要走出舒適圈的時候會做這種夢。」

我像是頓悟了一樣。

原來我在等待的，就是這個夢。

當下，我揹起了準備許久的行動包，到宿舍門口的提款機把整個月的生活費都領了出來，然後到校門口攔了輛計程車，直接往高鐵站去。

第一站，我回到了小時候住的舊家，那裡已經被改建成高樓大廈。

第二站，我去了住了十年的家，但到家門前，我掉頭就走。

第三站，我搭著高鐵北返，回到了高中，懶鬼老師據說已經消失無蹤。

第四站，我在天橋底下的麵攤，我再吃了一碗乾麵。

第五站，我在網咖裡把所有遊戲裡的裝備都捐給了以前的隊友。

第六站，我到了板橋，那個外約情人指定的汽車旅館裡。

做完人生第一次的愛，爽快的付了錢，讓她陪我睡到天亮。

女孩妳永遠不知道，妳的生命被命運何等的眷顧。

13.

二〇一五年六月二十八日，下午四點。

往十字路口的捷運上。

在汽車旅館睡到被強制退房後，我到王品吃了人生中最久的一餐。

吃王品的時候，王彥志打了電話過來約我吃飯，我隨口說「人在台中市區沒辦法去」就把他打發掉了。

吃飽之後的我，決定走兩個捷運站再上車。

進站的時候，我想起這車站附近好像曾經有人在樹上睡了很久，好像也滿出名的，不過馬上就不足為我道了。

世人很快就會知道我的存在，而且很難很難忘記我的存在。

我拿著悠遊卡刷過感應器，總覺得這發明也滿了不起的，但是誰發明的好像也沒人知道，慶幸著自己想出來的計畫比這有效果太多。我把悠遊卡翻了過來看了幾眼，這張學生證對我來說就是一年的符咒，換來父母的安靜，也算是這個計畫的一大功臣。

跟我一起上捷運的，還有一位帶著小孩、跟著朋友聊天的媽媽，這時一個女的突然大聲的對著坐在博愛座上戴著帽子的女生說話，口氣不是很好。

「看到人家媽媽帶小孩進來，妳為什麼還不讓位？」

博愛座上的女生不為所動。

「現在年輕人都這麼沒愛心嗎？」那女的音量更大了，整節車廂的人都在看。

博愛座上的女生默默脫下帽子，哽咽的說：「我是……癌症末期。」
整台車瞬間陷入沉默。
我看了所有人一眼，正好與一個穿著中山裝與皮拖鞋的老人對上了眼，我微微的笑著，或許他不懂，因為他白了我一眼。
啊！這就是我們所身在的世界啊，紅塵裡的人們永遠都有貪嗔癡。
過了幾站之後，我感覺自己該下車了。
跟著人們一起走出車站，我先上了廁所，並腦海裡快速的回想了一次計畫。
真的很快，因為我其實想了很久才明白，計畫從頭到尾就只有一個原則，做就對了。
突然之間，心跳在喉嚨間強烈的撞擊，呼吸之間有些喘不過氣。
我意識到，這一天終於要來了。
人們會記住這一天的。
我加快腳步蹬上台階，一步步穿越捷運站出口的階梯與自己的人生。
光照灑在我的身上，龐大的城市裡人群在此川流不息，前方的十字路口上人群湧動著。剛剛在車上與我對望的老人放下手機抬起頭來，就往對街吆喝了幾聲，跟一個長髮男子揮手，然後開始等待的行人號誌上的秒數讀完。
一個身穿藏青藍西裝的油頭男在對街下了車，看起來等等就會被我「經過」。
我深呼吸一口氣，戴起耳機，開始播放〈Sick City〉。
當第一句Sick City yeah響起時，我的所有的感官都打開了。
我的嘴邊念起張獻忠的屠蜀七殺碑：「天生萬物以養人，人無一物以報天。」

甩下背包，我從裡頭抽出了十八歲生日那一天買給自己的禮物。

在我面前的第一個人，正是自以為正義卻出糗的那女人。

我貼上她，用盡全力往她的腰際揮去。

我感覺到刀尖刺入她的軀幹裡，是那樣的柔軟又那樣的溫暖，一整片腥紅的潮濕在我的虎口之間散開，浸泡著我的拳眼。

我對得起十八歲的自己了，我終於殺人了。

「棋盤殺手」皮丘什金說過：「第一次殺人時，感覺就像初戀，我永遠也忘不了這種感覺。」

完全同意。

連刺三刀之後，我甩下了她

接著，那個穿著中山裝與皮拖鞋的老人，我按住他的肩，他猛一回頭，我一刀從他的脖子劃去，鮮血立刻漸灑出來，他馬上就倒了下去。

我興奮地回過頭，看見後頭不遠處的女人，那張似曾相識的臉上爬滿了恐懼，那久違的咧嘴笑重新返回我的臉上，我為自己的惡貫滿盈感到驕傲；而周邊的人群開始放聲尖叫，繁忙的十字路口瞬間失去一切的秩序。

身穿藏青藍西裝的油頭男講著電話，沒有注意到身邊發生的事，我箭步上前刺向他的胸口，胡亂又往他臉上砸了一拳。

他倒下時，我因為興奮過度，開始有些緊張。

整個十字褲口的交通秩序已經崩潰了，就像這個國家，幹到底是不是國家，隨便，就像這個國家一樣。

我的手機突然響起，阻斷了音樂的播放。

沒時間理會，我接連又殺了兩個人。

電話又響了一次。

被惹怒的我，抓著牽手想逃離現場的情侶，先向女的連刺三刀，一旁的男生在我面前尿起褲子來，我肝一刀、頸一刀給他，再把擋路的他一腳踹開。

迎向我的是揹著單眼相機的長髮男子，我扣住他的脖子，連朝著軀幹亂刺了五刀。他倒了下去，揹在身上的相機被他的軀幹壓碎，我知道他看見自己的世界已經毀滅的那一天。

突然之間我愣了一秒。

幹，我殺得手好痠。

一口氣殺了七個人，不是件輕鬆的事，我感覺到自己雙眼裡已滿佈著血絲。

沒有任何人敢靠近我，讓我有時間重新播放〈Sick City〉。

往前走了兩步，一個滿身破爛的女人用奇怪的表情看著我，似乎沒打算閃躲。

我於是一刀刺進了她的胸腔。

沒想到她扯下了我的耳機，面帶微笑，超級詭異，完全不在我的預想之中，然後她心滿意足的看著我，對我說了聲謝謝。

殺完她之後，我感覺到體力的透支，手上的刀終於圓滿了我們相遇的意義。

我回頭看著走過來的路，所謂的人生體悟，大概就是這一刻的感覺。

鮮血染紅了柏油路，尖叫、哀嚎、哭泣，此起彼落。

我閉上眼，看見不遠的未來，所有新聞媒體能夠傳播到的角落，再也不會有人不知道我的名字，更不會有人忘記我今天做的事。
我知道我做到了。
不會被遺忘。

〔全書完〕

語言文學類　PG2055　SHOW小說 37

十字路口

作　　者／鳴　鏑
責任編輯／徐佑驊
圖文排版／詹羽彤
封面設計／葉力安

發 行 人／宋政坤
法律顧問／毛國樑　律師
出版發行／秀威資訊科技股份有限公司
114台北市內湖區瑞光路76巷65號1樓
電話：+886-2-2796-3638　傳真：+886-2-2796-1377
http://www.showwe.com.tw
劃撥帳號／19563868　戶名：秀威資訊科技股份有限公司
讀者服務信箱：service@showwe.com.tw
展售門市／國家書店（松江門市）
104台北市中山區松江路209號1樓
電話：+886-2-2518-0207　傳真：+886-2-2518-0778
網路訂購／秀威網路書店：https://store.showwe.tw
國家網路書店：https://www.govbooks.com.tw

2018年07月　BOD一版
定價：360元
版權所有　翻印必究
本書如有缺頁、破損或裝訂錯誤，請寄回更換

Copyright©2018 by Showwe Information Co., Ltd.
Printed in Taiwan
All Rights Reserved

國家圖書館出版品預行編目

十字路口 / 嗚鏑著. -- 一版. -- 臺北市 : 秀威資
訊科技, 2018.07
面； 公分. -- (語言文學類 ; PG2055)
(SHOW小說 ; 37)
BOD版
ISBN 978-986-326-569-6(平裝)

857.7　　　　107009077

讀者回函卡

感謝您購買本書，為提升服務品質，請填妥以下資料，將讀者回函卡直接寄回或傳真本公司，收到您的寶貴意見後，我們會收藏記錄及檢討，謝謝！如您需要了解本公司最新出版書目、購書優惠或企劃活動，歡迎您上網查詢或下載相關資料：http:// www.showwe.com.tw

您購買的書名：＿＿＿＿＿＿＿＿＿＿＿＿＿＿＿＿＿＿＿＿

出生日期：＿＿＿＿＿年＿＿＿＿＿月＿＿＿＿＿日

學歷：□高中(含)以下　□大專　□研究所(含)以上

職業：□製造業　□金融業　□資訊業　□軍警　□傳播業　□自由業

□服務業　□公務員　□教職　□學生　□家管　□其它＿＿＿

購書地點：□網路書店　□實體書店　□書展　□郵購　□贈閱　□其他

您從何得知本書的消息？

□網路書店　□實體書店　□網路搜尋　□電子報　□書訊　□雜誌

□傳播媒體　□親友推薦　□網站推薦　□部落格　□其他＿＿＿＿＿

您對本書的評價：（請填代號　1.非常滿意　2.滿意　3.尚可　4.再改進）

封面設計＿＿　版面編排＿＿　內容＿＿　文／譯筆＿＿　價格＿＿

讀完書後您覺得：

□很有收穫　□有收穫　□收穫不多　□沒收穫

對我們的建議：＿＿＿＿＿＿＿＿＿＿＿＿＿＿＿＿＿＿＿＿

＿＿＿＿＿＿＿＿＿＿＿＿＿＿＿＿＿＿＿＿＿＿＿＿＿＿

＿＿＿＿＿＿＿＿＿＿＿＿＿＿＿＿＿＿＿＿＿＿＿＿＿＿

＿＿＿＿＿＿＿＿＿＿＿＿＿＿＿＿＿＿＿＿＿＿＿＿＿＿

請貼
郵票

11466
台北市內湖區瑞光路 76 巷 65 號 1 樓
秀威資訊科技股份有限公司 收
BOD 數位出版事業部

（請沿線對折寄回，謝謝！）

姓　名：＿＿＿＿＿＿＿＿＿＿　年齡：＿＿＿＿　性別：□女　□男

郵遞區號：□□□□□

地　址：＿＿＿＿＿＿＿＿＿＿＿＿＿＿＿＿＿＿＿＿＿＿＿＿

聯絡電話：(日) ＿＿＿＿＿＿＿＿＿＿ (夜) ＿＿＿＿＿＿＿＿＿＿

E-mail：＿＿＿＿＿＿＿＿＿＿＿＿＿＿＿＿＿＿＿＿＿＿＿＿